D1391712

MEISJESKOK

Hannah McCouch

MEISJESKOK

ZILVER POCKETS
UITGEVERIJ SIRENE

Zilver Pockets® worden uitgegeven door Muntinga Pockets,
onderdeel van Uitgeverij Maarten Muntinga bv, Amsterdam

www.zilverpockets.nl

Een gezamenlijke uitgave van Muntinga Pockets, Amsterdam en
Uitgeverij Sirene, Amsterdam

www.sirene.nl

Oorspronkelijke titel: *Girl Cook*
Oorspronkelijke uitgave: Villard Books, New York
Published by arrangement with Villard Books, an imprint of
The Random House Ballantine Publishing Group, a division of
Random House, Inc.
© 2003 Hannah McCouch
© 2003 Nederlandse vertaling: Gert Jan de Vries
en Uitgeverij Sirene
Omslagontwerp: Mariska Cock
Foto voorzijde omslag: TCS / Corbis
Foto achterzijde omslag: Annabel Mehran
Zetwerk: Stand By, Nieuwegein
Druk: Bercker, Kevelaer
Uitgave in Zilver Pockets april 2005

ISBN 90 417 6093 8   NUR 302

Voor Stephen

Dankwoord

Niemand heeft meer voor de totstandkoming van dit boek betekend dan mijn agent Simon Green. Dan Green las het manuscript in diverse stadia en gaf verhaaltips van onschatbare waarde. Het enthousiasme, professionalisme en de kalmte van mijn redacteuren, Bruce Tracy en Katie Zug, zorgden ervoor dat het beter werd. Ik ben hen allemaal dankbaar.

Mijn dank gaat ook naar: Ruth Davis, Gina Zucker, Sabin Streeter en Arty Nelson voor hun vriendschap en de schrijversoptredens die me drijvende hielden; Katherine Wessling, Sally Dorst en de andere dames van *Good Housekeeping* voor een baantje waarvan ik kon houden; Andes Hruby, Linne Ha, Amanda Gersh, Anne Ladd, Danielle Flagg, Janell Hobart, Jennifer Denniston, Whitney Ross en Charles en Julie Truax voor hun inspiratie, medeleven en steun; en mijn broer, Grayson Jonathan McCouch voor zijn inkijkjes in de wonderlijke wereld van de mannelijke psyche.

Ik maak een buiging voor de Canadese Club die me ruimhartig voorzagen van gezelschap, een mobieltje, *magrets de canard* en een warmgestookt huisje in de bossen waar een groot deel van dit boek is geschreven: Mijn schoonzus Margo MacGillivray; zwager Ian MacGillivray; Peter Marcotte en Pat en Mary Trudel.

Mijn bijzondere dank gaat uit naar mijn ouders, Donald en Rina McCouch omdat ze akkoord gingen met al mijn onbesuisde plannen en me de kans gaven mijn dromen na te jagen.

Dit boek zou niet tot stand zijn gekomen zonder de hulp en steun van mijn man, Stephen MacGillivray, die erin geloofde toen niemand anders dat deed, ik nog het minst.

Ik pluk nu al vijf maanden lang *mesclun* in de *garde-manger* van Tacoma en begin er fors de balen van te krijgen. Ik heb de chef gesmeekt om te mogen kappen met *caesar salads* en koude bietencouscous special en een keer iets te mogen koken. Ik heb alle mogelijke tactieken uitgeprobeerd, te beginnen met vriendelijk vragen wat Noel, de chef, dacht dat de termijn was waarop ik eens zou mogen sauteren. Hij zei dat als ik kon aantonen dat ik de bolletjes kaneelijs bevroren wist te houden in de krappe patisserie vijftien centimeter naast de oven van 260 graden ik wat eelt mocht gaan kweken bij de grill. Daarna, en geen moment eerder, zou hij me aan het sauteren zetten.

Nou houdt er niemand meer van grillen dan ik. Maar iedereen in het vak weet dat er een groot onderscheid is tussen grillen en sauteren. Rotisseurs, en ik wil allerminst suggereren dat grillen geen kunst is, maar rotisseurs zijn de holenmensen van de keuken. De jongens die niet veel artistieke flair bezitten maar je een perfecte rosé varkenshaas of hertenbiefstuk kunnen bezorgen na hem met wat zout en peper te hebben bestrooid, te hebben dichtgeschroeid en er wat in te hebben geprikt. Dat zijn geen mannen om subtiele kruiden en sausjes te maken. Die houden zich voornamelijk met vlees bezig. En die verdragen heel wat hitte.

Sauteren is het hoogste wat je in de keuken kunt bereiken onder souschef en chef. En ik heb godverdomme genoeg wolkenkrabbersalades op elkaar gestapeld om een beetje respect af te dwingen. Ik werk me verdomme die keukenladder niet voor mijn lol op. Ik weet donders goed hoe azijn in een open wondje prikt. O ja, die salade die je als een licht voorafje eet? Mijn blote handen hebben dressing in alle blaadjes gemasseerd. Sla is dol op mij.

Maar ik heb ambities en ik mag wel zeggen, een verfijnde smaak. Ik denk dat ik in staat ben de verfijnder sausnuances uit te voeren. Ik wil mijn eigen tent beginnen. Ik wil De Chef zijn. En de enige manier om dat te bereiken (afgezien van domweg een tent kopen) is door de best mogelijke kok te worden. Wat betekent dat ik ooit de macht moet grijpen in plaats van slablaadjes en dessertschaaltjes. Daar hoop ik op. Daar droom ik van.

Dus maak ik toetjes en voorgerechten en doe ik *mise en place* voor de rotisseur – snijden en portioneren van New York Strips en het maïsbrood bakken dat bij de geitenstoofpot gaat. Dat is een goed teken. Het betekent dat ik in opleiding ben voor de grill. En wat doet die eikel van een Noel? Laat Javier, de Mexicaanse bordenwasser, het als invaller overnemen. Hij laat Javier voorgaan! En dat is echt een belediging voor deze afgestudeerde van Cordon Bleu, reken maar.

Niet dat ik een deskundige ben geworden na een jaartje in Parijs van de grote maestro's te hebben leren koken – helemaal niet. Ik wil absoluut niet suggereren dat de Cordon Bleu een veeleisende of rigoureuze *école de cuisine* was, want dat was het niet. Van de pakweg veertig mensen uit mijn afstudeergroep waren er hooguit vijf van plan door te gaan als professioneel kok en daar was ik er eentje van. Het merendeel bestond uit rijke Zuid-Amerikaanse meiden die leerden koken voor hun aanstaande echtgenoot. Niettemin hield ik aan de Cordon Bleu een idee over van wat het is om voedsel klaar te maken. Ik wil best erkennen dat een Franse kookopleiding me wellicht een positiever beeld heeft bezorgd van mijn eigen kookvaardigheden dan terecht was. Maar ik ben beslist geen kluns. Ik heb altijd mijn mannetje gestaan in een keuken.

Nee, dit gedoe met Noel is eerder een botsing van persoon-lijkheden dan iets anders. Koken is iets heel emotioneels. Als je ook maar een beetje voedselbewustzijn of -passie bezit, dan ben je ook geneigd er een paar meningen en theorieën op na te houden. En misschien zit het hem daarin. Misschien voelt Noel zich gedwongen mij een stevig lesje te leren door me in de stront te drukken.

Dus doe ik mijn best, help de nieuwe spoeljongen met bor-den opstapelen als mijn werkplek niet zo druk is. Mijn pas is een toonbeeld van anale verkramping – alles schoongeveegd en keurig op zijn plek. Ik schep perfecte miniatuurrotsen van praline-pompoenijs samen met Pablo, mijn compadre in de garde-manger, en slaag erin de wafeldunne chocoladesterre-tjes die er luchtig bovenop prijken niet te breken. Ik werk zo snel dat de bolletjes ijs de tafel van de gast met behoud van ei-gen vorm bereiken en niet ronddobberend in een grote room-plas.

Dat doe ik allemaal naast mijn normale taken. Die inhou-den, maar niet beperkt zijn tot: voorbereiden van balsamico-of caesar-saladdressing, daikonkers, wortels en sjalotjes à la julienne snijden, peterselie, basilicum en koriander wassen en hakken, voorbereiden van de geitenkaas, chorizo en zwarte bonenterrine, oude parmezaanse kaas snijden, peren in vie-ren snijden, walnoten roosteren, voorbereiden van de toma-ten en komkommers, ansjovisfilets en bieten.

Toen Noel me vertelde dat hij sollicitanten zocht voor het sauteren, vroeg ik of hij mij in aanmerking wilde nemen. Zo gaat dat als je als vrouw in de keuken werkt, je moet overal om smeken. Je toespraak van tevoren uitschrijven. Op gesprek. De meeste mannelijke chefs zullen je niet zomaar promove-ren naar een werkplek als grillen of sauteren als ze je lekker op je plek in de garde-manger kunnen laten, tot je ellebogen in de sla, tipi's bouwend van zwarte bonen. Zo is het overal waar ik heb gewerkt. Het gaat zo van: 'Je bent een vrouw? Ik heb een vacature in de garde-manger. Graag of niet.'

Ze willen iemand die betrouwbaar is (dat ben ik) en uiteindelijk naïef genoeg (wat ik vast wel ben geweest) om te geloven dat hij op elke werkplek in de keuken zal mogen werken en zodoende wordt opgeleid voor de prestigieuzer posities als souschef en chef. Maar ze zijn echt niet van plan een meid zo'n kans te bieden.

Het irritantste is dat Noel niet eens een goeie kok is. Als het moet, *kan* hij koken. Maar nooit eerder heeft een gesteven koksbuis zo schaamteloos een volslagen gebrek aan talent verborgen. Net als ik heeft hij een vierjarige studie algemene letteren gevolgd, dus hij is niet zo'n gozer van 'ik ben met een vleesvork in mijn handen geboren.' Presentatie is zijn fort. Hij is een ware Jackson Pollock, bezorgt een bord hier een kunstzinnig slingertje en daar een doelbewuste zigzaglijn en voilà – de meester is klaar! Het is zo'n grote zultkop dat ik wed dat hij die enorme pompoenconstructie met moeite op dat dunne rotnekkie overeind weet te houden. Het feit dat hij een jaar jonger is dan ik maakt het niet lichter verteerbaar. Maar na wat gepsychologiseer ben ik tot de vergevingsgezinde conclusie gekomen dat Noels ego het feit moet maskeren dat hij wel doorheeft dat hij een prutser is en vast een heel klein pikkie heeft. Echt waar, hij is anaal gefixeerd. Een eigenschap die je in de keuken niet moet onderschatten.

Toch baal ik er echt wel van, want wat kan je nou helemaal leren van een chef die niet kan koken? Ik wil gewoon dat hij me een kans biedt op de roti. Jezus, je moet eens kijken wat een incompetent zootje er her en der in de stad aan de grill en de sauté staat! Ik weet dat het er niet om gaat of ik het wel of niet aankan. Het is stomweg omdat ik een vrouw ben. Ik weet dat ik nog veel moet leren, maar ik wil wel de kans krijgen.

Jamie staat bij het aanrecht het stadskatern van de *Times* te lezen als ik de keuken in kom en koffie voor mezelf inschenk. 'Kijk eens wie we daar hebben,' zegt ze en dat maakt me nijdig, want ze kankert altijd dat ik te laat opsta, alsof ik niet tot één uur 's nachts mijn benen uit mijn gat loop.

'Môge,' zeg ik en wurm me langs haar om water op te zetten. Net als anders heeft ze precies genoeg water opgezet voor haar kruidenthee.

'Sorry, ik had niet verwacht dat je al op zou zijn en ik heb een beetje haast vanmorgen.'

'Geen punt,' zeg ik. Maar jezus, is het nou zo'n moeite om nog een kop water op te zetten zodat ik het niet met koud hoef te beginnen en de hele zaak opnieuw moet opwarmen? Ik ben niks waard als ik geen kop koffie heb gehad en Jamie weet dat, maar ziet me liever lijden. Ik denk dat ze er stiekem van geniet.

'Ik heb de telefoon- en stroomrekening op de tv gelegd. Ik heb het allemaal gesplitst. Schrijf maar een cheque uit,' zegt ze, neemt een kostelijk hapje van een rijstwafel en gooit de rest in de prullenbak. Ze is zo'n anorectisch mager meisje dat altijd met veel poeha beweert dat ze zo'n enorme honger kan hebben en voortdurend milkshakes drinkt. Ik heb de slechte gewoonte telkens als ze zich omdraait naar haar kont te kijken. Waar is de cellulitis? Waar?

Het filterzakje zit in de bruine 2-kops-Melitta-filter, een liter volle melk en mijn isolatiemok staan bij de hand. Zodra het water kookt kan mijn leven beginnen. Ik wil nu niet aan geld denken. Ik begon blikken El Pico te kopen omdat die minder dan half zo duur zijn als de French Roast van Starbucks die ik zo lekker vind. Ik heb geen spaargeld en als ik bedenk hoe het de laatste tijd bij Tacoma gaat, dan ben ik bang dat ik die baan weleens vlot kan verliezen. En dan zal ik moeten pezen, en om die reden ga ik naar de 'leefruimte' van anderhalf bij drie op zoek naar de Camel lights.

'Rook je?' roept Jamie me achterna.

'Ja en?'

''s Morgens? Jakkie.'

Ik zeg niks omdat ik te moe ben om ruzie te maken. Als ik in de keuken werk, is er altijd zo'n wijsneus die me onder zijn hoede neemt en me 'de juiste manier' toont om pompoen te bakken of wortels te koken en het laatste waar ik behoefte aan heb is dat mijn huisgenote me op mijn nek zit omdat ik 's morgens een sigaret opsteek. Vooral omdat ze zelf rookt. Oké, zo'n hypocriete roker die uitsluitend na vijven, op feestjes en na het eten rookt.

'Ik kom vanavond misschien langs met een paar mensen van mijn werk. Zou jij voor wat knabbeltjes kunnen zorgen?'

Zo praat Jamie. Ze is een vriendin van een studievriendin van me die ik altijd cool vond (mijn vriendin) totdat ik met Jamie in één huis belandde. Toen ging ik me afvragen hoe iemand met wie ik zo goed kon opschieten ook met Jamie kon opschieten. Omdat ze een plaat voor d'r kop heeft waar kogels op afketsen.

'Voorgerechten, bedoel je?' zeg ik, in de hoop dat ze zal beseffen dat het gerechten zijn die op het menu staan en waar mensen geld voor moeten neerleggen.

'Ja, gewoon wat om op te knabbelen tijdens de borrel,' zegt ze, met haar vingers friemelend iets klein en onbeduidends aangevend.

Jamie werkt in *public relations* en is tot de zakelijke slotsom gekomen dat het leven draait om weggevertjes – jij geeft mij gratis voorgerechtjes, ik geef jou gratis kaartjes voor een of andere beroerde filmpremière. Ze begrijpt niet dat wat Noel nog minder waardeert dan een vrouw in zijn keuken een vrouw is die al haar goedgeklede maatjes fuift. De vorige keer dat Jamie mensen uit haar werk meenam bleef ze naar het loketje komen met het verzoek of ze even met me kon praten en dat kostte me bijna mijn baan. De zaak werd gered door Jamies tieten die prachtig uitkwamen in een jurk met een flink decolleté. Javier en Pablo staken hun handen naar voren en begonnen tegelijk met hun heupen te beuken. Daardoor schoot Noel in de lach en dat gaf aan dat hij door de vingers zou zien dat ik een of twee schalen zwarte bonen had weggegeven.

'Draag je dat naar je werk?' vraag ik terwijl ik een slok sterke hete koffie neem. Ze loopt erbij als een doodgraver en ik zit nog met die opmerking over dat roken.

'Heb je iets tegen Armani?'

'Lijkt net een broekpak.'

'Ja, een Armani broekpak,' zegt ze nuffig en werpt haar geföhnde salonblonde haar naar achteren.

'Het ligt er gewoon aan welke soort en hoeveel "knabbels",' zeg ik en maak aanhalingstekens met twee vingers in de lucht, 'jullie willen.' Ik breng de mok naar mijn lippen, mis die volledig en giet hete koffie over mijn T-shirt terwijl ik uitschreeuw: 'Godverdomme, kut, fuck!'

'Jeetje, ben je nog wel een meisje? Volgens mij is het niet goed voor je om in een keuken te werken.'

Daar heeft ze gelijk aan, maar ik heb me gebrand en ik ben nog kwaad over dat water, dus zeg ik: 'Jeetje?'

'Weet je wat, Layla? Laat maar zitten, we gaan wel naar Gotham. 't Is geen kwestie van niet kunnen betalen.'

Als je het kan declareren, trut, waarom kom je dan altijd zeuren om weggevertjes? Het ligt op het puntje van mijn tong. Maar het is nog te vroeg.

Ik moet een nieuw leven beginnen. Ik sta $75 dollar in het krijt aan telefoonkosten en vijftien bij Con Ed. Dat is niet goed. Vooral omdat er nog maar tien dollar op mijn rekening staat en ik pas volgende week vrijdag weer uitbetaald krijg. Ik heb de pest aan te laat betalen, maar sinds ik als kok werk betaal ik alles te laat. Julia (mijn moeder) zou me kunnen helpen als ik het vraag, maar ik snij liever mijn polsen door. Ze zou het tegen me gebruiken, me ervoor laten boeten op manieren die veel erger zijn dan wanneer Con Ed of Bell Atlantic of zelfs Jamie de zeik in heeft als ik te laat ben met betalen.

Voor zijn dood was mijn vader vrijgevig. Maar toen mijn meeste vriendinnen een voorschot op hun erfenis kregen, nam die amateur-bankier van een vader van mij me apart en drukte me het volgende op het hart. 'Je kunt niet je leven lang worden vrijgehouden. Dat is niet goed voor je. Het neemt je het gevoel af dat je iets bereikt en het is slecht voor je discipline. Ik wil dat je succesvol wordt, wat je ook onderneemt, en ik geloof niet dat mijn geld dat bevordert.'

Wat moest ik daar nou verdomme op zeggen? Ik wil niet lullig doen, maar ik had zoiets van: 'Jouw poen is het enige dat ik ooit heb gehad! Het enige dat me de afgelopen eenentwintig jaar in leven heeft gehouden! Jouw geld heeft meer voor me betekend dan ik kan opsommen! En nu wil je het me allemaal afnemen? In mijn jeugd zaten we 's zomers altijd in Nantucket en met de kerst in Zermatt! Ik had paarden, ging naar een geweldige school, droeg maatkleding en reed in de oude BMW 528i van mijn oma! Ik kreeg alles wat mijn hartje begeerde en nu vertel je me dat het niet goed voor me is? Wat zou daar slecht aan kunnen zijn? Wat zou ik van het leven verlangen behalve iemand die overal voor betaalt? Moet ik nou voor mezelf zorgen? Waar ligt het scheermes? Waar? Ik krijg geen adem meer! Zuurstof! Ik heb lucht nodig!'

Julia stuurde me naar een psychiater. Ze dacht dat ik iets ernstigs doormaakte. Wat volgens mij best eens het geval kon zijn toen ik erachter kwam dat hij al zijn geld aan dat vijfentwintigjarige sletje naliet voor wie hij Julia in de steek liet. Ik had het gevoel dat ik doodging, of minstens aan de zwerf zou gaan. Ik heb ernstig overwogen aan de heroïne verslaafd te raken. Ik dacht: als hij maar ziet dat ik eraan kapot ga, dan zingt hij wel een toontje lager. Maar weet je wat er gebeurde? Hij ging dood. Een motorongeluk in de Zwitserse Alpen. Nou, hij ging tenminste dood terwijl hij het naar zijn zin had. Ik neem aan dat dat het belangrijkste is. Maar ik heb wel moeite gehad om daar overheen te komen. Veel moeite. Ik bedoel: denk eens aan het schuldgevoel. Dacht je soms dat ik hem niet dood had gewenst nadat hij me had onterfd? En wat gebeurt er? Een jaar later strooi ik met die meid van hem, Janet, zijn as uit vanaf de rand van Grand Teton. Gelukkig betaalde zij het hotel.

Hij bleek een klein onderwijspotje te hebben nagelaten – voldoende om mijn studie van te betalen. Het klinkt misschien harteloos, maar ik had zoiets van *Yes!* Ik wist wel dat hij me niet volledig zou laten stikken. Pa had altijd stoere praatjes, maar als puntje bij paaltje kwam was hij een fatsoenlijk mens. Ik was zesentwintig en nadat ik veel te veel tijd in Barnes en Noble had vergooid met het lezen en doen van oefeningen uit *Doe Wat Je Leuk Vindt, Dan Komt Het Geld Vanzelf* en *Welke Kleur Parachute is voor Mij?* ging me een lichtje op. Het viel allemaal op zijn plek. Ik hield meer van koken, eten en drinken dan van wat ook – wat kon ik beter doen dan mijn leven in dienst stellen van eten? En waar kon je beter over eten leren dan in Parijs?

Natuurlijk hebben zijn advocaat en ik een tijdlang zitten hakketakken over wat de term 'onderwijs' inhoudt (zijn interpretatie beperkte zich tot de studies rechten en bedrijfskunde). Gelukkig heb ik voet bij stuk gehouden – vandaar Cordon Bleu. Dat gaf wel aan hoe graag ik van koken mijn vak wilde maken. Hoezeer ik erop vertrouwde dat koken voor mij het ware was. En mijn besluit was gefundeerd op jaren van etentjes geven. Dit was geen laatste strohalm. Echt niet. Natuurlijk had ik tientallen baantjes gehad. Diverse loopbaanpogingen waren mislukt. Maar koken – waarom was ik er niet eerder op gekomen? Het sprak zo vanzelf. En voor deze ene keer leek het mogelijk om de kost te verdienen met iets wat ik graag deed.

Een jaar lang leerde ik plakken en dobbelsteentjes snijden, hakken en proeven – gerechten als *boeuf bourguignonne, cassoulet, filet de porc vouvray* en *lapin à la moutarde* vervolmaken. Ik bestudeerde goede wijnen en leerde onderscheid maken tussen een *brunoise* en een *mirpoix*. Ik liep stage bij Jacques Vincent in Le Diamond in de Jura even buiten Genève. Ik dineerde in de beste restaurants van Frankrijk. Ik had het goed en genoot ervan. De meeste mensen zouden hun linkerbal ervoor over hebben om in Frankrijk te leren koken. Het was de kans van mijn leven.

Maar nu, terug in New York, verdien ik een onbeduidend salarisje als saladespecialist. Nu is alles waar het volgens mij bij eten om draaide – smaak, plezier, troost, anderen tevreden stemmen, mijn eigen creatieve genot – onderuit gehaald.

Ik fiets op een ongewoon warme, zonnige januarimiddag om 14.30 uur naar mijn werk. Ik rij op mijn Franse brik op Sixth Avenue. Ik rij hard, gekleed in een fietsbroekje, schoenen en een fluorescerend roze shirt met groene polkadotten, – op het randje van boven je macht, in het bereik waar je moet wezen als je je adrenalinespiegel hoog wilt houden en wilt voelen dat je leeft. De taxichauffeurs blijven, zich door de verkeersstroom vlechtend, op afstand. Er rijden wat koeriers voor en achter me. Ik nader een bus die opeens begint te remmen. Ik wijk uit, knijp mijn rechterrem dicht en raak een fractie van een seconde lang uit mijn evenwicht. Ik zie mijn leven niet aan me voorbij flitsen of zoiets, maar zodra ik mijn evenwicht herwin bonkt mijn hart in mijn keel. Ik doe drie trappen, voel de adrenaline in mijn ingewanden branden en dan KLAB-BAM! Op mijn gezicht!

Het gaat allemaal zo snel dat ik het niet kan volgen. Ik schiet over mijn handvatten heen, maar mijn voeten zitten zo strak in de pedalen vast dat de hele fiets meekomt. Ik kom neer op mijn heup, en de pijn is zo extreem dat ik het uitgil. Keer op keer brul ik 'AAAAAAAH! AAAAAAH!' over heel Sixth Avenue, de fiets ligt als een blok boven op me. Ik probeer me te beheersen en hou twee tellen mijn klep om te zien hoe gewond ik nou eigenlijk ben. Als ik een paar seconden lang onbeweeglijk lig, dringt de boodschap plots tot me door – ik moet als de sodemieter maken dat ik wegkom anders rijden ze me plat!

Een jonge zwarte koerier buigt zich over me heen, vraagt of ik in orde ben en ik hoor iemand schreeuwen: 'Ga godverdomme aan de kant, pijpenkrullenklootzak! Flikker op, ongelooflijke paardenlul!'

'Ben je in orde?' vraagt de jongen. 'Kun je staan? Moet ik een ambulance voor je bellen? Hier, ik zal eerst die fiets eens van je af tillen.'

Hij legt onder het praten een hand op mijn arm en hij troost me, stelt me gerust, schijnt oprecht bezorgd. Dit is niet iets wat je verwacht in New York (de vriendelijkheid, niet het ongeluk). Voorzichtig haalt hij mijn linkervoet uit de clip, mijn rechter was er op een of andere manier tijdens de val uitgeschoten, en tilt de fiets van mijn heup af. Hij doet het snel. We staan midden op Sixth Avenue en het lijkt of we elk moment overreden kunnen worden. Hij steekt me een hand toe en die pak ik beet. 'Laat eens zien of je kunt lopen,' zegt hij.

Als ik sta zie ik minstens tien koeriers naast en voor de plek staan waar ik gevallen ben. Er staan er drie het verkeer te regelen en een grote Rastaman heeft de Pakistaanse taxichauffeur met zijn lichaam naar de kant van de weg gedwongen. Hij staat nog steeds te schreeuwen: 'Jij blijft hier staan, kankerlijer. Hier blijven!' Hij kijkt naar mij, ziet me aan de arm van mijn redder lopen en zegt op vriendelijker toon: 'Alles goed?

Ik heb het allemaal zien gebeuren. We kunnen de politie erbij halen. Deze vent heeft je achterwiel geraakt – hij heeft je geschept.'

De Rastaman is behoorlijk opgefokt. Volgens mij heeft hij bijbedoelingen. Ik ben van slag en mijn heup doet zeer. Er drupt bloed van mijn elleboog af en als ik hem omhoog steek zie ik dat ik een schaafplek heb op mijn onderarm. De taxichauffeur schudt zijn hoofd en zegt: 'Ik weet niet waar hij het over heeft, ik heb niks gedaan, ik heb haar niet geraakt!'

En eerlijk gezegd weet ik niet of hij me wel heeft geraakt, het ging allemaal zo snel. Rastaman zit nu op de taxi om hem op zijn plek te houden. Een tweede koerier heeft mijn fiets opgeraapt en er staat een hele zwerm om me heen te vragen: 'Gaat het? Moet er een dokter komen? Ziekenhuis? Zeker weten?'

Ik loop, maar mijn heup doet verhipte zeer. Ik denk dat ik mijn lies heb verrekt. 'Ik weet niet wat er is gebeurd,' zeg ik. 'Ik moet naar mijn werk.' Het enige waar ik me druk om maak is dat ik te laat zal komen. Het komt niet eens in me op dat ik alleen maar zo over mijn stuur kan zijn geslagen als ik ben geschept. Die vent moet me wel hebben geraakt.

'Zeker weten?' zegt Rastaman. 'Weet je zeker dat het goed gaat? Want ik heb alles gezien. Die vent heeft je achterwiel geraakt en daardoor vloog je over de kop. Ben je verzekerd, meisje?'

Ik knik. De jongen zet mijn fiets tegen een lantaarnpaal en vraagt: 'Weet je zeker dat het goed gaat?'

Ik knik nogmaals, maar lopen zonder steun doet zeer.

'Oké, dan ga ik ervandoor. Dit is mijn pieper als je een getuige nodig hebt of zo.' Hij geeft me zijn kaartje, stapt op zijn fiets en rijdt weg.

De andere koeriers verspreiden zich. De Rastaman komt met tegenzin van de motorkap van de taxi af en de taxichauffeur knikt naar me en zegt: 'Dank u wel, juffrouw, dank u wel,' voordat hij weg rijdt.

Als ik weer op mijn fiets zit merk ik dat trappen minder zeer doet dan lopen. Wat mijn werk aangaat had ik net op tijd kunnen komen en kom ik nu te laat. Veel te laat. Dat is een erezaak voor mij. Ik moet op tijd komen. En vanwege Noel niet te vergeten, die dit waarschijnlijk op zijn lijstje 'Waarom ik Layla niet laat sauteren' zet.

Ik hink met de fiets naar de voordeur van het restaurant en hijs hem dan langzaam op mijn schouder. Dat doet zeer. Met de fiets rechts, grijp ik met links de trapleuning naar de kleedruimte. Als ik die betreed staan Benny en Joaquin, de Colombiaanse broodjongens, er in hun Calvin Klein ondergoed. 'Whooo, wat heb ik nou aan mijn fiets hangen,' zegt Benny.

Ik zet de fiets langzaam neer, keten hem aan een buis en doe mijn rugzak af.

'O lieve Jeeezaaas, wat is er met jou gebeurd?' vraagt Joaquin.

'Ik heb een ongeluk gehad.'

'God, moet je je elleboog zien, mammie. Ik ga de verbanddoos halen.' Benny trekt vlot zijn broek aan en rent zonder shirt aan de kamer uit.

'Moet je hem nou zien? Uitslover!' roept Joaquin hem achterna. 'Ga jij eens even hier zitten,' zegt hij, terwijl hij een klapstoel neerzet en op één knie hurkt, 'en laat Ho eens even kijken.' Hij tilt mijn arm op, buigt de elleboog en draait hem langzaam om, waardoor bloed en straatvuil in beeld komen. 'Dat moeten we even schoonmaken. Kom mee,' zegt hij, terwijl hij opstaat. 'Sla je goeie arm om mijn nek, dan breng ik je naar de wc.'

'Het gaat wel, Joaquin. Ik red het wel in mijn eentje.'

'Zeker weten? Ik heb getraind,' zegt hij en spant om de beurt de biceps aan van zijn uitgestrekte armen. 'Spring er maar op! Ik draag je er wel heen.'

'Nee, dank je,' zeg ik en sta zelf op. 'Heus.' Als ik de eerste stap zet ontsnapt me een kort en hevig *aaah* van de pijn en snel steekt Joaquin zijn hoofd onder mijn arm.

'Nou hou je je mond.'

Samen hobbelen we naar het toilet waar Joaquin mijn elleboog en knie met desinfecterende zeep wast. Benny verschijnt met de verbanddoos bij de deur. 'Laat eens zien?' zegt hij, doet hem open en draait de rode dop van een fles Bacitracin. 'Eerst een beetje van dit,' zegt hij, terwijl hij het spul over de bebloede plekken spuit, 'dan deppen we het droog met een schoon gaasje en zorgen ervoor dat er niks in achterblijft.' Hij blaast eerst op mijn elleboog, vervolgens op mijn knie en doet er dan Neosporin op en tenslotte een stuk of wat pleisters om alle wondjes af te dekken. 'Dat moet genoeg zijn.'

'Bedankt, jongens,' zeg ik. Deels vind ik het fijn om zo verzorgd te worden. Deels voel ik me ook beroerd en beschaamd. Ik wil niet gewond overkomen in de keuken. Ik wil sterk en onbevreesd lijken, alsof ik na een aanrijding door een taxi op Sixth Avenue gewoon doorga. Maar eerlijk gezegd voel ik me slap, kwetsbaar, en kan ik elk moment in huilen uitbarsten. Aangereden worden door een taxi, dat had ik vast verdiend. Voor alles is een reden.

Als ik helemaal alleen in mijn boxer in de kleedruimte sta, zie ik een grote beurse plek boven aan mijn dij. 'Dat had ik nou net nodig,' denk ik. 'Iets om mijn kont te accentueren.'

De keuken is een rechthoek met roestvrijstalen werkbladen en koelkasten. Er staan stapels witte borden in een rek middenin. Als je door de deur komt staan de grill en de vaatwasser achterin tegenover de sauteerplek. Ze zijn allebei voorzien van gaspitten en ovens, wat erop neerkomt dat de grill- en sauteerkoks tegenover elkaar staan te werken. Bij de deur staat een stalen tafel voor het opmaken van de borden, naast de nagerechtvriezer, salamander (een apparaat om snel korstjes mee te maken) en tegenover een station voor koude voor-afjes. Dat laatstgenoemde stuk is de plek waar Pablo en ik werken. Een doorgeefluik bij de warme keuken biedt uitzicht op de eetzaal en de bar – een open ruimte die zo klein is dat je die twee nauwelijks kunt onderscheiden. Zodoende is de sfeer ondanks de drie sterren die Tacoma een week of drie geleden van de *Times* kreeg meer die van Benny's Burrito's dan die van Chanterelle. Dat voorafje van poussin met chilipepersaus waar je vijftien pop voor moet neerleggen wordt begeleid door keiharde Blues Traveler.

'Je bent te laat!' zegt Noel als ik de keuken binnen strompel.

'Sorry,' zeg ik, 'het zal niet meer gebeuren.'

Om bij mijn werkplek te komen moet ik Noel voorbij hin-ken en houdt daarbij mijn kont pijnlijk ingetrokken om niet tegen hem aan te schuren.

'Wilde nacht?' vraagt hij uit zijn mondhoek.

Ik haal mijn messen tevoorschijn en ik beweeg kennelijk in slow motion, want veel luider dan eerst zegt hij: 'Ik zei dat je laat bent, Layla! Doe er eens een schepje bovenop!'

Ik reageer niet, maar mijn ogen worden vochtig. Ik zal niet huilen. Ik blijf overeind. Pablo, die uien stond te snijden met een nat stuk keukenpapier onder zijn kin om zich niet onder te snotteren, komt naast me staan en vraagt: '*Qué te pasó?*'

'*Tuve un accidente.*'

'*Estás bien?*'

'*Bastante,*' zeg ik en probeer te glimlachen. Ik leg mijn mes-sen op volgorde – aardappelschilmes, vismes, koksmes – trek een aanzetstaal tevoorschijn en begin te slijpen. Ik vond koks altijd zo stoer als ze messen stonden te slijpen en het heeft me even gekost om die vlotte op-en-neer-heen-en-weer-bewe-ging onder de knie te krijgen, maar dat is gelukt. Nu kan ik doen alsof ik een echte bink ben. Ik maak een boel snelle me-talen schraapgeluiden, herwin mijn kalmte, begin geconcen-treerd te raken, fantaseer over alles wat ik Noel met een echt goed geslepen mes zou kunnen aandoen en dan valt mijn oog op die nieuwe jongen.

Hij heet Danny O'Shaughnessy en Noel heeft hem in dienst genomen voor de sauté. Ik haat hem op het eerste gezicht en niet alleen omdat ik voorbestemd ben om iedereen te haten die in mijn plaats aan de sauté komt werken.

Deze jongen met zijn rode gezicht en zijn blonde stekeltjes loopt – of stuitert, kan ik beter zeggen – de keuken op de ballen van zijn voeten binnen met een blik in zijn ogen alsof hij net bal nummer acht heeft opgesnoven. Ik bedoel, zijn handen trillen en hij heeft het zweet op zijn voorhoofd staan, wat witte klodders in zijn mondhoeken en zo'n 'ik ben een ontzettende eikel'-glimlach op zijn smoelwerk. En dan heeft hij bovendien een ongelooflijk lelijke steenpuist in zijn nek, vlak boven het verblindend witte boordje van zijn chefsbuis.

En Noel, meneertje 'Ik weet de besten er uit te pikken', meneertje 'Ik heb liever een cokesnuivende ontsnapte gevangene aan mijn sauté werken dan een of ander bijdehand wijf', is zo verrukt met mijn teleurstelling (die inmiddels zo goed voelbaar is dat Pablo zijn hand op mijn arm legt en zegt: '*No te preocupes*'), dat ik me nauwelijks kan inhouden om mijn supergrote pepermolen in zijn reet te steken.

Uiteraard leidt al die spanning niet tot een goeie avond. Het is, zoals gebruikelijk, heet in de keuken, een graadje of vijfendertig, en de eerste bestellingen komen binnen. Ik heb mijn broekspijpen tot aan mijn knieën opgerold en een blauwe bandana om mijn hoofd geknoopt. Pablo heeft een emmer ijs voor ons klaargezet met een handdoek erin om onze gezichten mee af te vegen.

O'Shaughnessy komt vaardig over maar maakt naar mijn idee wat te veel kabaal als hij pannen op het fornuis zet of de ovendeur dichtgooit. Hij doet het erom, probeert te laten zien dat hij door de wol geverfd is. Maar naar mijn idee is iemand die overdreven bewegingen of kabaal maakt iemand die zich niet kan beheersen. Tuurlijk, het is best om wat met oven-deurtjes te knallen als het een gekkenhuis is, maar als het zo tam is? Het is theater, een trucje waar iedereen in de keuken (behalve Noel, kennelijk) dwars doorheen kijkt.

Pablo, die niet snel ergens iets van zegt, mompelt zachtjes wat hij ervan vindt. '*Maricón, pinche rubio. Sabes? El es de Chiapas*,' zegt hij en glimlacht stiekem. Javier komt uit Chiapas en op een of andere manier is het de ultieme belediging geworden om te zeggen dat iemand daarvandaan komt.

Er beginnen bestellingen binnen te komen en doorgaans is Noel degene die ze verdeelt, maar hij is eventjes de keuken uit, dus scheurt nu de nieuwe het bonnetje af en roept: 'Vuurter-rine! Twee gemengde salade! Eén geitenkaas! Een caesar!' En dan (en Pablo, Javier en ik geloven onze oren nauwelijks): '*Andale, vite! Vite!*'

Ik brul terug: 'Vuurterrine! *Dos mixtas*! Eén geit, één cae-sar!' Pablo en ik werken in stilte, gooien verschillende soorten sla in grote zilveren kommen, besprenkelen die met zout, pe-per, kruiden en vinaigrette, leggen drie driehoeken zwartebo-nenschotel op een vuurvast bord en gooien die onder de sala-mander. 'Eén eend! Twee rib-eye! Eén zalm! Oké!'

Javier brult terug: '*Dos rib*!'

Maar de eend en de zalm zijn voor O'Shaughnessy, dus die herhaalt hij niet. Noel keert terug in de keuken. Het is nog rustig, maar het is vrijdagavond, dit is nog maar een opwar-mertje. De keuken zal snel een jachtige toestand zijn vol gril-len, sauteren, keren en kantelen.

De bestellingen blijven binnendruppelen. Noel verdeelt en geeft de schotel de Pollocktoets. O'Shaughnessy raakt on-danks het slaan met de deurtjes en knallen met de pannen achter, dus springt Noel bij en beginnen ze als twee soldaten die elkaar in de rug dekken aan de sautédans. Noel doet de ro-de snapper en vleet terwijl O'Shaughnessy zijn uiterste best lijkt te doen om de eend met kersjes op sap af te maken. Dit is geen goed teken, maar vooruit, het is zijn eerste avond. Ik ben bijna bereid hem het voordeel van de twijfel te gunnen.

Noel is net zijn visgerecht gaan opmaken als O'Shaughnessy een paar hupjes maakt en zegt: 'Moet pissen,' en de keuken uit sprint, de eetzaal door naar de toiletten, die in het zicht zijn van de gasten. Dit is helemaal mis.

Als O'Shaughnessy terugkeert in de keuken, lijkt hij aangesterkt. Ik kan zweren dat Noel de pest in heeft, maar ik weet ook dat hij te trots is om na één avond te erkennen dat hij zich heeft vergist. Zelfs nadat hij de sauté moest overnemen toen O'Shaughnessy zijn neus ging poederen. Het is nooit een goeie zaak als Noel moet koken.

Pablo en ik doen het een beetje rustiger aan nu de hele zaal zijn voorafje op heeft en nu aan het hoofdgerecht zit. Zo meteen komen de desserts en dan gaan we weer. Noel kijkt onze kant op en roept: 'Hé! Doe dan op zijn minst alsof jullie werken!'

Hij kijkt mij strak aan. Pablo en ik doen of we het druk hebben, vegen onze smetteloze werkbladen af en controleren onze mise en place. Als de desserts binnenstromen, werken Pablo en ik achter elkaar aan. Ik schep het ijs, hij verwarmt de chocoladesaus en garneert met munt. We zetten de desserts in het luik om af te laten halen terwijl Noel belt. Hij is de hele avond al link op de obers, wat een vrij normale toestand is. Hij heeft de pest aan ze, stuk voor stuk. Vindt ze te langzaam, dat het ze onvoldoende kan schelen om zijn creaties in recordtijd op tafel te hebben. En voor het overgrote deel is zijn toorn gerechtvaardigd. De meeste obers en serveersters zijn werkloze acteurs, ansichtkaartfotomodellen, muzikanten die het geen flikker kan schelen of de fazant krokant vanbuiten is en zacht vanbinnen als hij bij de klant komt.

Als Sam, de rocker uit Tennessee met de Elviskuif eindelijk bij het luik verschijnt en sorbetflutes bij elkaar graait, schreeuwt Noel als een sergeant-majoor met zijn gezicht vlak naast hem: 'Wil je ze godverdomme een plasje fruit bezorgen? Betalen ze daar tien pop per bolletje voor, zakkenwasser?' verwacht ik zo'n beetje dat hij zal zeggen: 'Plat op je buik en vijftig keer opdrukken, waardeloze lul!' Maar Noel scheldt meestal efficiënt. Hij heeft geloof ik niet graag dat anderen hem uit zijn dak zien gaan.

Net als Tennessee zich omdraait om weg te lopen met de sorbet, rukt Noel aan het rugpand van de smoking van zijn ober en brult: 'Waar is goddomme de munt, Layla?' Hij houdt een champagneglas op waarin een prachtige berg bolletjes mango-, citroen- en aardbeienijs ligt. Er ligt geen munt bovenop. En hoewel ik zeker weet dat Noel heeft gezien dat Pablo de munt vanavond doet, rekent hij het mij aan. Hij probeert zijn illegale immigranten tevreden te houden – weet dat hij daar goed mee zit. Het zijn harde werkers en de meesten onderhouden complete gezinnen in Mexico, Guatemala en El Salvador van minder dan waar ik de huur amper van kan opbrengen. Ik zwiep de koelkast open, steek mijn hand in de muntbak en trek er een volmaakt takje met drie blaadjes uit. Noel staat me dodelijke blikken toe te werpen, zo van *Hoe heb je dit kunnen laten gebeuren?* Terwijl ik de munt boven op de sorbet leg, zegt hij: 'Sauté, hè?' En grinnikt.

Pablo kijkt schaapachtig. Als ik terugloop naar ons werkblad, zegt hij: 'Sorry Layla.' En slaat een paar keer met zijn vuist tegen zijn voorhoofd om zijn ontzetting aan te geven.

Ik zeg dat hij het zich niet moet aantrekken, het had me moeten opvallen. Hij dekt mij trouwens voortdurend en dat zou ik voor hem ook altijd doen. Ik werk graag met Pablo. Hij is zwijgzaam, snel en behandelt me respectvol, wat heel verfrissend is. Zijn bijnaam luidt *Ratón* en zijn dikke zwarte haar groeit zo snel dat hij het om de week moet knippen. Hij is mager en een meter vijfenvijftig, maar door dat haar is hij minstens een zestig. Pablo maakt vrijwel nooit fouten. Hij is er eentje die voor mij moet komen werken als ik ooit een eigen tent krijg.

Na het muntincident is Noel op het oorlogspad. Hij is pissig dat die nieuwe gozer ieder halfuur lijntjes stofzuigert in de toiletten en er met de minuut woester uit gaat zien. Hij heeft de pest in dat hij zo weinig kijk op mensen heeft en dat we daar allemaal getuige van zijn. De bestellingen voor de desserts komen snel, haastig binnen, en Noel blaft: 'Drie sorbets! Twee bolletjes kaneel! Drie saus! Vier fruit! En ik heb drie petits fours nodig! Geen gekloot nou! Ze zijn voor Oscars vrienden!'

Oscar is de eigenaar – een heel aardige vent. Neemt het niet zo nauw met de wet, en je weet niet of alles waar is wat je over corpsballen hoort, maar tegen mij is hij altijd erg aardig. Klein van stuk, met Warholhaar en een Clark Kent-bril houdt hij meestal zitting in de bar. Ik kom de deur niet uit zonder dat hij me dwingt tot een paar glazen Patrón.

Pablo en ik werken eensgezind – we hebben van tevoren afgesproken wie wat op de borden legt en hebben de benodigde glazen, schalen en borden verzameld. We knijpen spoortjes chocoladesaus uit een fles, scheppen bolletjes sorbet- en roomijs, verwarmde chocoladelava's... Het gevoel dat je met iemand kunt opschieten als je onder vuur ligt en je redt het, laat zich nergens mee vergelijken. Noel staat maar op uitglijders, foutjes te loeren.

Per twee dragen we borden, schotels en glazen naar het luik en de obers halen ze af. Als ik het laatste bord heb weggezet zie ik dat een van de punten van de stervormige chocoladekoekjes ontbreekt. Noel graait het bord uit het luik en duwt het pal onder mijn neus. 'Wat klopt er niet aan dit verrekte plaatje?'

Ik ben er al mee bezig, ruk de koektrommel van de plank en zoek er een volmaakt vijfpuntige ster uit. Noel heeft iets zennerigs met oneven getallen – even dingen serveren brengt ongeluk. Die sterkoekjes zijn net rijstpapier. Ze breken al als je ernaar kijkt. Vreemd, want ik zou hebben gezworen dat alle punten eraan zaten toen ik hem erop legde. Ik hoor een klap en kijk naar de muur boven Javiers hoofd achter de grill. Er druipt kaneelijs en munt langs de witte tegeltjes. 'Zorg voor een nieuwe!' blaft Noel.

Pablo schept als een dolle kaneelbolletjes terwijl ik drie sterrenkoekjes klaarleg – twee reserves voor het geval de eerste breekt. Ik spriets er keurig chocolade overheen, vlij het koekje en de munt er zorgvuldig op, heel voorzichtig, en draag de schotel naar het luik terwijl ik ieder oogcontact met Noel vermijd. O'Shaughnessy hangt zijn zweterige rode gezicht erboven alsof hij zich ervan wil overtuigen dat we het goed doen, en de steenpuist in zijn nek kijkt me als een boos rood oog aan. Ik ruik chocolade aan zijn adem.

'*Ça va?*' vraag ik sarcastisch.

'Ik weet niet, die bolletjes ijs zouden wel wat dichter tegen elkaar aan mogen liggen,' zegt hij, met een ernstige blik alsof hij het meent.

Noel giechelt, wat me oplucht, want dat betekent dat het wat hem betreft in orde is, maar ik sta op knappen. Ik kan het niet hebben dat dat cokesnuivende groentje me de les leest. 'Ja,' zeg ik, 'als kloten. We zouden dit gerecht naar jou kunnen vernoemen.' Javier en Pablo lachen. Ze spreken niet goed Engels, maar ze begrijpen veel, zeker als het over ballen gaat.

Noel kan er niet om lachen. Hij wil dolgraag dat die gozer goed uit de verf komt. 'Herhaal dat eens?' vraagt hij.

'Nee,' zeg ik zachtjes, want ik wil hem niet nog kwaaier maken dan hij al is.

'Nou, dan kan je je grote bek misschien beter houden.' De hele keuken zwijgt. Noel heeft de grens overschreden dat de ijzervreters scheidt van de klootzakken en het publieke pak op mijn lazer doet zeer. Ik krijg rode blosjes op mijn wangen en mijn onderlip begint aan die pathetische prehuilbibber. Er is de laatste tijd weinig voor nodig. Ik heb Noel sommige jongens horen uitkafferen en die schijnen dat zorgeloos van zich af te laten glijden. Ik heb een probleem. Ik vat het persoonlijk op. Als ik wat meer durfde te vertrouwen op mezelf en mijn capaciteiten... Nou, het is hier in de keuken wel op eieren lopen. Je moet een hele hoop ellende kunnen verdragen, maar ondertussen moet je zorgvuldig de momenten kiezen waarop je het terugdoet. Wacht tot de chef in een goed humeur is en raak geen tere plekken. De kern van de zaak is dat Noel aanbeden wil worden en je hem niet in twijfel mag trekken of bespotten. Dat komt slecht over en hij moet de leiding houden. Dat begrijp ik wel. Maar ik hoef het niet fijn te vinden.

De keuken gaat bijna dicht, dus kan ik het wel een beetje aandikken. Ik moet even naar buiten om mijn hart te luchten. Ik doe mijn schort af en wil de deur uit stormen, maar mijn lies weerhoudt me al snel. Stormen is onmogelijk, dus Quasimodo ik naar buiten en ga richting Queensboro Bridge. *Hoe veel beroerder kan het nog worden?* vraag ik me af. Misschien moet ik gewoon ongesteld worden, maar ik heb het gevoel dat ik volslagen psychotisch ben. Mijn slapen zijn pijnlijk. Er biggelen hete tranen over mijn wangen en alle spanning van de hele avond komt naar buiten. 'Het is goed, het valt wel mee,' mompel ik in een poging alles te relativeren. 'Het was maar een toetje.' Dan komt de geur van chocola in Danny's adem bij me boven. *Die zakkerige klootzak.*

Ik passeer mensen, beseffend hoe ik er zo hinkend in mezelf mompelend bijloop, met een bandana om, zwarte muilen aan, een bakkersbroek en een smerige witte koksbuis. De avondlucht heeft iets koels en fris en ik ben zo heet en zweterig dat dat prettig aanvoelt. 'Je moet harder worden, laat het van je afglijden,' zeg ik. 'Laat die klootzak je er niet onder krijgen. En wat er ook gebeurt, zorg dat hij je niet ziet huilen.'

Second Avenue is verlaten en ik zie de tram over de East River naar Roosevelt Island rijden. Terwijl ik Sixtieth Street in westelijke richting afloop zie ik dat ik langs een gesticht loop en schiet in de lach. Mark Allen, de chef van Mixed Grill, loopt naar de Subway Bar. In de plaatselijke keukens staat hij erom bekend dat hij na sluitingstijd op kroegentocht gaat, hier een biertje pakt en daar een glaasje whisky of twee. Ik wil niet dat hij me ziet. Hij behandelt me altijd vriendelijk, maar voor mijn gevoel is dat omdat hij aanvoelt dat ik niet voor hem zou willen werken. Hij kan zich zijn fatsoenlijke gedrag permitteren. Ik maak rechtsomkeert, steek de straat over en keer terug naar Tacoma. Met de onderkant van mijn buis veeg ik mijn gezicht af en snuit mijn neus er voor de zekerheid ook maar in.

Terug in de keuken ben ik evenwichtig. Noel is weg en de jongens rommelen in hun messenbakjes. Javiers koksmes is zoek en Pablo gelooft dat hij heeft gezien dat O'Shaughnessy het in de zijne stopte.

Nadat we de keuken met keukenpapier en Formule 409 hebben schoongeveegd ga ik met Gustav, de sauteerjongen van Perla, hiernaast, aan de bar zitten. Oscar is eigenaar van beide restaurants en we delen de koelkasten in de kelder en de koude keuken zodat Gustav en ik elkaar vaak zien. Soms doet hij zelfs de sauté voor de lunch van Tacoma.

Dina staat vanavond achter de tap en laat ons nieuwe margeritarecepten proeven. Ik mag Dina wel. Ze is altijd aardig en niet zo vol van zichzelf. Ze ziet er een beetje uit als Cher vroeger, zonnebankbruin en erg bloot. Ik moet toegeven dat die zontatoe rond haar navel er tof uitziet.

Als Gustav iets zegt klinkt hij als Arnold Schwarzenegger. 'Zo, ah, Layla, wie heeft er vanavond in je mesclun gepist, hè?'

Kan hij zien dat ik heb gehuild? 'Niemand,' zeg ik met een pruillipje.

'Kom, schatje, ik zie het toch aan je als je iets mankeert. Ben je ongesteld? Ah?' Zo gaat dat met Gustav. Het kost hem geen moeite de biologische omstandigheden erbij te halen.

'Misschien.'

'Hé, Dina, een margerita voor mijn menstruerende vriendinnetje, hier.' Gustav moet er zelf om lachen. 'Heb je zin om high te worden?' vraagt hij en klopt op het open zakje van zijn koksbuis.

'Oké.' Ik heb geen zin om te praten, ik wil alleen aan de bar zitten en kalmpjes van mijn drankje nippen, misschien een paar trekjes nemen van Gustavs joint, op mijn fiets stappen en thuis proberen te komen.

'Kom op. Hier vrolijk je van op. Ik beloof het je.'

Ik laat mijn nauwelijks aangeraakte drankje op zijn rode viltje met rodepepermotief staan en volg Gustav naar buiten.

Ik ben nooit op Gustav gevallen ook al is hij op een Oostenrijkse jodelmanier een behoorlijk knappe man – atletisch, met blond haar, blauwe ogen, een stoere kaaklijn. Hij skate naar zijn werk en soms fietsen we samen een eind over de George Washington Bridge. We zijn bevriend geraakt. Hij is veertig, kookt al sinds zijn veertiende en kent de keuken als zijn broekzak. Terwijl ik, ook al heb ik al drie keukens achter de rug, nog steeds een novice ben. Ik moet nog steeds investeren in mezelf, en ik weet niet hoe lang ik dat nog volhoud.

Gustav geeft me graag tips en dat ergert me soms. Het gaat zo van ja, ja, ik weet dat je de wortel naar je toe moet schillen en niet van je af, 'als een huisvrouw', maar ik doe het toch liever op mijn eigen manier. En trouwens, wat maakt het eigenlijk uit? Qua tijd maakt het niks uit, dus wat geeft het? Het punt is dat je in de keuken in stijl moet blijven. Je moet tonen dat je weet hoe dingen horen. Maar 'hoe dingen horen' kan in de keuken iets heel subjectiefs zijn.

Ik loop langzaam de straat uit, maar Gustav schijnt er geen acht op te slaan. Hij is te druk bezig met het zoeken van de juiste plek om de brand in zijn joint te jagen. Hij loopt naar een schaduwrijke portiek, kijkt om zich heen of er niemand aankomt en haalt dan de joint tevoorschijn. We staan vlak naast Thai Palace, waar Gustav de gastvrouw tussen de klamme lappen heeft proberen te krijgen. 'Ik ga met haar trouwen,' zegt hij, knikkend naar Thai Palace en rook uitblazend.

'Je hebt nog niet eens kennis met haar gemaakt,' zeg ik terwijl ik het uiteinde van de joint tussen duim en wijsvinger neem en hem naar mijn lippen breng.

'Ze heet Gem,' zegt Gustav en kijkt toe als ik inhaleer. 'Hé, vriendin-eh, je moet die joint niet Bogarten.' Hij heeft de neiging zijn woorden met 'eh' te besluiten.

'Waar heb je die geleerd?' vraag ik geamuseerd als ik hem een amerikanisme hoor gebruiken.

Hij haalt zijn schouders op. 'Geen idee. Jij? Luister, ga je me nog vertellen wat eraan mankeert? Of heb je gewoon de vlag uithangen?'

Deels wil ik het er niet over hebben. Deels verlang ik naar Gustavs reactie – bezorgdheid, shock, boosheid. 'Nou, eerst werd ik op weg naar mijn werk door een taxi aangereden.'

'Nah!,' zegt hij, alsof hij nog nooit iets ergers heeft gehoord. 'Je bent aangereden door een taxi?'

'Ik sloeg over de kop. Dat was niet leuk.'

'Alles in orde?' vraagt hij en legt een hand op mijn arm. Hij komt dichterbij en zegt: 'Laat je pupillen eens zien.'

'Wat hebben mijn pupillen ermee te maken?' Hij heeft mijn hoofd gekanteld om in mijn ogen te kunnen kijken, zijn gezicht op twee centimeter van het mijne. Hij kan niks zien en sleurt me daarom aan mijn arm naar een lantaarnpaal waar hij beter zicht heeft.

'Aaah,' zeg ik, omdat het pijnlijk is om een kant op te worden getrokken waarop ik niet had gerekend.

'Ben je in orde? Jezus, wat mankeert je toch?' Het is of hij tegelijk van streek en bezorgd is. Hij wil een of andere diagnose voor me stellen. Waarom hebben Europeanen altijd een of andere medische kennis waarvan wij niks afweten? Hij houdt mijn ooglid met zijn duim open en kijkt langdurig.

'Nou?' vraag ik.

'Je overleeft het wel,' zegt hij, doet een stap achteruit en loopt naar de portiek.

Hij steekt de joint weer aan en neemt een paar trekjes om hem aan de gang te krijgen voordat hij hem weer aan mij geeft. Ik neem een flinke hijs en houd de rook een paar tellen in mijn longen alvorens uit te ademen. We staan een paar minuten te zwijgen met zijn tweeën.

'D'r is een nieuwe gozer komen sauteren, vanavond,' zeg ik.

'Die hufter,' zegt hij, doelend op Noel. 'Heeft hij jou dat niet beloofd?'

'Niet echt.'

'Je moet gaan sauteren, anders neemt niemand je serieus.'

'Bedankt voor de tip.'

'Hé wijffie, sauteren is je van het. Zodra je sauteert kun je gaan klimmen.'

'Gustav,' zeg ik getergd, 'vertel me eens wat nieuws.' Dat brengt hem tot zwijgen. 'Hoe komt het dan dat jij nog geen chef bent?' vraag ik.

'Wil geen chef worden – te veel werk. En trouwens, ik ben nog niet legaal – ze nemen me toch niet in dienst zolang ik geen verblijfsvergunning heb. Ik doe mee aan de loterij voor verblijfsvergunningen, wist je dat?'

'Bestaat er een loterij voor verblijfsvergunningen?'

'Jaaa. En ik zal je nog wat vertellen: ik ga hem winnen.'

Ik sper mijn ogen open en knik, zo van 'Kan mij het schelen, het zou kunnen'.

Ik voel de joint aankomen. 'Hé, toon me je liefde,' zeg ik en steek mijn duim en wijsvinger uit.

'Schatje, je kan zoveel liefde krijgen als je wil,' zegt hij en grijpt met iets meer zin dan ik op het moment kan verdragen naar mijn kont en laat dan snel los en zegt: 'Oooo, sorry, niet aan gedacht.'

Ik zou me gekwetst kunnen tonen als Gustav mijn kont

grijpt of tegen mijn been oprijdt, maar dat werkt tegen me. Zo zit hij in elkaar en ik laat me er niet door kwetsen. Deed ik dat wel, dan waren we geen vrienden. Hij is high en ik laat het zo. Ik richt mijn hoofd op om te inhaleren en als ik het naar rechts draai zie ik Danny O'Shaughnessy Perla uitkomen. 'Dat is hem,' zeg ik. 'Die gozer daar.'

'En wat wil je dat ik met hem doe? Een trap voor zijn hol geven?'

'Om te beginnen. Ik zweer het je, Gustav, die vent heeft heel de dienst lopen stofzuigeren. We denken dat hij Javiers mes heeft gejat.'

Bij die woorden schiet Gustav overeind. 'Meen je niet? Heeft hij Javiers mes gejat?'

'Sjjj. Hij komt deze kant op.'

'Dacht je nou echt dat het mij wat kan schelen of hij me hoort of niet?'

'Alsjeblieft, Gustav, ik moet met die vent werken.'

'Dan vind je het vast niet erg als ik een kleine hoeheettut-ookweer? Lichaamsholteninspectie pleeg-eh?'

Ik begin te grinniken. 'Denk je dat hij dat mes daar verstopt heeft?'

'Hé, je hebt mensen die dat lekker vinden.'

'Kom op,' zeg ik, 'laten we naar binnen gaan, ik krijg het koud.'

'Het is een hufter, dat is duidelijk – ik zie het aan zijn smoelwerk. Weet je hoeveel uur Javier moet werken om zijn eigen koksmes te kunnen betalen? En deze *zakkenwasser*,' zegt hij op het moment dat Danny op twee passen afstand is.

'Da's mijn naam, gebruik hem niet ijdel.' Danny glimlacht zoals iemand glimlacht die niets te verliezen heeft. Hij heeft zijn koksbuis verruild voor een broek en colbertje. Ik vraag me af hoe een sauteerder zich zulke fraaie kleren kan permitteren. Hij heeft zijn messen bij zich in een roodmetalen gereedschapskist met een groot slot erop.

'Danny, dit is Gustav,' zeg ik in een poging om aardig te doen. De kennismaking lijkt Gustav mild te stemmen, want hij kijkt naar Danny, steekt zijn hand uit en zegt: 'Hé, aangename kennismaking.'

Danny's ogen lijken door zijn hoofd te tollen. Hij wiegt van de ene kant naar de andere, veegt snel achtereen de punt van zijn neus en zijn mondhoeken schoon. 'Ik hoop niet dat ik me vergis,' zegt hij, 'maar ving ik niet een vleugje op van de machtige marihuana? Ik zou wel wat dempende invloed kunnen gebruiken.'

'Neu,' zegt Gustav. Met zijn hand op mijn schouder zegt hij: 'Layla en ik hadden het net over messen. Zij zweert bij haar Sabatier, maar volgens mij gaat er niets boven een Wusthof. Wat voor merk heb jij?'

Danny schijnt door de vraag allerminst in verlegenheid gebracht. 'Ik gebruik allerlei merken. Mijn lievelingsmes is een merkloos kartelmes dat ik bij J.B. Prince koop – ongeveer tien dollar.'

'Heus?' vraagt Gustav, 'gebruik je dat als koksmes?'

'O, ik heb verschillende koksmessen.'

'Ha,' zegt Gustav op een toontje dat betekent 'Meen je dat?' En daarmee valt het gesprek stil.

'Hé, Layla, sorry voor die grote bek die ik je daarbinnen gaf vanavond, je weet hoe dat gaat.'

'Ik weet niet hoe dat gaat,' zegt Gustav.

'Nou, dan werk je niet in een keuken,' zegt Danny in een poging kameraadschappelijk tegen mij te doen. Hij heeft geen idee dat Gustav hem onder het aanrecht kan koken.

'Niet?'

'Wel?'

'Ik dacht het wel.'

'Sorry. Dan weet je vast wel waar ik het over heb.'

'Je bedoelt dat een groentje met een kop vol watten een grote bek opzet tijdens de dienst?'

Danny begint te lachen, maar niet alsof hij bang is. Meer alsof Gustav het leukste zegt dat hij ooit heeft gehoord. In het licht van de lantaarnpaal ziet zijn boze rode steenpuist eruit alsof hij eraan heeft lopen knoeien.

'Hé Danny?' vraag ik. 'Heb jij enig idee wat er met die chocoladester was gebeurd?'

'O, ja dat spijt me. Ik wilde gewoon even proeven en had nooit verwacht dat Noel zo door zou draaien. Gespannen manneke, of niet?'

Moet je horen wie het zegt? 'Hoor eens, als je nog eens iets wilt proeven, vraag dan even, oké?'

Er komen drie zwarte gozers in wijde broeken en enorme bolstaande Tommy Hilfigerjacks aanlopen. 'Yo, Danny O!' roept er eentje.

'Hé, Jamal, alles kits, vriend?'

'Achter de rits wel, vriend. Bejje d'r klaar voor?'

'Reken maar van yes,' zegt Danny en vervolgens tegen Gustav en mij: 'Waar genoegen. Zie je morgen Layla.'

'Zie ernaar uit, Danny.'

'Ongetwijfeld,' zegt hij, klakt met zijn tong en knipoogt.

Ik laat Gustav bij Thai Palace achter en keer terug naar de bar van Tacoma. Halverwege een roze Patrón margerita met ijs en Grand Marnier kom ik tot de conclusie dat ik eigenlijk een ijsje moet eten.

Dina zegt: 'Hé, wat dacht je van een van die kokosnootkoekjes voor je kameraad?'

In de keuken zitten Pablo en Javier op het aanrecht kip te eten en cola te drinken. Pablo zegt: '*Qué tal, chica?*'

Ik zeg: '*Bien,*' en loop naar de ijskast.

Javier vraagt: '*Necesitas helado para el culo?*' en glimlacht.

Het is een geintje tussen ons. Ik heb hem een keer verteld dat ik van ijs hield en hij vroeg waarom en toen zei ik voor de grap: 'Voor mijn kont.' Dus als hij me nu ijs ziet eten, vraagt hij elke keer: '*Necesitas helado para el culo*' en eerlijk gezegd begin ik daar knap genoeg van te krijgen. Niet alleen omdat ik geen zin heb om het met Javier over mijn kont te hebben, maar ook omdat ik de laatste tijd te veel ijs eet en dat aan mijn kont af te zien is. Ik kan er maar niet afblijven. Ik lijk nergens grip op te hebben – mijn werk, mijn ijsconsumptie om over mijn liefdesleven nog maar te zwijgen. Dat heb ik niet meer sinds de kortdurende patissier uit de Jura met de jampotbril. Zag er niet uit als hij appeltaart aan het bakken was, maar veranderde zodra het licht uitging in een ware Don Juan. Hij noemde me zijn 'Amerikaanse Pransas.' Hij kon meesterlijk suikerfiguren maken – hij had prijzen gewonnen met zijn zwanen en subtiele rozen. Die had bijzonder vaardige vingers.

Ik schep een lepel kaneelijs en nog een lepel hazelnoot en verkruimel er een chocoladester boven. Het ijs is zacht geworden doordat de ijskast tijdens de dienst zo vaak open en dicht is geweest. Nu heeft het exact de juiste ietwat zachte samenstelling. Ik meng de wafel door het ijs en ga bij Javier en Pablo op het aanrecht zitten. Met zijn drieën zitten we zwijgend te eten. Soms denk ik dat ik niets anders dan ijs hoef te eten. Het is het beste troostvoer dat er te krijgen is.

We worden gestoord door Dina, die haar hoofd door het doorgeefluik steekt en zegt: 'Door wie moet ik me hier laten neuken om een kokosnootkoekje te krijgen?'

'Sorry, vergeten,' zeg ik, spring van het aanrecht en graai de Tupperware koektrommel van de plank. Javier en Pablo zitten hun kippenpootjes af te kluiven en stoten elkaar aan als Beavis en Butthead. *Ze zei 'neuken,' huh, huh, huh, huh...*

Ik geef haar een dessertbord met drie kokosnootkoekjes erop. Ze houdt er eentje omhoog, kijkt er dromerig naar, bijt er dan in en kauwt langzaam. '*Dat* bedoel ik nou,' zegt ze en peutert met haar pink koek uit haar kiezen. 'Bedankt, Lay.'

Als ze buiten gehoorsafstand is, zegt Pablo: '*Esta chica es guapa.*' Javier knikt enthousiast.

'Vinden jullie Dina aardig?' Ze glimlachen allebei en knikken. '*Pero estás casado pinche, Pablo.*'

'*No le importa,*' zegt Javier grijnzend.

'*Perros,*' zeg ik.

Jamie slaapt als ik thuiskom. Ik schenk een glas water in en kijk op het kladblokje naast de telefoon of er boodschappen zijn. Er staat: 'Luister de berichten af.'

Er is er een van Gustav die me welterusten wenst en zegt dat ik me niet druk moet maken om die zakkenwasser. En eentje van Billy die een feestje geeft op mijn vrije avond en me uitnodigt.

En dan een van Julia. 'Hallo, liefje, hier je moeder. Ken je me nog? Ik wilde alleen even horen hoe het met je gaat en je vertellen dat mijn programma morgen om negen uur is. Ik weet niet, werk je morgenavond? Nou, je kunt het hoe dan ook opnemen. Het is een goeie, het behoort tot mijn beste werk. Je vindt het vast mooi. Zeg het tegen je vriendinnen hè?' – pieeeeppp!

Ik wist dat dat niet de hele boodschap was. Julia heeft de neiging door te gaan. Ik geloof dat ze niet zoveel van antwoordapparaten begrijpt, wat wat mij betreft een enorme zegen is. Zodoende krijgt ze geen contact. Ik denk wel eens dat ze zelfs na de piep nog door blijft praten. Ik heb haar wel dingen horen noemen die ze beweerde te hebben ingesproken en die helemaal nieuw voor mij zijn. Haar scheiding van echtgenoot nummer drie bijvoorbeeld. Een leukerdje trouwens – ging ons met de kerst meenemen naar Aspen tot hij ontdekte dat Julia haar assistent neukte.

Mijn moeder is actrice in een nieuwe serie die *Intrigues* heet, een soort nachtsoap. Ze is de hele vorige zomer bezig geweest met het draaien van de pilot en ze zijn twee weken geleden pas begonnen met uitzenden. Ze is bang dat het gekraakt zal worden, net als *Santa Rosa*, de vorige serie waaraan ze meedeed.

Hoewel het al laat is bel ik Billy, want ik weet dat hij nog op zal zijn. Toen we nog studeerden woonde hij niet op de campus, maar in een knus vrijgezellenhok waar we op kussens rondhingen en hasj rookten uit chillums en elkaar tot in de kleine uurtjes psychoanalyseerden. 'Hallo, schoonheid,' zegt hij.

'Je vleit me enorm.'

'Wie moet het doen als ik het niet doe?'

'Dat heb je scherp in de gaten, kerel.'

'Je komt hè, zondagavond? Want eerlijk gezegd geef ik dit feestje in feite voor jou.'

'En waar heb ik die eer aan te danken – of moet ik zeggen, die druk?'

'Noem het zoals je wilt, maar je aanstaande man staat een hele kennismaking te wachten.'

Billy heeft me nog nooit aan iemand gekoppeld, dus is dit nogal een verrassing. 'Ga je me aan iemand voorstellen?'

'Ja, aan je toekomstige echtgenoot.' Hij klinkt behoorlijk zelfverzekerd.

'Het is toch geen homo, hè?'

'Oké, ik doe net of ik dat niet heb gehoord.'

'Sorry, Billy. Ik had gewoon niet gedacht dat je veel hetero's kende.'

'Ik ken jou toch?'

'Wat bedoel je daar in jezusnaam mee?'

'Jij bent hetero.'

'Niet zo kort door de bocht.'

'Ooo, brutale meid,' zegt Billy, grinnikend.

'Denk maar niet dat ik het niet heb overwogen.'

'Goeie instelling. Luister, het is een ouwe vriend van de familie met wie ik samenwerk en hij is heel, heel, heel erg in trek.'

'Je hebt hem proberen te versieren of niet soms?'

'Ik zal me niet verlagen tot het beantwoorden van die

vraag,' zegt hij. 'Je weet best dat ik je nooit aan iemand zou koppelen met wie ik zelf niet naar bed zou willen.'

'Spui de details maar,' zeg ik, verveling veinzend omdat ik helaas een tikje te enthousiast begin te worden bij de gedachte dat er een man is, welke man dan ook, aan mijn horizon. Ik sta al heel, heel lang droog.

'Cijfers? Een vijfentachtig, wat volgens mij de perfecte lengte is voor – wat ben je ook weer, een tweeënzeventig, een vijfenzeventig?'

'Een zeventig. Ik hoop dat je die vent niet van alles hebt wijsgemaakt?'

'Ik prijs niks aan als ik het niet kan verkopen, schat.'

Nu legt hij het er dik bovenop en ik moet zeggen, na de avond die ik achter de rug heb, voelt dat prettig aan. Maar ik schijn nooit zomaar complimentjes te kunnen accepteren. Ik moet er altijd iets tegenin brengen als: 'Ja, die enorme puist op mijn kin is echt heel bijzonder.' Of wat ik nu zeg: 'Heb je mijn kont de laatste tijd wel eens goed bekeken?'

'O, doe toch niet zo moeilijk, alsjeblieft. Je hebt een prima kont, en geloof mij maar, als het om konten gaat, ben ik deskundig. Mannen, vrouwen, honden... ik wil er niks meer over horen, oké?'

'Ik meen het. Ik ben de afgelopen twee weken een pond of tien aangekomen.'

'Nou, doe even kalm met de ijsjes en ga een eindje rennen. Hoor 'ns, ik heb je drie dagen geleden nog gezien en toen zag je er prima uit.'

'Prima?'

'Fantaaaastisch. Mag ik nu mijn verhaal afmaken?'

'Ik weet niet of dit wel zo'n goeie periode is om iemand te leren kennen. Ik ben de situatie niet echt helemaal meester. Je kent dat toch wel van "Je kunt alleen gelukkig zijn met een ander als je gelukkig bent met jezelf"?'

'Gelul. Je hebt gewoon een flinke beurt nodig. Dan word je

wel gelukkig met jezelf en geef je die waardering hopelijk door aan meneer Dick Davenport.'

'Je loopt me te belazeren,' zeg ik lachend. 'Hij heet geen Dick.'

'Die naam heeft zijn moeder hem gegeven.'

Ik weet het niet met dat 'Je hebt gewoon een flinke beurt nodig' gedoe. Het kan je wel even op andere gedachten brengen, maar op lange termijn betekent het meestal preoccupatie, obsessie en last but not least, een verpletterend gebroken hart. Eerlijk gezegd heb ik al zolang geen seks meer gehad dat ik het me niet eens meer kan herinneren. Ik wil verdomme al helemaal niet dat iemand me nu naakt ziet. Maar ik heb een optimistische natuur of misschien heb ik het graag zwaar en kan ik geen weerstand bieden. 'Ga door.'

'Hij heeft donkerbruin haar en blauwe ogen zo groot als schoteltjes.'

'Dat is een aantrekkelijk plaatje. Het klinkt alsof het Bambi is,' zeg ik en reik naar de stoffige fles Courvoisier onder het aanrecht.

'Je weet wel wat ik bedoel. Hij is dol op skiën, mountainbiken, kajakken, ahem, al die gezonde dingen die jij zo leuk vindt – én, hij is afgestudeerd op Harvard en gepromoveerd op Co-lum-bia.'

Mijn laatste vriendje had met moeite zijn middelbare school afgekregen. Ik begin een knoop in mijn maag te krijgen. De laatste tijd word ik helemaal slap als er beschikbare mannen worden genoemd. Ik schenk mezelf een slaapmutsje in, steek een sigaret op en blaas de rook uit.

'Rook je?'

'Nee,' lieg ik. 'Het is dus een pak.'

'Die van de natuur houdt!'

'Een pak met een doel?'

'Zo zou je het kunnen noemen.'

'Hoe laat zondag?'

Zaterdag gaat alles een stuk beter. Het eerste dat er goed gaat is dat Jamie genoeg water voor ons allebei aan de kook brengt. Ik voel me goed, optimistisch, al heb ik nog steeds vreselijk pijn in mijn lies. Ik zweer dat dat blubberige winterlaagje minder trilt. Ik snap dat hele lijfsbewustzijn niet. Hoe kun je je nou de ene dag een nijlpaard voelen en de dag erna voor de spiegel staan te rimpelen? Het slaat nergens op.

Het volgende goede dat er gebeurt is dat ik op weg naar mijn werk niet door een taxi word aangereden, een enorme opsteker.

Het hoogtepunt? De keuken inlopen en merken dat Danny O'Shaughnessy verdacht afwezig is. Pablo en Javier hebben hem niet gezien. Mijn hart bonst. Ik zweef. Noel heeft hem natuurlijk doorzien en op de keien geschopt. Wordt dit misschien mijn grote doorbraak? Misschien doe ik vanavond de sauté wel!

Ik trek een bakblik tevoorschijn en ondanks mijn geïrriteerde lies zit er nog wat pit in mijn gang als ik de keuken uitloop, de eetzaal door en naar de inloopkasten in de kelder loop om mijn groenten te halen. Ray, de slager, glimlacht naar me. Een goeie vent is dat, Ray, weet dat ik alles over het slagersvak wil leren en neemt me apart als hij het niet te druk heeft om me te leren hoe je rundvlees portioneert of een lamsbout uitbeent. Het belangrijkste is een scherp mes, en Ray heeft zowel een steen als een staal bij de hand om tijdens zijn werk voortdurend te kunnen wetten en slijpen. 'Moet je deze varkensrib eens voelen,' zegt hij als ik hem passeer.

'Geen tijd,' zeg ik zonder in te houden.

'Hé! Pas op voor die stront!'

Ik blijf stilstaan en kijk naar beneden. Ik sta wijdbeens boven een stroompje troep en water dat midden over de gebarsten betonnen grond loopt. Er hangt een sterke rioollucht.

'Wat is hier in jezusnaam gebeurd?' vraag ik.

'Gebarsten rioolbuis!' roept Ray.

'Schitterend,' mopper ik en vervolg, slalommend rond bruine bultjes die hopelijk geen stront zijn, mijn weg naar de kast. Ik doe de deur open en wie zie ik daar, in een hoekje naast de karnemelk allerlei activiteit veinzend? Niemand minder dan die klootzak van een O'Shaughnessy. 'Danny,' zeg ik, in de hoop dat het hierbij blijft.

'Hé, Layla, alles kits?' zegt hij, en stopt iets in zijn zak.

'Gaat,' zeg ik, zet mijn blad neer en doorzoek de kratten naar mijn wortels, bieten en pepers. Naar Danny kijk ik niet. Ik wil dat hij pakt wat hij nodig heeft en opsodemietert zodat ik even kan bijkomen. Maar hij staat daar maar naar de blokken boter te kijken.

'Weet je wat ik zoek, Layla?'

'Geen idee.'

'Het hardste blok boter dat er is,' zegt hij en veegt een paar keer zijn neus af.

'Volgens mij is alle boter hier zo'n beetje even stevig, Danny.'

De bieten en wortels liggen op de gebruikelijke plek, maar iemand heeft kennelijk de pepers verstopt. Ik zoek driftig onder de dozen met citroenen en limoenen, trek dingen van hun plek en schuif ze aan de kant om drukker te lijken dan ik ben, maar Danny praat gewoon door. 'Dat probeer ik nou juist te achterhalen,' zegt hij en ik hoor zijn stem van steeds dichterbij.

De inloopkoelkast is koel en vaag verlicht, net voldoende om te kunnen zien wat je doet. Ik hurk met mijn hoofd ver onder de plank met vleeswaren en voel dat Danny vlak achter me staat, maar ik doe alsof mijn neus bloedt.

'Zou je me even kunnen helpen?' vraagt hij.

Als ik me omdraai om hem aan te kijken, veegt de punt van mijn neus langs iets waarvan ik oprecht hoop dat het dat niet is – een dikke paarse stijve. 'Aha, daar zijn de Chinese aubergines,' zeg ik en sta op waardoor Danny's penis tegen de voorkant van mijn buis drukt.

'Ik hoopte dat je de mijne een beetje zou kunnen opwarmen,' zegt hij in mijn oorschelp en omklemt met beide handen de metalen plank achter me. 'Je zei dat ik wel even mocht proeven.' Zijn adem ruikt bitter, naar verschaald bier en iets chemisch.

'Sjee, Danny, wat een eer,' zeg ik en buig me naar voren voordat ik mijn knie met kracht tegen zijn ballen optrek. Het doet in mijn lies bijna evenveel zeer als in zijn kruis en we schreeuwen het allebei uit.

Danny staat voorovergebogen te kreunen als de deur openzwaait en Ray binnen komt lopen. 'Hé, pret maken zonder mij erbij, da's niet eerlijk,' zegt hij zonder iets door te hebben, loopt naar de emmer peterselie en begint te fluiten. Danny knielt en doet of hij de citroenen inspecteert. Ik vind de pepers en leg die op mijn dienblad.

Ik probeer normaal over te komen, maar strompel naar buiten.

'Ik moet even met jou praten,' zegt Noel als ik terugkeer in de keuken. Ik ben nog niet eens met mijn mise en place begonnen, maar ik zeg niks. Noel is de baas. Hij geeft me een plek, legt zijn klembord op tafel voor zich, trekt een wenkbrauw op, een trekje waar ik echt de zenuwen van krijg. Hij zegt: 'Ik voel een zekere spanning tussen ons,' en de teleurstelling schittert in zijn ogen.

Spanning. Dat is het eufemisme van de eeuw. Ik wil bijdehand doen en iets zeggen als '*Meen je dat?*' Maar ik hou me in. Ik begrijp dat Noel deze kleine vergadering heeft belegd omdat hij me wil ontslaan maar bang is een of andere zaak wegens seksediscriminatie over zich heen te krijgen. De assistent/patissier vult voortdurend van die klachtenformulieren in als een van de jongens naar haar fluit of hun vaste liedje zingt: '*Andale, andale, yo necesito un poquito de chocha caliente.*' Vertaald: 'Haast je, haast je, ik heb een heet kutje nodig.' Het vorige meisje dat in de garde-manger werkte spande een kort geding aan tegen het restaurant en won. Ik wed dat Noel hoopt en bidt dat ik ontslag neem. Ik wacht tot hij verder gaat.

'Weet je wat ik bedoel?'

'Ik heb wel een idee,' zeg ik en onderbreek mezelf om hem aan het woord te laten. Nu ik hier toch ben, begin ik zijn tekortkomingen maar in kaart te brengen – gelhaar dat bovenop dunnetjes wordt, de eerste aanzet tot een enorm pafferig, opgeblazen, zelfvoldaan gezicht. Hij heeft me erbij geroepen, laat hem goddomme terzake komen.'

'Ik heb het gevoel dat je twijfelt aan mijn autoriteit.'

'Nou, als teleurstelling over het niet krijgen van bepaalde kansen betekent dat ik twijfel aan je autoriteit, dan heb je misschien wel gelijk.'

'Je bent nog niet aan sauteren toe.'

En op zulke momenten zie je dat ik ondanks mijn bikkelharde vernislaagje een teer bloempje ben. Ik schreeuw niet: 'Je hebt het ontzettend mis, waardeloze niet kokende ijdeltuit! Je wil me alleen niet aan de kachel zetten omdat je er een kick van krijgt om me iets te ontzeggen dat ik dolgraag wil!'

In plaats daarvan zit ik verbijsterd te kijken. Alsof het goh, ja misschien best redelijk is dat ik word gediscrimineerd. Zo gaat het als je er middenin zit. Je ziet door de bomen het bos niet en denkt dat die vent door wie je wordt genaaid misschien wel gelijk heeft. Ik weet niet wat ik moet zeggen. Meent hij het? Ben ik nog niet aan sauteren toe? Ik weet dat ik nog niet de beste kok ter wereld ben, maar ik heb de kans nu wel verdiend. Ik kan het goddorie in elk geval beter dan Danny.

'Mankeert er iets aan mijn prestaties?' vraag ik in een poging diplomatiek over te komen.

Ik wil details, maar ik krijg niets anders te horen dan: 'Ik vind wel dat je prestaties er onder lijden. Ik geloof ook dat de dynamiek in de keuken schade ondervindt.'

Benny komt aanlopen en vraagt of we iets willen drinken. Noel vraagt hem wat water te brengen.

Ik kan het niet hebben dat hij mij de schuld geeft van de achteruitgang van de keukenmoraal als de oorzaak daarvan overduidelijk O'Shaughnessy is. 'Als iemand hier de sfeer verpest,' zeg ik en zet een stap naar de afgrond, 'is het die nieuwe.'

Noels ogen schieten heen en weer en zijn lippen verstrakken terwijl hij overweegt of hij mijn nekje zal omdraaien of hard op de tafel zal slaan. 'Die nieuwe,' zegt hij en buigt zich dreigend naar me toe, 'is toevallig wel een bijzonder getalenteerd *saucier*. In tegenstelling tot jou heeft hij zijn sporen in een aantal behoorlijk stijlvolle etablissementen verdiend, Slim.'

Ik heb er verdorie de pest in als hij me Slim noemt. Ik heb steeds gedacht dat hij me die bijnaam zowel bij wijze van compliment had gegeven als om aan te geven dat hij een Steve McQueen-type was. Maar aan zijn intonatie te oordelen is het nu beledigend bedoeld.

'Al heeft hij met Jean-Georges gewerkt! Die vent is een cokeduivel, een seksuele perverseling en vrijwel zeker ook een kleptomaan!'

'Wat me op mijn volgende vraag brengt,' zegt hij, zijn vingertoppen tegen elkaar drukkend en me niet aankijkend. 'Heb jij toevallig enig idee wat er met Javiers mes is gebeurd?'

'Ik heb wel een idee,' zeg ik, op een toon die aangeeft dat iedereen hetzelfde idee heeft.

'Want ik ben bereid om het hele incident door de vingers te zien als je het nu meteen teruggeeft.'

Stel je zo'n schoorsteen van een stoommachine voor waarvan de opening net een mond is die TOOOEEET doet! Ik ben volstrekt sprakeloos. De woede kolkt in me omhoog. Er is niets erger dan onterecht beschuldigd worden – zeker als het om diefstal gaat. Ik heb mezelf nooit als een gewelddadig iemand gezien, maar op dit ogenblik wil ik Noels gezicht tot bloedmoes slaan. 'Geef je mij de schuld?' zeg ik met een stem die hopelijk even zacht is als ik hem probeer te houden, 'van het stelen van Javiers mes?'

'Ik beschuldig nog niemand. Niet als het mes voor het einde van de dienst vanavond terug is in mijn kantoor. Er is verder niemand – het kan anoniem worden achtergelaten.'

'Noel? Ik doe even net of je me niet zojuist hebt beschuldigd – *mij* en niet de klootzak die het beslist heeft gejat, van wie Pablo heeft gezien dat hij hem in zijn kist stopte, waar je het waarschijnlijk nu kunt terugvinden –'

'Ik weet wel dat je Danny niet mag.'

'Niet mag!'

'Ik heb liever dat je zachter praat.'

'Nog geen tien minuten geleden probeerde hij zijn pik in mijn keel te steken in de inloopkast!'

Noel is hierdoor zo van zijn stuk dat hij er onwillekeurig 'Ha!' uitflapt voordat hij zichzelf enigszins onder controle krijgt en voortgaat met: 'Wat is er gebeurd? Ben je in slaap gevallen en wakker geworden met zijn pik in je mond? Woooo, Slim, da's een goeie. Ik wist wel dat je aan een beurt toe was, maar pijpen in de inloopkast... probeer werk en privé een beetje te scheiden, ja?'

Als Benny de watertjes voor ons neerzet kijk ik zo'n beetje scheel. Als ik een slok neem, kantelt plotseling de klont ijsblokjes in het glas om en spetter ik mijn gezicht en jas onder.

'Voorzichtig met dat drankprobleem van je,' buldert Noel.

Waarom wil ik in godsnaam voor deze zak stront werken? Het lijkt wel of ik in een felgekleurd uniform loop te scheidsrechteren bij een wedstrijd voor doofstommen. Ik haal verkeerd adem – hou de lucht tussen het ademhalen door langer dan normaal vast – ik voel de druk in mijn hoofd toenemen, de ader in mijn voorhoofd opzwellen. Er drupt iets uit mijn neus en als ik dat met mijn vinger afveeg besef ik dat ik een bloedneus heb.

'Hé, Slim, zo te zien heb je een bloedneus,' zegt Noel giechelend als een kleuter en gooit een linnen servet mijn kant op.

Ik grijp het servet vlak voor het op mijn neus terecht komt en zeg: 'Voor alle duidelijkheid, ik heb Javiers mes niet gestolen. Ik ben geen klepto. En ik neem geen ontslag. Je zult me moeten ontslaan en voor mijn uitkering moeten opdraaien en misschien' – en ik kan mijn oren niet geloven – 'voor een kort geding.' Het bloed stroomt behoorlijk snel, want het servet is half rood en Noel lacht nu niet meer.

'Volgens mij moet je je hoofd achterover houden. Benny! Breng eens wat ijs!'

Inmiddels staat de hele keuken door het doorgeefluik naar ons te kijken. Voordat Benny terug is, is Dina er al met een bal ijs in een handdoek. 'Sorry, chef,' zegt ze met een blik of ze hem wel kan wurgen.

'Kijk eens aan, daar hebben we Florence Nightingale. Ik zal plaats maken, dan kun je aan het verzorgen slaan,' zegt hij, pakt langzaam zijn klembord op en loopt naar de keuken. 'Hé, Layla! Als het niet meer bloedt moet je opschieten, we hebben een reservering voor halfzes!'

Dina neemt me mee naar een van de bankjes en laat me erop plaatsnemen. Ze houdt een hand onder mijn nek om mijn hoofd wat prettiger achterover te klappen. Met de andere hand drukt ze mijn hand op de handdoek met ijs. Ze heeft werkkleren aan, een laag uitgesneden haltertopje dat vlak boven haar getatoeëerde navel ophoudt en een laaghangende spijkerbroek. Haar oorbellen hangen tegen mijn kaken aan. 'Ik vind dat je ontslag moet nemen,' zegt ze.

'Nee, dat is precies wat hij wil.'

'Weet je, sommige baantjes zijn domweg de moeite niet

waard. Ik heb het allemaal gehoord. Hij probeert je gewoon op te naaien. Wil je zo doorgaan? Met een of andere klojo die probeert je ontslag te laten nemen? En die nieuwe klootzak. Hoorde ik je iets zeggen over dat hij zijn pik in je gezicht duwde? Je moet de politie bellen en aangifte doen.'

'Da's niks voor mij.'

Dina haalt het ijs van mijn neus om te kijken of het nog bloedt. Als ze mijn hoofd naar voren buigt, stroomt er dik rood bloed uit. 'Shit, het stopt niet. Als het over vijf minuten nog niet stopt, bel ik een ziekenauto.'

'Nee! Ik moet weer aan de slag. Het gaat wel,' zeg ik en probeer overeind te komen. 'Ik ben draaierig.'

'Ja, gek hè? Je hebt veel bloed verloren.'

'Geen ziekenauto bellen, ik neem wel een taxi.'

'Je gaat niet alleen. Ik denk dat er een ader is gesprongen of zoiets.'

'Misschien wil Noel me wel brengen,' zeg ik met overslaande stem.

'Kan ik niet iemand anders bellen?'

'Gustav? Ik weet niet of hij nu vrij is?'

'Blijf liggen. Ik loop naar Perla.'

Benny neemt Dina's plek in en ze zegt: 'Zorg dat ze blijft liggen.'

'Ja, baas.'

Binnen een paar minuten staat Gustav over me heen gebogen. Ik ben inmiddels met mijn derde handdoek bezig en de voorkant van mijn witte jasje is een en al bloed. 'Sjeeezus!' zegt Gustav. En vervolgens tegen Dina: 'Hoe lang is dat bloeden al bezig?'

'Ik denk een kwartiertje.'

Hun stemmen worden een hoop kabaal. Ik kan niet meer onderscheiden wat ze zeggen. Gustav duwt het linnen servet hard tegen mijn neusgaten en ik slik bloed weg. Mijn hoofd is licht. Ik voel mijn benen slap worden en ben vertrokken.

Ik kom bij op de eerste hulp van het New York Presbyterian ziekenhuis waar een dokter een lang metalen ding in mijn neus steekt. 'Hallo,' zegt hij, 'je bent een paar tellen buiten bewustzijn geweest.'

'Eerder een halfuur, dok.' Gustav zit op een stoel naast het bed bezorgd te kijken. Ik lig nog steeds in dat bebloede jasje en mijn bakkersbroek, maar heb mijn muilen en sokken uit. 'Hoe voel je je, wijffie?'

Zo pathetisch onder het opgedroogde bloed liggend raak ik opeens overweldigd door het idee dat het iemand kan schelen hoe ik me voel. Ik voel tranen opwellen en voor ik het weet lig ik te jammeren. De dokter, die een beetje te jong oogt om te begrijpen waar hij mee bezig is, zegt: 'Hé, hé, kalm. We hebben het net dichtgeschroeid. Je moet zorgen dat het niet opnieuw knap. Opwinding is slecht voor die dingen. Sterker nog, aangezien er geen letsel is, zou ik zeggen dat druk in het hoofd, veroorzaakt door spanning deze bloedneus heeft veroorzaakt. Haal maar flink adem en probeer je rustig te houden.'

Ik knik. Gustav trekt de stoel naar het bed toe en legt zijn hand op de mijne. 'Ja, kalm maar, kleine huilebalk-eh.'

Daar moet ik om lachen.

'Je ziet er oogverblindend uit,' zegt Gustav.

Ik verzamel al mijn kracht in mijn rechterhand en steek slapjes mijn middelvinger naar hem op.

∾

Ik lig op de bank, drink een glas pinot grigio, rook een sigaret en kijk naar *The Daily Show with Jon Stewart* als Jamie thuiskomt. 'Layla? Schatje? Waar ben je? Mijn God,' zegt ze, zet haar Kate Spade handtas neer en legt haar sleutelbos op de glazen salontafel. 'Vertel op?'

Ik vertel op: 'Ik heb een rotdag gehad.'

'Nee maar,' zegt ze overdreven, 'Nee maar, wat is er gebeurd? Ik ben vanavond bij Tacoma geweest en ze zeiden dat je naar het ziekenhuis was gebracht.'

'Nou, eerst stak een psychopaat zijn pik in mijn gezicht.'

Ze steekt haar hand op en zegt: 'Stop. Wat? Iemand stak zijn geval in je gezicht?'

'Hij zag eruit als een Chinese aubergine.'

'Ze kunnen er echt heel onappetijtelijk uitzien.'

'Zeker als er een zak als Danny O'Shaughnessy aan vastzit.'

'Maar hij heeft je toch geen pijn gedaan, hè? Je moest toch niet door hem naar het ziekenhuis?'

'Indirect wel.'

Het is vermoeiend, maar ze luistert zonder me te onderbreken en ik vertel alles. En tot mijn verbazing schijnt ze medelijden te hebben.

Julia belt om negen uur om me eraan te herinneren dat ik naar *Intrigues* moet kijken. Ik besluit haar niks te vertellen van wat er is voorgevallen en zij vraagt er niet naar.

'Popje, volgens mij wordt dit echt mijn grote doorbraak. De regisseur is fantastisch – erg in zijn schik met mijn werk. Iedereen werkt geweldig samen, en heb ik dat al verteld? Ik heb een nieuwe Mercedes cabriolet gekocht. Misschien niet zo slim om al mijn geld over de balk te smijten, maar ik dacht, kom op, ik heb het verdiend, toch? Misschien neem ik hem deze zomer mee naar Nantucket en kun je er een ritje in maken. Paolo en ik gaan naar Belize eind van de maand, ik kan haast niet wachten. We logeren in dat junglehotel. Weet je nog, waarover ik in *Travel and Leisure* had gelezen? Dat eigendom is van Francis Ford Coppola?'

Ik wil ophangen. Wie heeft er nu behoefte aan een junglevakantie? De overbetaalde avondsoapster en haar Italiaanse speelgoedvriendje? Of ik, de uitgebluste vinaigrettemaakster wier loopbaan een puinhoop is, die gek wordt van de geldzorgen en al meer dan een jaar droog staat?

Als Julia aan de lijn is, kan ik de telefoon minutenlang neerleggen en het verhaal gewoon weer oppikken. Toch zou ik best een ritje met die Mercedes willen maken. Weinig kans. Ze zal er eerst op uitgekeken moeten raken.

'Nou, weet je, ik heb ze verteld dat ik al paardrij sinds dat jij een kleuter was, dus mag ik nu in die scène paardrijden. O, popje, moet je me zien straks – ongezadeld, op het strand...'

Ze zijn kennelijk een soort liefdesgeschiedenis op middelbare leeftijd aan het maken, want mijn moeder die ongezadeld paardrijdt op het strand, dat wordt te gek. Niet dat ze het niet kan. Een van de twijfelachtige voordelen die ik heb als product van een flitshuwelijk is dat ik een moeder heb die eruitziet alsof ze mijn zus is. Ze is een aantrekkelijke vrouw van achtenveertig, dus neem ik aan dat ze het haar niet hadden laten doen als het niet overtuigend overkwam.

Als het bijna tijd is voor haar serie, wil ze aan de lijn blijven opdat ze me alles kan uitleggen, me de subtiele nuances van de camerastandpunten en belichting kan toelichten. Maar ik zeg dat ik haar prestatie meer kan waarderen als ik (me weet te weerhouden van het doorsnijden van mijn polsen en) mij er volledig op kan concentreren.

Voordat ze ophangt stelt ze haar dubbeldeksvraag: 'Al nieuws op het liefdesfront?' en 'Ben je al chef?' En dat laatste interesseert haar niet half zo veel als het eerste.

Dan zegt ze, bijna terloops: 'Trouwens, ik zie je zondagavond. Billy is zo'n schat om mij er ook bij te betrekken.'

Ik ga Billy vermoorden. Ik weet dat hij Julia er graag bij heeft omdat zijn homovriendjes en hij dan samen met Julia musicalliedjes kunnen blèren bij de piano, maar ik dacht dat dit feestje voor *mij* bestemd was. Niet dat ik er optimistisch over ben. Ik ben er niet zo goed in om gekoppeld te worden en ik betwijfel of Billy een vent weet te selecteren die ik aantrekkelijk vind.

Ik weet niet wat er met de kerels in deze stad aan de hand is, maar de selecties vallen me tegen. Ik val op types die niet beschikbaar zijn, die mannen die eerst heel enthousiast zijn maar gaandeweg ontdekken dat ze tot over hun oren in het werk zitten. Zelfs als ze werkloos zijn. Ik wil mijn type echter bijstellen. Voor mij geen vieze zware drinkers van de Lower East Side meer. Ik wil een kerel op wie ik kan rekenen, vriendjes mee kan zijn, mee kan gaan fietsen. Ik kan geen obsessies met doodlopende types meer aan. Nog zo eentje en ik ga eraan kapot. Is het te veel gevraagd om van iemand te houden die ook van jou houdt? Waarom kan ik mezelf wel voor mijn kop slaan als ik zoiets zeg? Bij het eerste teken waaruit blijkt dat hij niet beschikbaar is, ga ik er ditmaal vandoor. Ik zweer het.

Zodra ik opleg, begin ik te zappen. Ik weet niet of ik wel zo'n zin heb om *Intrigues* te zien. Er is misschien wel iets beters. Maar het is vrijdagavond, dus misschien ook wel niet. De telefoon gaat over en ik laat het apparaat opnemen terwijl ik mezelf nog een glas pinot grigio inschenk. Het is Billy, dus neem ik op. 'Jij zit diep in de stront, makker.'

'Is dat een manier om de man te begroeten die je aan de Ware Jacob gaat voorstellen?'

'Weet je wat, Billy? Jij gaat me geen worst voorhouden, als je eerst op je klompen finaal over me heen bent gebanjerd.'

'Je moet echt even wat minder beeldspraak gebruiken.'

'Je weet best waar ik het over heb,' zeg ik en neem een slok wijn en steek nog een sigaret op.

'Ik zweer je van niet.' Hij klinkt echt verbluft.

'Zegt de naam *Julia* je iets?'

'Oeps... Hoor 'ns, het leek me wel een aardig gebaar. Ik heb De Julia niet meer gezien sinds onze diploma-uitreiking.'

'Ja, ze was net op tijd.'

'Hoor nou, ik had niet verwacht dat ze zou komen. Maar ik moet zeggen dat er heel wat nichten op dat feestje blij mee zullen zijn.'

'Klinkt als een ideale plek om verliefd te worden.'

'Kom op, het wordt hartstikke leuk.'

'Ik denk dat ik niet kom.'

'Waag het eens...'

'...'

'Doe niet zo verrekte kinderachtig. Het is je moeder, verdomme, kun je dan niet zo nu en dan doen of je d'r leuk vindt?'

'Ik ben niet in de stemming.'

'Nou, dan kom je maar in de stemming, miss Lastpost. Ik laat het feest cateren door Taste en ik heb al vier kisten Veuve besteld.'

Typisch Billy. Probeert mij ervan te overtuigen dat het feest voor mij is terwijl hij het waarschijnlijk al maanden geleden heeft gepland en zijn eigen mogelijke veroveringen in rijen klaar heeft staan. 'Ik wed dat Julia het zal kunnen waarderen,' zeg ik en hang op.

Ik voel me zo rot als ik heb opgehangen dat ik meteen opneem als de telefoon tien tellen later weer rinkelt en mijn excuses wil gaan maken. 'Billy?' Ik hoor gehijg. 'Hallo? Is daar iemand?'

Meer zwaar gehijg, steeds sneller. 'Wil je me opgeilen? Huh?'

Niet te geloven. Ik had niet gedacht dat die dingen echt gebeurden, en net vandaag krijg ik zo'n telefoontje. Een of andere geile lul die denkt dat hij mij voor zijn masturbatiepret kan gebruiken. 'BEN JE JE NU AAN HET AFTREKKEN?' zeg ik heel hard, schreeuw ik bijna.

Het gehijg houdt op en aan de andere kant wordt gezwegen.

'NOU?'

Zachtjes hoor ik: 'Nee.'

'Hoe oud ben je?' vraag ik dwingend.

Klik.

Ik heb een doorzichtig wit topje aan en een boxershort. Op mijn heup heb ik een blauwe plek ter grootte van een klein hondje. Ik kijk door het raam en probeer te zien of ik door een telescoop word bespied. Niks. Ik doe de gordijnen bijna nooit dicht. Als iemand er opgewonden van raakt om een ander in zijn privé-wereld te bespieden, waarom zou ik die dan het genoegen ontnemen mij hier als een in elkaar geslagen huisvrouw te zien liggen tv-kijken en dronken worden van goedkope wijn? Misschien voelt hij zich dan minder eenzaam.

Ik bel Billy terug en zeg: 'Het spijt me.'

Hij zegt: 'En terecht.'

'Ik heb net een hijger aan de lijn gehad.'

'Echt waaaaaar?' zegt hij, iets te enthousiast.

'Ja, echt. Denk je dat ik nou bang moet zijn?' Want hoe stoer ik mezelf ook vind, van dit soort dingen krijg ik de rillingen.

'Jij? De koningin van de aframmeling? Ga een van je messen pakken. O, wacht, wat dacht je van dat hakmes dat je me een keer hebt laten zien? Ze komen jou niet te na als je met dat ding begint te zwaaien.'

Als mijn gesprek met Billy ten einde is, sta ik op en hobbel naar de deur waar mijn messenkoffertje naast de paraplu's onder de kapstok staat. Ik druk het zware hakmes aan de borst, loop terug naar de bank en kijk naar de aankondiging van *Intrigues*. Paarden, zie ik, veel paarden – die met elkaar galopperen door het onwaarschijnlijk groene landschap van Californië. Ze hebben zeven afleveringen van *Intrigues* buiten LA gedraaid, en ze draaien er niet meer voordat ze weten of het blijft drijven of verzuipt. Daardoor kan Julia zo dicht bij mij in Manhattan komen uitwaaien, voor de tv, omringd door vrienden en vriendinnen, iedereen lastigvallend bij elke tel van elke scène waarin ze voorkomt. Ik heb tussen haar hofhouding in gezeten – voornamelijk mannen, merendeels homo – vol overtuiging oh en ah roepend alsof ze naar iets van hoge kwaliteit zitten te kijken als *Gone With the Wind* of *Apocalypse Now* in plaats van een of andere namaak-*Dynasty*. Maar Julia heeft behoefte aan dat soort kontkruiperij. Ze is beeldschoon en heeft een bescheiden talent. Dat weet ze en tegelijk weet ze het niet, als je begrijpt wat ik bedoel.

Mijn moeder, Julia Mitchner, deels *Dr. Quinn Medicine Woman*, deels *Linda Evans* (kun je je dat voorstellen?) omklemt het goudkleurige wilde paard met haar magere, gespierde benen. Haar geblondeerde haar is lang, haar overhemd van wit gaas, haar spijkerbroek zodanig gesleten dat hij zo'n doorleefde tint heeft – net losjes genoeg. Ik moet toegeven dat ze kan paardrijden. Ze wordt vet betaald om dagenlang door de Californische woestijn te galopperen op paarden uit Hollywood, terwijl ik honderd pop per dag verdien met peterselie hakken in een keuken zonder ramen. Ik ben zo jaloers dat ik het nauwelijks kan aanzien. Maar het is wel mooi – ze is duidelijk de enige acteur van het stel die zelf kan paardrijden, en ze gebruiken het, tonen haar in vrijwel elk tweede shot op een paard.

Haar televisie-echtgenoot, een ouwetje uit *Days of Our Lives*, lijkt een beetje op David Hasselhoff. Hij is aantrekkelijk, rijk en onbetrouwbaar. Julia is oprecht, sexy en lankmoedig. Ze hebben televisiekinderen die in werkelijkheid vrijwel even oud zijn als hun ouders en die overgaan tot allerlei interraciale en biseksuele ontucht.

De telefoon begint weer te rinkelen. Ik wil niet opnemen, voor het geval het de hijger is. Ik laat het aan het apparaat over. Het is Julia. 'Popje? Popje, ben je daar? Ik hoop toch zo dat je *ergens* naar mijn serie zit te kijken. Moet je horen, doe mij een lol. Ik heb van die kaarten gemaakt – je weet wel – voor de serie, met datum en tijd en alles. Heel smaakvol. Ik wil je er een paar sturen zodat je die aan je vriendinnen en vrienden van het restaurant kunt geven, oké? Ik weet dat jullie geen portier hebben' – pieeep!

Wat ben ik nou, een bushokje? Je weet dat die kaart een enorme close-up is van hare majesteit. Soms krijg ik echt zin om zelfmoord te plegen. Ze weet dat ik moeite heb om de huur op te brengen terwijl zij rondrijdt in een gloednieuwe Mercedes cabriolet. En nu wil ze dat ik reclame ga maken voor haar serie? Het trieste is dat ik het waarschijnlijk nog doe ook.

Ik haal mijn vingers over het scherp van het hakmes en denk eraan om in het duister te verdwijnen en nooit meer terug te keren. Ik zou kunnen verhuizen naar Fiji of Bombay. Ik heb drie halve liters Ben&Jerry's in de vriezer liggen – Coffee Heath Bar Crunch, Mint Chocolate Cookie en Chubby Hubby. Het zijn mijn beste vrienden.

Ik zet *Intrigues* zacht en ga naar de keuken. Mijn ogen worden glazig, ik raak opgewonden. Ik kan nergens anders meer aan denken dan aan de koele, zoete, romige troost die ik tot me ga nemen. Met haastige bewegingen haal ik alle drie de potten eruit en schep uit alle drie twee lepels in een koffiemok. Ik hobbel terug naar de bank en neem onderweg kleine hapjes om het te rekken, kauw traag op de krakerige, zoet met zoute stukjes pretzel met pindakaas, chocolademuntkoekjes, toffeerepen. De suiker raast door mijn lijf, de room geeft me het gevoel dat ik een baby ben die aan de moederborst sabbelt (een gevoel dat ik voor mezelf met louter verbeeldingskracht heb moeten construeren). O, God, zoete troost! Ik staar naar het scherm en zie een close-up van Julia, die melancholiek naar de bergen kijkt vanaf de veranda van haar enorme landhuis. Haar man Edgar is net weggezoefd in zijn Porsche Boxster.

Op zondagochtend ontwaak ik met een vol gevoel, walgend van mezelf. Helaas zijn dat altijd de momenten waarop ik mezelf aan een nauwkeurig naaktonderzoek blootstel. Het is al zo moeilijk om tijdens het werk niet te eten. Maar zelfs buiten werktijd schijn ik tegenwoordig te moeten eten om me oké te voelen. Mijn lijf biedt in zijn algemeenheid best kansen. De borsten zijn aan de kleine kant, maar sinds mijn achttiende, ben ik dat als iets positiefs gaan beschouwen. Staand, van voren, ziet alles er goed uit. Maar als ik in elkaar gedoken op het toilet zit worden er twee vetrollen op elkaar geplet. Op een of andere manier zijn er kleine rimpeltjes in mijn liezen verschenen en als ik mijn kont in het licht van de badkamer te zien krijg (ik heb een stoel opgehaald en sta erop om ruim zicht te krijgen) is het net of Freddy's angstaanjagende kop uit de schaduwen van *Nightmare on Elm Street* opduikt. Ik vererger de walging door mijn billen tegen elkaar te persen, en met mijn vingers over mijn dijen te wrijven om de schade op te nemen – en die is behoorlijk verschrikkelijk, helemaal van mijn dijen tot aan de blubberige massa van mijn kont. Knijpen, wiebelen, op en neer springen – tegen de tijd dat ik ermee ophoud wil ik mijn kleren nooit meer uittrekken. Het komt door het ijs, waarom krijg ik daar geen genoeg van? Wat is het probleem? Ik ben een zwak, zwak mensenkind. Julia heeft me altijd voorgehouden dat ik geen discipline heb, dat ik de kantjes overal vanaf loop. En inmiddels begin ik haar gelijk te geven. Ik ben een verdomde dilettant. Ik zou blij moeten zijn dat iemand me wil betalen om slaatjes in elkaar te draaien.

∾

'Allemaal!' Billy klapt in zijn handen nadat hij me op beide wangen heeft gezoend en mijn bloemen in een vaas heeft gezet. Een kamer vol mannen met hier en daar wat vrouwen die ik niet ken schorten hun gesprekken op. 'De eregast, Layla Mitchner.' Knikjes, glimlachjes.

Billy's appartement is een onberispelijk voorbeeld van dat van een matrone aan de Upper East Side al woont hij aan de

Upper West Side. Luxueuze streepjesgordijnen die met dik gouden koord voor acht kamerhoge ramen worden weggehouden combineren met de love-seats bij de haard. Aan de muren hangen olieverfschilderijen van jachttaferelen.

Billy zou zich ook zonder zijn redactiepost bij *Divas* deze levensstijl kunnen permitteren. Zijn vader heeft miljoenen verdiend in de kledingindustrie voor hij met de erfgename van het Reynoldskapitaal trouwde. Billy krijgt ieder kwartaal meer dividend dan de meeste carrièrestellen in twee jaar verdienen. Hij is informeel gekleed in een dure antracietkleurige broek en een violet colbert van Brooks Brothers dat goed past bij zijn kastanjebruine haar en zijn sproeten. Ik draag niks bijzonders – Levi's, coltrui van Gap en een paar halfhoge chocolakleurige suède laarsjes zonder hakken. 'Heb ik niet gezegd dat je je sexy moest kleden? Een rokje misschien? Een leuk klein topje? Leuk decolleteetje?' Billy fluistert in mijn oor. 'Het zou geen kwaad kunnen, zo nu en dan, moet je maar denken.'

Ik heb het hem al honderd keer uitgelegd. Ik voel me niet op mijn gemak als ik in een rokje of jurk op hoge hakken of zelfs lage door Manhattan moet lopen. Ik moet kunnen sprinten als het nodig is en ik heb er geen behoefte aan dat ze in de metro naar mijn benen staren. Hij mag in zijn handjes knijpen dat ik met die laarzen nog een poging heb gedaan. Mijn maag komt in opstand. Ik heb de kamer rond gekeken – er zijn een paar aantrekkelijke kerels bij, maar dat zijn goeddeels homo's. Eentje met name, lang, donker en knap loopt twee passen achter Billy, klaar om op zijn knieën te zakken zodra hij een teken krijgt.

'Wie is die godheid?' vraag ik aan Billy.

'Ik zal je één woordje zeggen,' fluistert hij in mijn oor. 'Braziliaans.'

We zijn nu in de keuken van de chef aangekomen en Billy doet een greep in de op maat gemaakte wijnkoelkast met glazen deur. De flessen Veuve liggen zes lagen hoog en twee diep. De cateraar loopt erbij alsof hij ieder moment een hartaanval kan krijgen. Zijn gezicht is rood aangelopen, zijn vettige bruine haar zit in een paardenstaartje, het zweet druipt van zijn voorhoofd. Hij inspecteert iets in de oven. Er staat een groot cognacglas met iets amberkleurigs met ijs naast de koelkast op het aanrecht.

Billy perst twee kristallen champagneflûtes in de puinhoop op het granieten eiland midden in de keuken. Hij heeft een linnen servet op de kurk gelegd en haalt er voorzichtig de kurk uit. 'En,' een zachte plop, 'perfect.' Hij vult onze glazen, zet een bubbelbeschermer op de fles en schuift hem in een zilverkleurig emmertje met ijs. 'Op jou, schat.'

'Soms wens ik echt dat je geen homo bent,' zeg ik voordat ik mijn hoofd achterover houd en de koude, knisperende bubbels door mijn strot laat glijden.

'Oester?'

'Heb je oesters?'

Billy knipoogt naar me en zegt: 'Reken maar. Martin? Waar staan de oesters? En trouwens, waar is de ijsbar?'

Zwetend kijkt Martin op van de plek waar hij over de oven staat gebogen. De geuren die vrijkomen ruiken carcinogeen. 'De oesters staan in de koelkast. Mijn hulpje had hier een uur geleden al moeten zijn. Ik heb nog geprobeerd hem te bereiken.'

'Je hulpje? Welk hulpje? Hoeveel betaal ik je ook alweer? Ik dacht dat je hier nog drie man aan het werk zou hebben. Waar is hij?'

Martin heeft kokskleren aan en op zijn hoofd staat een doorweekte papieren koksmuts vervaarlijk te wiebelen. Een uitpuilend oog kijkt opzij, het andere gaat wijd open voordat Martin vraagt: 'Je vindt het toch niet erg als ik even interlokaal bel, hè?'

Billy begint te koken. 'Interlokaal? Waarvoor?'

'Die oestervent woont in Connecticut.'

'Och, sjeezus, nou vooruit maar.' Vervolgens kijkt Billy mij aan en zegt: 'Laten we maken dat we hier wegkomen. Er staat vanavond nog wel wat belangrijkers op de agenda.'

'Zeker weten? Ik kan inspringen als dat nodig is. Ik kan goed kraken.'

'Ik eet nog liever maden dan jou op dit feest te laten werken. Kom mee.'

'Is hij d'r?'

'Bij de haard, staat met Lucinda te praten. Ken je Lucinda? Redacteur beauty?'

Met bonzend hart probeer ik Dick Davenport in te schatten alvorens kennis met hem te maken. Ziet er van een afstandje goed uit – lang, donker haar, sportief jasje – beetje studentikoos… Lucinda's spichtige beentjes onder een microminirokje, het ziet eruit als een vogelverschrikker zonder stro. 'Zou ze wel eten?'

'Hmm. Zou'k niet weten. Niet erg aantrekkelijk, vind je niet?'

'Sommige mensen vinden het duidelijk wel mooi,' zeg ik en neem een flinke slok champagne.

'Ga me nou niet vertellen dat je jaloers bent?'

Ik maak een grimas. Hij weet best dat ik niet jaloers ben op vrouwen die eruitzien of ze ziek zijn. Ik benijd de types met goeie spieren en een minimale hoeveelheid cellulitis (een vrouw moet een beetje vlees op haar botten hebben).

Als we naderbij komen, kijkt Dick Davenport op en glimlacht. Leuke glimlach, goed gebit, neus aan de kromme kant, maar dat dondert niet. De schoenen – instappers met kwastjes. O, mijn God. Zulke schoenen kan ik niet uitstaan. Alleen watjes dragen zulke schoenen. *Layla, blijf open staan, blijf positief.*

Lucinda keurt me geen blik waardig – het is net of ik er niet ben – totdat Billy zegt: 'Lucinda, mag ik je voorstellen aan Layla? Dick, Layla.'

'Aangename kennismaking,' zegt Dick terwijl hij me een hand geeft. *Warm, droog – laat me die handen eens bekijken – goeie nagels, goeie vorm, fatsoenlijk formaat.*

Lucinda glimlacht kortaf en geeft een minimaal knikje.

Wie is dat, koningin Elizabeth? Ik heb de pest aan kokette, hekserige vrouwen en vestig zodra de gelegenheid zich voordoet graag de aandacht op hun kokette hekserigheid. Dus steek ik supervriendelijk mijn hand uit en zeg vrolijk: 'Hé, Lucinda, aangename kennismaking! Prachtig stuk in het februarinummer.'

Ik grijp haar koude zweterig slappe handje stevig in de mijne en schud hem een tijdje. 'Neem me niet kwalijk,' zegt ze en trekt haar hand terug alsof ik lepra heb. 'Ik ga even een nieuw glas halen.'

'Ik loop met je mee,' zegt Billy en samen verdwijnen ze.

Subtiel.

Dick, Dick, Dick. Waarom kwastjes? Waarom?

'Goed dat je het tijdschrift hebt gelezen,' zegt Dick met een glimlach.

'O, ik heb het niet echt gelezen,' zeg ik en neem een klein slokje champagne. Zodra ik Dicks gezicht zie vertrekken, besef ik dat ik een fout heb begaan, dus zeg ik: 'Het februarinummer tenminste niet.'

'Ik stuur je wel een exemplaar.'

'Dank je,' zeg ik, zedig champagne nippend. Ik heb eigenlijk meer behoefte aan valium, iets om me minder gespannen te maken, het minder belangrijk te vinden wat Dick Davenport van me vindt. Ik voel me niet op mijn gemak. Helemaal niet. En waarom? Omdat deze matig aantrekkelijke man met kwastjes aan zijn schoenen vrijgezel is?

'En wat doe jij voor de kost?' vraagt Dick. *Origineel.*

'Ik ben kok.'

'Echt? Jij bent chef?' Dit is een normale reactie voor mensen die nooit in een restaurant hebben gewerkt.

'Nee, ik ben kok. Dat is iets anders.' *Hoe vaak heb ik deze preek al niet gehouden?* 'De chef is de chef, de baas van het spul, degene die de leiding heeft. Ik ben maar een onderge-schikte.'

'Wat kook je dan?'

'Momenteel niet veel. Ik ben salade-expert.'

Dick lacht. 'Salade-expert, hè?'

'Het heeft meer gemeen met architectuur en timmeren dan koken. Het construeren van slabouwsels die over de rand van het bord uitsteken en dat van de keuken tot aan de klant blij-ven doen.'

'Klinkt stoer.' Hij neemt een slok uit zijn champagneglas. Er valt een pijnlijke stilte. Hij kijkt ongemakkelijk naar zijn schoenen.

Hij denkt dat ik een mislukkeling ben. En waarom niet? Ik vind mezelf ook een mislukkeling. Ik sta te zweten. Dit valt niet mee. Het gesprek loopt niet. Ik had weg moeten lopen toen ik de kwastjes zag. Maar ik was optimistisch, ik had hoop. 'En wat doe jij?' vraag ik.

'Ik denk dat je me wel zakenman zou kunnen noemen,' zegt hij met een verveelde blik.

'Je werkt samen met Billy, toch?'

Dick glimlacht en zegt: 'Ja, zo zou je het kunnen noemen.'

'Zit je in de marketing?'

'Eh, nee.' Het spreekt voor hem dat hij een tikje be-schroomd zegt: 'Ik ben eigenaar van *Divas* en een paar andere tijdschriften en televisiezenders.'

Dick Davenport. 'Ben je familie van de Davenports van Da-venport Corp.?'

'Dat ben ik.'

'Wauw.' *Er gaat niets boven het familiebedrijf overnemen.* 'Dus je werkt voor je vader?'

'Volgens sommigen werkt hij voor mij.'

'Is die bescheidenheid erfelijk?' vraag ik, niet in staat me in te houden.

Dick kijkt me ijzig aan en zegt dan: 'Nee, dat is hij niet.' Vervolgens trekt hij zijn stropdas recht en in een kennelijke poging om kalm te blijven en wat fatsoenlijke gespreksstof te vinden, zegt hij: 'Vertel me eens wat de geheimtip is op het gebied van goeie eethuisjes?'

'Dat ligt eraan wat je zoekt.' *Gouden lepel in de bek? Nooit tevreden?*

'Iets authentieks, maakt niet uit wat, als het maar trouw is aan zichzelf.'

'Je hebt veel culinair inzicht voor een zakenman.'

'Nou, als je bent opgevoed met Frans keukenpersoneel ontkom je daar niet aan,' zegt hij en kijkt me strak aan. Hij glimlacht niet en ik kan die blik in zijn ogen niet thuisbrengen. Rammelt hij aan mijn ketting? Is mijn verbittering zo tastbaar?

Je moet weten dat ik sinds mijn vader me uit zijn knusse nest heeft geduwd, maar weinig interesse heb kunnen opbrengen voor mensen die geen worsteling hoeven door te maken – die geen tegenwind gewend zijn. Ik heb behoefte aan verhalen van mensen die alles kwijtraken, wier dromen door familie en vrienden belachelijk worden gemaakt, die drie baantjes hebben om wat kruimels eten bij elkaar te schrapen... ik wil verhalen horen over lijden! Ik zit nog steeds te wachten op de ervaring van voldaanheid, het gevoel iets te hebben bereikt dat ik volgens mijn vader zou krijgen. Tot ik zover ben zullen verwaande rijkeluiszoontjes als manneke Davenport me kapot irriteren.

Ik klok mijn champagne achterover en besef dat ik geen plaats kan noemen waar hij nog niet is geweest. Ik toon mijn dierbare schatten bovendien liever niet aan klojo's als Dickie. Tot mijn opluchting hoor ik 'Allemaal?' Dat is Billy die iedereen gaat voorstellen en zodoende begint het een beetje op een formeel bal in Versailles te lijken. 'De lieflijke, weergaloze, zeer getalenteerde' – iedereen glimlacht en doet eraan mee, zelfs

Julia, die daar in volle glorie, charmant haar loftuitingen ondergaat – 'Julia Mitchner!'

Er klinkt applaus en kristalgetinkel. In een duur dieprood zijden topje, op maat gemaakte leren broek en enkelbedervend hooggehakte puntlaarsjes, ziet Julia eruit alsof de winter geen vat op haar heeft. Het is januari en ze heeft een eind-augustus-teint, die fraai afsteekt bij haar gouden kleurspoeling.

'Familie?' vraagt Dick op een toon die aangeeft dat hij op een ontkenning rekent.

'Hmm,' zeg ik.

'Zussen?'

'Nee, 't is mijn moeder.'

'Ben jij de dochter van Julia Mitchner? Ik wist helemaal niet dat ze een dochter had,' zegt hij alsof ik sta te liegen.

'Ze stelt mij niet graag aan de orde.' Ik zie hem aarzelend naar mijn haar kijken en vervolgens naar Julia. 'We zijn van nature allebei brunette,' leg ik uit, 'al is zij dat sinds mijn geboorte nooit meer geweest.' Ik moet nog iets drinken, maar er komt niemand bijschenken. 'Zal ik nog wat champagne voor je halen?' vraag ik, in de hoop dat hij zich dan gaat generen. Zorgen dat het glas van een dame nooit leeg raakt is het soort plicht waar jongens als Dick van jongsafaan op wordt gewezen.

'Het spijt me, laat mij maar,' zegt hij, draait zich abrupt om en loopt richting Billy en Julia, waarschijnlijk een pitstop onderweg naar de keuken.

Hij gaat er vast naartoe om mijn verhaal te controleren. *Dick.*

Ik veins conservatorinteresse in Billy's olieverfschilderijen. Iedereen is in gesprek gewikkeld terwijl de oude vrijster met de dikke kont de kunst bekijkt. Het is dat moment van de avond waarop je denkt dat je in het konijnenhol tuimelt en als er niet snel iets aan verandert, word je stapelgek. Waar zat ik met mijn gedachten? Billy is me aan het koppelen. HA!

Hoewel ik weiger haar kant op te kijken raspt Julia's lachsalvo in mijn binnenoor, sijpelt mijn hersenen in en stukje bij beetje omlaag tot waar ik mijn sluitspier voel samentrekken. Dick Davenport keert niet terug met de champagne, dus ga ik zelf op weg naar de keuken. Onderweg hoor ik het refrein: 'Ik ben uitgehongerd' en 'er zou hier toch iets te eten zijn?' Het enige eten dat ik tot nu toe heb gezien zijn kommen met nootjes en olijven op de antieke bijzettafeltjes.

Een trage, dwingende, dronken stem zegt: 'Gofdomme, Dan, Dan, doemedinnieaan. Dakkunjenouniemake, vanavond niet. We hebbenutterlaternogover. Nee! Nee, je mag me fnavond niet laten zitten. Alsjeblieft.' Als hij mij ziet legt Martin een hand op de hoorn, buigt om de blankhouten post van de keukendeur en verandert van tactiek. 'Het feest is in volle gang en het loopt uit de hand, man. De petits fours zijn tot chips verbrand, de crostini's zijn geroosterd, de tapenades beroerd. Snet schoensmeer. Oesters! Krijg de klere met je oesters. Ik ga al die klotedingen niet in mijn eentje kraken! Jij bent een topkraker, sjeriejeus, niemand kan zo kraken asjij, ha, ha, ha!' Martin giechelt wanhopig, alsof het net tot hem is doorgedrongen dat wie dit ook is – ongetwijfeld zijn geliefde en zakenpartner – hem nu definitief heeft gekraakt. 'Ik kan ook helemaal niet kraken!'

Ik klop Martin op zijn schouder en playback: 'Ik help je wel.'

'Wacht even.' Hij legt zijn hand op de hoorn en kijkt me aan. Ik zie tranen opwellen in zijn ooghoeken. 'Wat? Geef me eens een tissue.'

Ik pak een doos tissues van het aanrecht, trek er eentje uit en geef hem die aan. Ik zeg: 'Ik ben kok. Ik kan kraken.'

'Koelkast,' zegt hij voordat hij zich weer richt op zijn instortende leven.

Ik leg drie zilveren dienbladen vol met geplet ijs. De oesters zitten in zakken die op netten lijken. Ik haal een theedoek van de beugel aan de koelkast en kies een kort mes met een dik handvat uit de collectie in Billy's messenrek. Billy heeft natuurlijk een ideaal oestermes, al weet ik vrijwel zeker dat hij het nog nooit heeft gebruikt. Het ziet er gloednieuw uit. Billy kookt nooit.

Bobby Flay heeft me op een feest in het huis van Bruce en Eric Bromberg in East Hampton het geheim van kraken geleerd. Ze zijn nu enorm, Bruce en Eric met Blue Ribbon et al. En Bobby met Mesa Grill et al., nieuwe kookboeken en een televisieserie. Ze hadden me aan het werk gezet aan een enorme vierzijdige grill die ze in de achtertuin naast een spit hadden gezet waar een cuchinillo (jonge big) werd geroosterd en steeds donkerder roze kleurde. Ik had toen geen flauw benul wie Bobby was en we stonden zij aan zij te werken, keerden pepers en uien, courgettes, pompoen, zwaardvisbiefstuk en New York Strips. Ik was net klaar met Cordon Bleu en dacht dat ik heel wat voorstelde, commandeerde Bobby als een roodharig stiefkind rond. Hij ging er heel aardig mee om. Slikte mijn poeha en hield de andere grillkoks voor dat ze naar de chef moesten luisteren. Zoveel pret had ik nog nooit met koken gehad; nu hoorde ik erbij! Toen ik besefte wie Bobby Flay was, ging ik dood. En vervolgens dacht ik: *Wauw, wat was die cool. Hij heeft geen moment op zijn strepen gestaan of me het gevoel gegeven dat ik niet wist waar ik mee bezig was. Hij liet me de baas spelen.* Volgens mij kun je dat pas als je echt top bent. Dan hoef je geen anderen af te zeiken om je beter te voelen.

De truc van kraken is dat je de rand van je mes in het scharnier van de oester moet zetten om hem losser te maken en dan snel de punt in de zijkant steken en hem open wrikken. Simpel. Nadat ik jarenlang de punt van het mes in de barst aan de voorkant had gezet en er alleen maar schilfers vanaf kreeg, vond ik deze methode verbluffend. Oesters kraken vinden mensen altijd indrukwekkend, domweg omdat ze denken dat het moeilijk is.

Ik begin aan het tweede dozijn, leg ze netjes in het geplette ijs en garneer ze met gekrulde limoenplakjes. Martin snuft en mekkert op de achtergrond en ik hoor Billy's stem naderbij komen. 'Ik vermoord haar als ze hier is – Nou, kijk eens wie we hier hebben!'

Julia komt in heel haar gebruinde pracht op me af en zet en passant de hele omgeving in de Chanel No. 5. 'Popje! Wat ben je aan het doen?' Nadat ze me *deux bises* heeft gegeven, zie ik haar blik over me heengaan. Zonder een greintje subtiliteit, zegt ze: 'Werk je inmiddels in de patisserie?'

Mijn oren beginnen te jeuken.

'Heb je gebak gegeten?' Ze schijnt verbijsterd door hoe ik eruitzie.

Akkoord, ik ben misschien wel vijftien pond aangekomen sinds we elkaar voor het laatst hebben gezien. Ik ben geen krappe 38 meer, maar een ruime 44. Ik grijp het korte kraakmes met de dikke handgreep en zie dat mijn knokkels wit zijn. Ik wil niet dat ze merkt hoezeer ze me kwetst, wil niet reageren, maar kan er niets aan doen. Als het kind dat ik niet meer wil zijn vraag ik op een toontje dat naar ik vrees de ernst van de belediging verraad: 'Zie ik er dik uit?'

Julia schudt haar hoofd treurig, besluit dat discretie geboden is en buigt zich naar mijn oor. 'Volgens mij weten we het allemaal best wanneer ons gewicht niet ideaal is. Ik voel een pondje extra als een blok aan mijn lijf hangen. Ik heb een geweldige nieuwe trainer, maar ik denk niet dat jij die kunt betalen.'

'Vast niet.' Ik ben nog geen vijf minuten in de nabijheid van mijn moeder en schiet al afgronden van zelfhaat in die ik nooit had voorzien.

'Ik geloof trouwens ook niet dat dat de meeste flatteuze kleding is,' zegt ze, en inspecteert me met langgerekte hals. 'Rokjes zijn ideaal camouflagemateriaal.'

'Bedankt Julia, dat zal ik onthouden.'

'Je hoort je tussen de mensen te begeven. Een jonge vrouw hoort niet in de keuken te staan op een feest met zoveel beschikbare mannen!' zegt ze met onoprecht optimisme.

Zo moet ze ook zo ongeveer hebben gedaan toen ze echtgenoot nummer twee het jawoord gaf, de schitterende polospeler. Wie zou er, ook als ze niet stuk voor stuk homo waren geweest, met mij hebben willen omgaan?

Vervolgens, op zachte toon: 'Billy heeft me verteld dat hij hier een man voor je heeft. Heb je Dick al ontmoet? Hij is reuze charmant. Ik wil dat je dat mes neerlegt, jezelf opfrist, misschien wat make-up opdoet en meekomt. Je mist alle leuks! Ik ga je lievelingsliedjes zingen zodra ik mijn champagne heb bijgevuld. Zijn dat oesters? Laat me er eens bij,' zegt ze, Mae West imiterend.

Ik wil dat ze weggaat. Nee, ik wil dat ze dood gaat.

Ik hoor Billy Martin onderhanden nemen en niets bereiken. Ik voel Billy achter me opduiken en hij vraagt: 'Hoe gaat het ermee?'

'Nog maar vijf dozijn te gaan.'

'Ik vind het hartstikke rot, Lay. Je zou het echt niet moeten doen.'

'Maar het moet.'

'Daar kan ik niks tegenin brengen. De inboorlingen begint zich te roeren.' Als een soort nakomende mededeling vraagt hij: 'En wat vind je van Dick?'

'Je zei dat je met hem samenwerkte.'

'Met, voor, wat maakt het uit? Staat Benicio del Toro achter me?'

Ik kijk over zijn schouder en zie Miguel, stralend witte tanden, bruine wazige ogen met zware oogleden. 'Hoe kom je toch aan al die lekkertjes? Hier,' zeg ik en duw hem een blad oesters in handen. 'Dit ronddelen en over vijf minuten terugkomen voor de volgende.'

'Popje, popje, beloof me dat je komt luisteren zodra je klaar bent, oké? Eerder ga ik geen "New York, New York" zingen,' zegt Julia en knipoogt naar me voordat ze zich met lang blond dansend haar theatraal omdraait, een geest of spookverschijning imiterend voordat ze als een nachtmerrie oplost.

Ik leg mijn mes neer, was mijn handen en loop het balkon van Billy's slaapkamer op, dat een schitterend uitzicht biedt op de Hudson, de Palisades, de lichtjes van Midtown en de Upper West Side. Ik steek een sigaret op, inhaleer diep en blaas rook de koude lucht in. Mijn hoofd jeukt, ik sta te roken, krabbel op mijn hoofd en ruik aan mijn vingers. Ik moet eens naar de kapper.

Als ik terugkeer in de keuken haalt Dick Davenport een nieuwe fles Veuve uit de champagnekoeler. Ik negeer hem, was mijn handen onder de kraan, pak een handdoek en begin weer aan de oesters.

'Hé, dat doe je heel handig. Je bent vast echt kok,' zegt hij terwijl hij de kurk laat ploppen. 'Ik heb je nooit een nieuw glas gebracht, zeker?'

'Neu,' zeg ik, haal mijn adem op en bries quasi teleurgesteld. 'En nu is het te laat, want ik drink niet tijdens het werk.'

'Ik dacht dat alle koks dronken onder het werk.'

'Ja, en alle zakenjongens zuipen zich klem tijdens de lunch.'

'Ik ben zelf tamelijk dol op de drie-martinilunch,' zegt hij sarcastisch. 'Kan ik iets anders voor je inschenken? Wat Pelegrino of zo?'

'Nee, bedankt.' Ik begin sneller te kraken en besef al gauw dat ik me sta uit te sloven.

Dick kijkt zwijgend toe en neemt slokjes champagne. 'Dat doe je heel goed,' zegt hij.

'Dank je,' zeg ik, concentreer me optimaal om niet uit te schieten en in mijn hand te snijden.

'Waar werk je trouwens?'

'Tacoma.'

'Heb ik veel goeds over gehoord.'

'Het eten is niet slecht.'

'Misschien kom ik wel eens langs.'

'Moet je misschien eens doen.'

'Nou, ik denk dat ik maar weer naar binnen ga, als je het goed vindt.'

Goed vinden? Wat valt daaraan goed te vinden? Ik werk me hier stomweg te pletter omdat ik dat nou eenmaal gewend ben! In tegenstelling tot sommige kwastjesinstapperdragende champagnenippers die hier niet bij name genoemd worden. Nu nadert het ogenblik waarop ik, ondanks het feit dat ik liever oesters sta te kraken in de keuken dan dat ik rondhang met een stel verwaande mediatiepjes, nog steeds wil dat anderen beseffen wat ik doe en het waarderen. Als ik Martin hoor snotteren begin ik te koken. De hele avond is een akelige metafoor geworden voor mijn leven. Nog een dozijntje en je kunt oplazeren.

Als ik in de woonkamer terugkeer, zit Julia verleidelijk boven op de piano, en wordt begeleid door een verwijfde kerel. Ze zingt 'Memory', en iedereen luistert bewonderend toe en kijkt vol ontzag. Ze ziet er geweldig uit. Billy staat in een hoekje lieve woordjes te fluisteren tegen Miguel en Lucinda staat naast Dick te kijken als een kat die een kanarie heeft doorgeslikt.

Niemand ziet me wegglippen.

Het is maandag en ik rijd in de kletterende regen over Eighth Street. Ik ben op weg naar Astor Hair – de 'het kan me geen zak schelen'-kapsalon. Mijn haar is lang, krullerig, slordig en wat maakt het uit als je in de keuken werkt. Ik moet trouwens toch wat vaart in mijn leven zien te krijgen. Eens aan iets anders denken dan dat het niet de goede kant uitgaat.

Ik keten de fiets aan een bordje Niet Parkeren, loop naar

binnen en schud de regen van mijn waterdichte jack. Het is er zo warm dat de ramen beslagen zijn, de plafondlampen verspreiden een witgrijze gloed. Bij Astor Hair hoef je niet te reserveren.

De voornamelijk buitenlandse kappers – mannen en vrouwen – zitten op stoelen verveeld te klagen of in afwachting van klanten tijdschriften te lezen. Bij sommigen zitten er mensen in de stoel en daar staan ze, met hun zoemende tondeuses, te dicht tegenaan. Ik denk: *Het is East Village, hoe erg kan het nou helemaal zijn?* Ik wil een goedkoop kapsel en ik heb me laten vertellen dat je hier maar twaalf dollar betaalt.

Ik word naar een stoel gebracht waar een vrouw met het naambordje OVID me vraagt wat ik wil. Ik geef haar een foto uit *Vogue* van een uitgemergelde zwerver met kanariegeel, kort haar. Ik denk dat ik er met dat kapsel misschien heel anders uit zal zien. 'Weet je zeker dadjedadwil?' vraagt ze.

Ik knik.

'Ies eel kortja?'

'Ja.'

Met een heggenschaar haalt ze er in minder dan een minuut een centimeter of twaalf af. Er vallen lokken op de grond en op de voorkant van het plastic slabbetje om mijn nek. Daar gaat het allemaal. Ik heb zweterige handen. Ik ben zo opgewonden, zenuwachtig en bang dat ik mijn hart in mijn borst voel kloppen en de geur van angstzweet ruik die onder mijn oksels vandaan walmt. Ovid blijft met haar vingers mijn nek strelen en telkens wanneer ze een bijzonder kietelig plekje raakt trekt er onwillekeurig een spiertje samen en schiet mijn hoofd opzij, waardoor het lijkt of ik een zenuwtrekje heb.

Tegen de tijd dat ze mijn resterende haar weer met water besproeit (hier geen shampoo), is het kort, tot nauwelijks over mijn oren. Ze voert het toerental van de tondeuse op en gaat aan de slag. Hoe meer ze weghaalt, hoe meer ik vrees dat dat plaatje uit *Vogue* niet tot haar artistieke kappersbrein is doorgedrongen. Ons stijlgevoel verschilt kennelijk, want ik begin er anders uit te zien dan de bedoeling was.

Ze heeft me zo'n coupe bezorgd die opzij kort is en langer van boven. Ik kan wel janken. Ik strompel naar buiten, de regen in, ik ben in de war. Deels vind ik het prima dat mijn haar er helemaal af is. Het voelt anders, licht. Ik krijg er geen genoeg van om mijn hand op en neer te halen langs de zijkant. Zulk kort haar heb ik sinds die Dorothy Hamill in de vijfde niet meer gehad. Maar deels ben ik ook treurig en kwaad. Alsof ik het heb gedaan om mezelf te kwetsen, me nog minder aantrekkelijk en jongensachtiger te maken dan ik al ben. Ik heb geen idee hoe ik er werkelijk uitzie totdat ik die middag de keuken binnenkom.

Pablo en Javier begroeten me net als anders met: '*Hola, como estás, chica?*' maar zeggen niets over mijn haar. Joaquin neemt echter geen blad voor de mond: 'Schatje, ik geef je het nummer van mijn kapper. Hier moet je wat aan doen.'

'Zo erg, hè?' Daar was ik al bang voor, maar soms weet je niet hoe beroerd het is voordat iemand je erop wijst.

Vriendelijk zegt hij: 'Nee, helemaal niet erg.' Vervolgens komt hij dichterbij en vraagt fluisterend: 'Je bent geen pot, toch?'

'Nee.'

'Dacht ik al. In dat geval wil je er niet zo bijlopen. Dan komt de hele pottenclub je besnuffelen. Je woont er toch vlakbij in West Village?'

Ik knik. Ik stop het nummer in mijn jaszak en knoop een bandana om mijn hoofd. De hele dienst lang zit ik aan mijn haar te prutsen.

Gelukkig is Noel niet zo grof als anders. Ik heb het van de dagmanager moeten horen, maar hij heeft kennelijk Danny gevraagd of hij zijn grote rode gereedschapkist mocht doorzoeken. Daarin vond hij Javiers mes. O'Shaughnessy heeft hem een slap smoesje op zijn mouw gespeld à la: 'Zeker per ongeluk uit de vaatwasser gepakt.' Ik neem aan dat Noel hem het voordeel van de twijfel heeft gegund, want hij is mise en place aan het doen en lijkt opmerkelijk slecht op zijn gemak.

Uiteindelijk besluit ik geen goed geld achter kwaad geld aan te smijten. Astor heeft mijn haar verknold, dan mogen ze het ook weer in orde maken.

De dag erop ga ik terug en zit ik op de stoel van een vrouw die naar de naam Olga luistert. Ze vraagt: 'Wie heeft je dit aangedaan?' Alsof ze net over me is gestruikeld in een donker steegje.

Ik zie de boosdoener niet, maar herinner me haar naam. Ovid.

'Grieks,' zegt ze en schudt walgend haar hoofd. 'Is kort.'

'Ik weet het.'

'Als ik dit in orde maak, zal het nergens langer zijn dan zo.' Ze steekt een duim en wijsvinger op en geeft twee centimeter aan.

Ik zeg dat ze alles moet doen om de bovenkant korter te maken, het geheel gelijkmatiger en hopelijk stoerder, modieuzer. Na afloop ziet het er allerminst uit als de coole *Vogue*-coupe. Meer als een ongelukkige opgeblazen New Yorker in de winter.

'Da's het mooie van haar,' zegt ze met een grom. 'Het groeit aan.'

∾

Die lucht van verschaald bier ruik je twee straten verderop. De trottoirs in de buurt van de slachterij zijn glad van het vet van dood vlees. In de winter, als het vet opvriest, wordt het bloed-link.

De Hogs zit vol. Zo was het vroeger niet. Toen hij pas open was, zat het er zelden vol. Er was zelfs een zaal waar je bij de jukebox de two-step kon dansen. Daarna is hij ontdekt en nu houdt een roodfluwelen koord een rij mensen die naar binnen wil tegen. Zinc, de 300 pond zware Harleyrijdende uitsmijter kent me en trekt het koord opzij en houdt tegelijk de menigte tegen.

In een hoek zit een stel motorrijders 'God Bless America' te zingen. Micky, de barman, draagt een strakke spijkerbroek en een korset en danst boven op de bar op 'These Boots Are Made For Walkin'.' Ik ben aan de late kant. Ik wil dronken worden. Snel. Dina staat al aan de bar met een flesje Bud. Als ze niet werkt duikt ze graag de achterbuurt in. Voor haar geen chique dure drankjes. Ze legt een arm om mijn schouder, zoent me op mijn wang en zegt met een zware bieradem: 'Moet je die bink aan het uiteinde van de bar zien.'

Er zit een vent met slonzig blond haar, een honkbalpet en gezichtsbeharing van enkele dagen stilletjes te broeden. Ik kan niet bepalen of ik het een bink vind of niet. Ik knik.

'Wil je kennis met hem maken?'

'Nu niet.'

'Wat scheelt je toch? Ik dacht dat je pret wou maken.'

'Wil ik ook. En da's vanavond zonder mannen. Ik ga trouwens naar San Francisco verhuizen.'

'Wat zeggie nou?' Ze heeft haar arm geheven, de fles klaar om er een slok uit te nemen, maar stopt halverwege de beweging. 'Niet doen,' zegt ze, schudt haar hoofd en neemt een slok bier. 'Shit, hij kijkt deze kant op. Hij kijkt naar jou! Niet kijken, niet kijken.'

'O, alsjeblieft. Ik heb overal in de stad vrouwen in damestoiletten aan het schrikken gemaakt doordat ze denken dat ik een vent ben. Mag ik alsjeblieft wat drinken?' vraag ik en haal een pakje sigaretten tevoorschijn.

'Micky!' roept Dina. 'Een Cuervoborrel en een Bud!'

Micky springt in één atletische beweging achter de bar en binnen enkele seconden heb ik een glas tequila in handen. Dina heeft er al een voor zich staan. Ze pakt het beet, klinkt met het mijne en we slaan ze zonder zout en citroen achterover.

Dina is achtendertig en woont sinds vier jaar samen met haar vriend Stan, die fotograaf is. Ik heb hem sinds ik bij Tacoma werk misschien één keer in de bar gezien. Ik vraag haar of ze het ooit definitief gaan maken, maar zij zegt dat ze nooit wil trouwen. 'Waarom zou ik het allemaal verpesten?' vraagt ze. 'Zoals het nu gaat is het geweldig.'

'Maar wil je dan geen kinderen?' vraag ik.

'Nu niet. En misschien trouwens wel nooit. Je hoeft overigens niet getrouwd te zijn om kinderen te krijgen.'

'Ik wil geloof ik liever getrouwd zijn voordat ik kinderen krijg.'

'Zo traditioneel,' zegt ze en inspecteert haar buiktatoe. Daarna steekt ze haar bier op, klinkt haar flesje tegen het mijne en zegt empathisch: 'Traditie!'

Ik begrijp niet hoe Dina zo nonchalant kan doen over dat kindergedoe. Ik vraag haar: 'Heb je nooit het gevoel dat de tijd wegtikt?'

Ze lacht me uit en stompt me speels tegen de arm. 'Waar maak je je zorgen om? Je bent nog maar, nou, vijfentwintig?'

'Achtentwintig.'

'Achtentwintig! Maak je geen zorgen opoe, je hebt nog tijd zat.'

'En jij dan?' vraag ik.

'Ik? Ik maak me geen zorgen. Als het gebeurt, gebeurt het. Ik denk erover om een of twee eitjes te laten invriezen.'

'Dat klinkt romantisch.'

Vrijwel iedereen in de tent rookt. Naast de bar is een hoge pilaar en als je je daar in slingert en je raakt het plafond aan, dan joelt Micky met de zwellende boezem en de slanke taille, gebiedt je je hoofd achterover te houden en giet tequila in je strot.

'Dat van die flauwekul van verhuizen naar San Francisco –

waar slaat dat op?' vraagt Dina en steekt twee vingers op om aan te geven dat ze wel een sigaret zou willen.

'Niks. Het is gewoon een droom van me.'

'Je weet dat ik er drie jaar heb gewoond en ik zit hier niet echt boven mijn bier te janken, of wel?'

'Was het niks voor jou?'

'Ze zijn er zo verdomd serieus. Echt PC, ik meen het, het vrat aan me.'

'Wilde je bomen vermoorden en bij de KKK gaan?'

'Ha, ha, ha,' zegt ze traag en niet geamuseerd.

'Wat bergen en een beetje frisse lucht, daar heb ik niks tegen.'

'Ga dan naar New Paltz!'

'Nee, echte bergen bedoel ik. Ik moet weer in vorm komen, me goed voelen over mezelf. Ik had nooit mijn kop kaal moeten laten knippen. Ik ga kapot aan New York.'

'Micky! Hier nog een paar borrels!' roept Dina over de hoofden van hete jonge kerels die blikken Pabst Blue Ribbon drinken. 'Hoor eens,' zegt ze en streelt de zijkant van mijn hoofd, 'ik vind je haar hartstikke leuk, zo.'

'Echt waar?'

'Ja, echt,' zegt ze weinig overtuigend. 'En ik vind het rot om het je te moeten vertellen, maar het is niet de stad waaraan je kapot gaat. Jij denkt dat je door te verhuizen je hele leven kunt veranderen? Eikels als Noel zul je in San Francisco ook tegenkomen. Die doen het alleen vriendelijker. Op zijn Californisch. Je hebt daar ook nog steeds met jezelf te maken.'

Al mijn gedagdroom is extreem roze. Ik krijg een baan waarmee ik helemaal tevreden ben, veel vrije tijd om te gaan wandelen en fietsen in de bergen en uiteraard veel knappe bergjongens. Het zal volslagen anders zijn dan het claustrofobische onnatuurlijke New York met al zijn onvolwassen knulletjes en hun opnaaigedrag. Meestal komt het pas als ik ergens een poosje ben in me op dat je je beroerd kunt voelen in het paradijs. Grappig dat dat nooit van tevoren bij me opkomt. Het is deels wat Freud ongetwijfeld het 'groenere grascomplex' zal noemen.

De jukebox speelt 'A Boy Named Sue' en Dina vraagt: 'Wil je dansen?'

Ik neem een teug Bud en zeg: 'Best.'

Twee kerels die achter ons aan de bar staan zeggen: 'Wij houden jullie krukken wel bezet.'

Tegen de tijd dat we een plekje hebben om te dansen is 'Over The Hills And Far Away' van Led Zeppelin begonnen. Mooi liedje vind ik dat. Dina en ik dansen tegenover elkaar in onze eigen wereld, lachen zo nu en dan dromerig als we ons hoofd even stilhouden. Dansen is iets wat ik de laatste tijd onvoldoende doe en ik weet niet waarom. De luchtgitaar van Jimmy Page is bevredigend en meezingen met Robert Plant, al die hoge tonen halen, ook.

We zweten allebei als we teruglopen naar onze krukken. De tobber staat naast de mijne.

'Jezus Mina, vette brok, twaalf uur,' zegt Dina vrijwel zonder haar lippen te bewegen voordat ze hem aankijkt, een glanzende wittetandenglimlach ten beste geeft en zegt: 'Hé, lekker ding.'

Typisch Dina. Omdat ze een veilige relatie heeft met Stan – die ik, moet ik erkennen, niet zo goed ken maar die me een heel aardige kerel lijkt – kan ze flirten zoveel ze wil en betekent het nooit meer dan dat. Kerels, zeker New Yorkse kerels, kunnen daar goed mee omgaan. Het is alsof ze ruiken dat het haar geen pest kan schelen en dat geeft haar alle vertrouwen. Te gewillig of verlangend zijn is net zoiets als rondlopen met stinkdierparfum.

Hoe onwaarschijnlijk ook, die tobber kijkt niet Dina maar mij aan en zegt: 'Hoi, ik ben Frank Stillman.'

'Layla Mitchner,' zeg ik en we staren elkaar glimlachend aan voordat ik eraan denk om te zeggen: 'Dit is Dina.'

'Aangename kennismaking.'

'Ik moet even naar de plee,' zegt Dina, springt op en loopt richting toiletten.

'Heel charismatisch,' zegt Frank met een knikje richting Dina.

'Heel,' zeg ik en neem een teug bier. *Weer een Dina-groupie.*

'En jij?'

'Of ik charismatisch ben, bedoel je?'

'Nou, dat zie ik wel aan hoe je danst.'

'Ik hoopte dat je geen antwoord van me verwachtte.' Nu ik hem pal aanstaar zie ik dat zijn ogen helder en geïnteresseerd staan. Hij kijkt scherp, onderzoekend, misschien een tikje gevaarlijk. De schoeninspectie leert me dat hij een paar flink ingelopen zwarte werklaarzen draagt. *So far so good.*

'Waar kom je vandaan?' vraagt hij.

'New York, voornamelijk.'

'Een echte New Yorker?'

'Geboren en getogen.'

'Mazzelaar. Ik houd van deze stad.'

'Dan kom je hier vast niet vandaan.'

'Ik ben opgegroeid in Virginia.'

'Je hebt geen tongval.'

'Jij ook niet. Ik dacht dat alle New Yorkers klonken als George Costanza.'

'Huh. Ik dacht dat alle zuiderlingen klonken als die kerels in *Deliverance.*'

'Touché.' Frank drinkt zijn biertje uit, zet zijn U.S. Open-pet op zijn achterhoofd en vraagt: 'Drink je wat van me?'

'Tuurlijk.'

Frank hoeft maar op te staan en naar Micky te kijken of ze plopt al twee nieuwe Buds open. 'Alsjeblieft, schat,' zegt ze en geeft hem een knipoog. Als hij naar haar glimlacht lijkt hij een beetje op Robert Redford in *Butch Cassidy and the Sundance Kid.*

Hij neemt een slok bier, grijnst schuin naar me en vraagt: 'Ga jij vanavond nog in de paal klimmen?'

'Ik weet het niet,' zeg ik. 'Jij?'

'Ik vind het echt iets voor meisjes,' zegt hij met glinsterende oogjes.

'Ik weet niet of ik er het type voor ben.'

'Denk je dat je in de paal *kunt* klimmen?'

'Ik weet het niet,' zeg ik en peins serieus. 'Ik heb er misschien wat hulp bij nodig.' Eerlijk gezegd ben ik vaker die paal in geklauterd dan ik wil toegeven.

Frank klakt met zijn tong en zegt: 'Volgens mij is het tegen de regels.' Hij wacht even, glimlacht leuk naar me, waarbij er een paar sexy kuiltjes zichtbaar worden en vervolgt dan: 'Ik vind dat je je ondergoed boven achter moet laten.'

'Hmm,' zeg ik en glimlach terug, 'en als ik dat nou eens niet draag?'

'Dan moet ik je misschien voor de lunch van morgen uitnodigen.'

'Da's gladjes.'

'Ja, zo gladjes ben ik geloof ik niet,' zegt hij, op zachtere toon, 'maar toch wil ik graag met je lunchen.'

'Ik zal erover nadenken.' Ik mag deze kerel wel. Hij is leuk, onderhoudend, geestig...

Na mijn derde borrel en vierde biertje, flap ik er, vanuit het niets, uit: 'Ik had lang haar!'

Frank zegt: 'Ik vind je haar leuk. Het zit stijlvol, sexy. Ik kan me je helemaal niet voorstellen met lang haar.'

Goed antwoord. Ik zeg maar niet tegen hem dat ik me met dit korte haar in een ruitjeshemd een houthakker zou voelen.

'Mijn moeder en zus hebben ook allebei kort haar,' zegt hij.

'Is dat gunstig?'

'Ik hou veel van ze,' zegt hij.

Later, als er een stilte valt in het gesprek, neemt hij een van mijn handen in de zijne en zegt: 'Mooi.' Als hij ze beter bestudeert zegt hij: 'Lange vingers.'

Ik schaam me een beetje voor de donkere olievlekken in mijn nagelriemen. Ik vertel hem dat ik kok ben en dat ik ze nooit helemaal schoon krijg, hoe hard ik ze ook met een grove borstel schrob.

'En ze kan nog koken ook!' zegt hij, met zijn ogen wijd open, onder de indruk. Hij draait mijn rechterhand om en ziet de halvemaanvormige moedervlek die nooit iemand opvalt. 'Wat is dit?' vraagt hij.

'Een puddingvlek.'

Hij kijkt me aan alsof hij me gelooft. 'Echt?'

'Nee, het is een moedervlek.'

'Je bent net een schilderij,' zegt hij, 'je openbaart steeds weer iets nieuws.'

Ik staar Frank aan alsof hij dat niet kan menen, en hij lacht en zegt: 'Wat? Ik meen het.'

'Handboek voor de versierder?' vraag ik.

'Je moet het niet allemaal als het woord van god beschouwen, maar het is verrassend handig,' zegt hij en streelt met zijn vinger over de koffieverkeerdkleurige plek.

Frank draagt een paar zilveren ringen aan zijn vingers en de nagels aan zijn rechterhand zijn een beetje uitgegroeid, 'Voor plukken,' zegt hij.

'Niet van snottebellen mag ik hopen.'

'Dat ook, maar ook aan de snaren van mijn gitaar,' zegt hij en tikt met zijn pinknagel tegen de zijkant van zijn rechterneusgat.

Flanellen mouwen, opgetrokken tot boven zijn lange onderhemd, halverwege zijn onderarm, die er sterk, gespierd uitziet, met kloppende aders en een half zichtbare tatoeage.

'Wat hebben we hier?' vraag ik en wijs op de tatoeage.

Hij duwt zijn mouw verder omhoog en zegt: 'Nova Zembla.' Als ik de ouderwetse blokletters probeer te ontcijferen, zegt hij: 'Het is een fictioneel koninkrijk in een boek van Nabokov.'

'Ik vind *Pale Fire* geweldig.'

'Ik vind het geweldig dat jij *Pale Fire* geweldig vindt.'

Met deze vent zou het weleens wat kunnen worden.

Vraag me niet waarom, maar dit hele Robert de Niro *Cape Fear*-gedoe begint me behoorlijk warm te krijgen. Ik stel mezelf voor dat ik arm in arm met hem over de kinderhoofdjes in de buurt van de slachterij loop zoals Dylan op die elpeehoes, de definitie van hip.

Vanuit het niets vraagt hij: 'Geloof je in God?'

'Ja,' antwoord ik. 'Hoewel ik gezien mijn carrièreverloop nou niet het idee krijg...'

'Kreeg je geen beroepskeuze op zondagsschool?'

'De joodse school, in mijn geval.'

'Met een naam als Mitchner?'

'Mijn vader was een Schotse Ier, maar mijn moeders meisjesnaam was Goldfarb.'

'Ik wist het wel!' zegt hij enthousiast. 'Ik durf je wel te bekennen dat ik iets heb met joodse meisjes.'

'We zijn een maf stel,' zeg ik.

'Precies,' zegt hij.

Dina is ervandoor en daar ben ik blij om. Frank pakt twee viltjes van het randje van de bar, haalt een pen uit zijn colbertje van Carhartt en begint zijn gegevens te noteren. Nadat hij me die heeft gegeven, duwt hij pen en viltje naar me toe en zegt: 'Jouw beurt.'

Bij het vertrek houdt Frank de deur open en knijpt Zinc in mijn wang. Buiten waait er een ijzige wind vanaf de Hudson de wal op. Frank slaat zijn sterke warm gevoerde arm om me heen en ik pas perfect in de kromming. Ik heb een leren motorjack aan en een onflatteuze grijswollen pet die even modieus is als lelijk. Frank is misschien een tweeëntachtig, een vierentachtig en heeft een soepele tred die zelfvertrouwen en seks uitstraalt. Hij duwt zich tegen me aan, onze benen bewegen synchroon. Zijn haar zit door de war, hij heeft grote bruine ogen en om een voor mij onnavolgbare reden vindt hij me leuk. Kortom, ik zit zwaar in de narigheid.

's Ochtends lig ik alleen op mijn slaapbank als Jamie haar hoofd om de hoek steekt. 'Heb ik hier gisteravond een man gehoord?'

'We hebben kamillethee gedronken.'

Haar ogen lichten op en ze gaat op het puntje van de slaapbank zitten met haar knokige knieën onder een witte Hiltonbadjas uit die strak om haar bovenlijf zit. 'En?'

'Gepraat.'

'Gezoend?'

Ik glimlach naar haar. Ik ben euforisch. Mijn maag doet de ene radslag na de andere.

'Lekker?' vraagt ze.

Ik steun op één arm. Ik wil niet laten merken hoe enthousiast ik ben, maar ik kan het niet inhouden. 'Hele lekkere,' zeg ik en streel met mijn vingers over mijn lippen.

'Stoppels?'

'Ja, een beetje. Is het rood?' vraag ik en buig naar haar toe zodat ze het kan inspecteren.

'Ziet er hartstochtelijk uit,' zegt ze plagerig.

De telefoon rinkelt. Jamie springt overeind en rent de kamer uit. Ik hoor haar zeggen: 'Momentje alsjeblieft,' voordat ze terug komt rennen met de hoorn tegen haar badjas aan, mimend: 'Dat is hem.'

'Hallo?' zeg ik terwijl Jamie zachtjes mijn deur sluit.

'Ik wilde even bellen om je goedemorgen te wensen.'

'Goedemorgen,' zeg ik. *Ik geloof dat ik verliefd op je ben.*

'Ik wilde ook vragen wanneer we weer iets kunnen afspreken?'

Ik voel me net de koningin van Sheba. Ik wil niet te enthousiast overkomen, maar ik wil hem zeggen dat hij meteen moet komen. Ik zou koffie kunnen zetten, wat croissants kunnen halen en dan?

'Zondagsavonds ben ik vrij.'

'Mag ik je mee uit eten nemen?'

'Uit eten klinkt prima,' zeg ik, terwijl mijn hart pa, pa, pa, pa, pa, pa! doet. *Rumba*. Als ik me weer op de slaapbank vlij stroomt het ochtendlicht door het raam naar binnen en denk ik aan de foto's die alle meisjes tijdens hun studie in hun slaapkamer hadden hangen van het onopgemaakte witte bed badend in banen zacht zonlicht. Ik zie beelden voor me met Frank in dit bed, wij beiden warm en tevreden door onze wederzijdse liefde. Als we niet hartstochtelijk in bed liggen te vrijen sta ik in de keuken *tarte tatin* te bakken, van zachte kruidenboter doortrokken lamsbout besmeerd met rozemarijn te roosteren. Een glaasje champagne? Een kwakje crème fraîche? En kom nou eens hier en geef me een zoen...

Als ik in de spiegel kijk, verbaast het me dat ik een bedhoofd heb. Het kan er wel mee door. Het ziet er wel tof uit.

Het is februari en het is koud, ongeveer min twee. Ik pak mezelf in, alleen mijn hoofd steekt uit en begin over West Side Highway te rennen. Mijn liezen doen nog steeds pijn van dat ongeluk, dus doe ik langzaam aan, warm langzaam op totdat het geen zeer meer doet. Ik diesel door, luister ondertussen naar Traffic op Q104.3 die 'Low Spark Of High Heeled Boys' zingen op mijn walkman en speel met mijn vrije hand luchtgitaar. Ik doe de lange route, langs de luxejachten in de jachthaven en tot aan het uiterste puntje van Battery Park City waar ik het Vrijheidsbeeld groet en vijftig kikkersprongen doe. *Man in de buurt! Ik voel me vrij!*

Op het wandelpad glimlach ik naar volslagen onbekenden en die kijken me verbaasd aan. Misschien hebben ze medelijden met me. Misschien weten ze iets waar ik aan weiger te denken momenteel – dat alle stadia van gelukzaligheid van korte duur zijn. Dat alles waardoor je je zo lekker kunt voelen waarschijnlijk niet echt is. Dat denkbeeld bevalt me niet en al snel maak ik me zorgen. Rampscenario's – hij is getrouwd, heeft een vriendin, is verslaafd, is een obsessief leugenaar, is homo, is niet beschikbaar en zal met me naar bed gaan voordat hij zich terugtrekt in zijn grot der kwellingen, waar hij mijn schedel op pijnlijke wijze tot het formaat van een golfbal zal laten krimpen.

Wat mankeert je? Waarom zo negatief? Het gaat goed. Geniet ervan. Ga erin mee. Een beetje geluk heb je wel verdiend.

Noel roept ons bijeen. Hij is de hele nacht wezen stappen met Yoshi, de Japanse sushi-kok uit East, om de hoek. Yoshi heeft veel energie. Hij loopt altijd te glimlachen ook als je weet dat hij vierentwintig uur aan het brassen is geweest. Hij draagt van die hoge houten Geta-sandalen met dikke witte sokken. Ik heb hem met die dingen aan voorbij zien rennen als een eersteklas sprinter.

'Er komt vandaag een stagiaire,' zegt Noel met een blauw waas op zijn anders gladgeschoren wangen. De gel die er normaliter voor zorgt dat zijn donkerbruine haar het dunne plekje bedekt is afwezig en de ongekamde lokken vallen over zijn voorhoofd. 'Hij komt bij Pablo en jou in de garde-manger. Denk je dat je hem de kunst kunt bijbrengen, Slim?'

Wat is dat voor veel te jofel gedoe? Ik zeg hem dat ik mijn best zal doen.

De stagiaire heet Jake en Jake neemt een jaartje pauze tussen school en studie om te zien wat er in de kookwereld omgaat. Hij komt uit Minnesota en ziet er helaas niet onaantrekkelijk uit. Hij flirt een beetje met me, maar zo schijnt hij met vrijwel iedereen om te gaan, zelfs met Noel. Hij heeft deze min of meer prestigieuze stage verworven door zijn brief te larderen met 'Chef Noel Barger' en woorden als 'ontzag', 'aanbidden', 'kunstzinnig', en 'God'. Ik weet het doordat Noel de brief een paar dagen voordat Jake kwam aan ons heeft voorgelezen en waar nodig voor Pablo en Javier heeft vertaald. Om niet te zeer als een k-zak over te komen, heeft hij er nadruk op gelegd dat Jakes dubieuze cv dingen omvatte als 'manager bij McDonald's en assistent-hulpkok bij de Black Dog op Martha's Vineyard in de zomer waarin hij eindexamen deed.

Tijdens mijn saladestapeldemonstratie probeer ik professioneel over te komen, benadruk het belang van het gebruiken van de juiste hoeveelheid zout, peper, vinaigrette en geselecteerde kruiden. Ik schik de blaadjes met goed gewassen blote handen en kijk naar Jake, die zich verveelt – staat te gapen, zelfs, alsof hij liever grotere, belangrijker dingen wil gaan doen.

Het valt niet mee om een salade te maken die blijft staan, Als het alleen mesclun betrof, was dat nog wat. Die blaadjes zijn goed te manipuleren. Je kunt ze buigen en knakken en ze blijven hun vorm behouden. Wat het stapelen van salades zo beroerd maakt is dat Noel per se sla *romaine*, lollo rosso, andijvie, mierikswortel en veldsla in de melange wil. (De veldsla wordt in hydrocultuur gekweekt en stinkt om een of andere reden als de pest. Ik heb dat Noel onder de aandacht gebracht, maar hij ontkent het bestaan van vieze geurtjes evenzeer als hij ontkent dat garnalen met bleek zijn bewerkt om ze langer goed te houden.) Probeer maar eens een knapperig blaadje romainesla te plooien of andijvie op zijn plek te houden – het zijn de afvalligen van de torenhoge salade, die zorgvuldige naplooibewerking behoeven.

Jake is niet in staat perfectie in de saladepresentatie te bewerkstelligen. Zijn salade heeft meer weg van een molshoop dan van een wolkenkrabber en hij loopt te zuchten en doet of heel deze exercitie zonde van zijn kostbare tijd is. Hij vraagt: 'Wat maakt het eigenlijk uit? Moet het er nou echt zo uitzien?'

Ik leg als een brave werkbij van Tacoma uit dat het bij Noel allemaal om hoogte draait. Met deze salade is het niet anders. Bietjes worden zo à la julienne gesneden en gebakken dat ze als kleine speertjes uit de aardappelpuree kunnen steken. Rozemarijntakjes worden niet gebruikt omdat ze een gerecht kunnen afmaken, maar omdat ze er tof uitzien, uit gesauteerde filets of *mahimahi* omhoogprikkend als omgekeerde kerstboompjes.

Jake zegt: 'Wat stom. Ik moet hem mijn mening maar eens gaan zeggen.'

Tegen het eind van de week zijn Jake en Noel boezemvrienden. Jong, knap, beïnvloedbaar en behoorlijk zelfvoldaan weet Jake het midden te vinden tussen kontkruipen en aanhankelijk zijn mening geven. Noel ziet Jake liefdevol als een jongere uitgave van zichzelf.

Jake werkt slechts één dienst in de garde-manger voordat Noel hem aan de grill zet en tenslotte aan de sauteerplek. Bij diverse gelegenheden laat hij Jake de leiding overnemen in de keuken, orders verdelen en zijn dierbare knijpflessen beheren.

Dit is niet het verhaal van een getalenteerde rijzende ster. Jake komt nog maar net kijken en lijkt niet zo geïnteresseerd in een loopbaan in de keuken. Hij vertelt me zelfs dat hij zich in het voorjaar gaat opgeven voor bedrijfskunde. Noel en hij lopen een flink deel van de tijd in de keuken te lachen om hun escapades om vier uur 's nachts in Wo Hop in Chinatown.

Ik besluit dat ik Noels gepronk met zijn kleine vriendje wel aankan. Zijn gebrek aan ervaring en aantoonbaar talent doen er kennelijk niet toe. Hij doet de sauté op de avonden dat O'Shaughnessy er niet is en aangezien we geen souschef hebben, is hij dat. Ik vreet mezelf op. Geduld. Ik moet geduld hebben.

Frank neemt me mee naar 1492, een hippe tapastent aan de Lower East Side. Hij houdt me mijn stoel voor en schuift me aan, iets wat mijn opa met de kerst altijd deed. Dit is ouderwets. Dit waardeer ik.

Hij bestelt een dure fles rioja en we beginnen onze tapasfestijn met borden vol dadels in spek, langoustines in knoflook en boter, chorizo in een soort tomatensaus en een miniatuur Spaanse tortilla (aardappel, ei en ui). Onze medium doorbakken biefstukken worden ons opgediend met een mandje dun gesneden, goudkleurige knapperige patatjes. Ik zie tot mijn genoegen dat Frank van eten houdt – zonder vreemde neigingen of allergieën.

'Ik had gehoopt dat ze zwezerik op het menu hadden,' zegt Frank.

'Hou je van zwezerik?' vraag ik, en mijn hart springt open als ik hem kalfsgerecht hoor noemen.

'Ik houd van orgaanvlees,' zegt Frank en neemt een slok wijn.

'Ik weet een zaak waar ze geweldige gesauteerde zwezerik bereiden,' zeg ik.

'Jij?' vraagt hij, zijn gezicht blij verrast.

'Ben er dol op,' zeg ik. Deze wederzijdse verliefdheid op organen is een gunstig voorteken.

We snijden met scherpe messen stukjes van de biefstukken, stoppen die in onze monden, sluiten onze ogen alsof we dood zijn gegaan en in de hemel beland, kauwen, kreunen en de zoutige, bloederige sappen vloeien onze kelen in.

Frank wil beroemd worden – schijnt zich zelfs koortsachtig te willen bewijzen. Ik begrijp dat wel. De foto op de voorpagina van het eetkatern van de *New York Times* staat in mijn hersenen gebrand – ondergetekende ten voeten uit, in een witte koksbuis met mijn messen voor me en ogend als een culinaire femme fatale. De kop? 'Verlustig je tong', een onconventioneel artikel over een kookfeeks, door Hunter S. Thompson.

Franks aspiraties zijn niet minder spectaculair. Hij wil de nieuwe Bob Marley worden – een reggaester met, en goddank schiet hij zelf in de lach op het moment dat hij het zegt: 'een swingende, frisse benadering.'

'Ik steun je droom, blanke jongen,' zeg ik.

'Hé,' zegt hij en wordt serieus, 'je hebt me nog nooit horen zingen.'

'Klopt,' zeg ik, op mijn vingers getikt. Ik wilde hem niet kwetsen.

Maar dan zegt Frank: 'Ik ben ook manager van een paar anderen.'

'Muzikanten?' vraag ik.

'Ja, daar verdien ik de kost mee.'

'Cool. Iemand die ik ken?'

'Ooit gehoord van Bang Me?'

'Nee.'

'En Stunner?'

'Neu.'

'Dat zijn twee bands die min of meer op doorbreken staan.'

'Je doet er dus wat aan,' zeg ik. 'Goed zo.'

'Ik ben een beetje een workaholic,' erkent hij verlegen.

En, zo valt me op, geen suffe bankworkaholic, maar een scherpe, creatieve, artistieke workaholic. Het soort workaholic dat we allemaal stiekem willen zijn. Op een of andere manier is hij er op zijn zesentwintigste achter hoe hij goed aan de kost kan komen en zijn eigen kunst trouw kan blijven. Hoe langer hij uitwijdt over de plaat die hij met zijn band aan het opnemen is, des te minder prachtig wordt mijn kookloopbaan. Het is een bedrijfstak die vrouwen op hun rug wil zien liggen en niet in de loopgraven tussen de mannen met gezwollen voeten, spataderen en brandplekken.

Tegen het einde van de maaltijd probeer ik te verdringen

hoezeer ik mijn werk haat. Mijn kennismaking met Frank is hoopgevend. Soms, als niets aan je hoop voldoet, wordt het belangrijk om de ware Jacob tegen het lijf te lopen.

We houden boven de tafel elkaars hand vast, drinken zware rode wijn uit kroezen en staren elkaar dromerig aan. Frank vraagt: 'Geloof je in liefde op het eerste gezicht?'

'Meestal niet,' zeg ik.

'Ik ook niet,' zegt hij, knijpt in mijn hand en dan, en dan, *dan* buigt hij zich in mijn richting en kust me op mijn wang.

Wat betekent dat? Betekent het dat hij er niet in geloofde en nu wel en dat hij daarom in mijn hand knijpt en me zoent?

Ik zit helemaal te smelten, maar dit is nog niet alles. Hij is afgestudeerd aan Brown University, heeft een zwarte band karate, skiet, doet aan bergbeklimmen en heeft een motor. Ontbreekt er nog iets? Ik dacht het niet.

'Mijn vader is met de motor verongelukt,' zeg ik omdat ik vind dat hij alles van me moet weten.

'Echt waar?' vraagt hij. 'Meen je dat? Dat spijt me enorm. Wacht, zit je me te besodemieteren?'

'Ik vertel het vrijwel nooit aan iemand,' zeg ik.

'Het spijt me enorm,' zegt hij nogmaals. 'Begrijp me niet verkeerd, maar het is geen slechte dood.'

'Ja,' zeg ik, 'als je toch dood moet.'

'En dat moeten we allemaal.'

Hoewel ik aanbied mee te betalen, mag ik van Frank de rekening niet eens zien. De bittere koude tijdens de pittige wandeling naar mijn huis voelen we niet eens. Ik bied Frank een kopje thee aan. Als we met grote mokken kamillethee naast elkaar op de bank zitten, buigt Frank eindelijk naar me toe, neemt me de mok uit handen en zet die naast de zijne op de salontafel. Hij legt zijn hand voorzichtig in mijn nek en kust me op de wang. Ik bloos. Ik voel een golf hitte tussen mijn benen. Frank is teder, zijn zachte lippen knabbelen aan de mijne voordat hij zijn tong tevoorschijn haalt.

Binnen vijf minuten liggen we zodanig op elkaar geperst op de bank te hijgen en zweten dat we spoedig kleding zullen moeten verwijderen – wat ik prima vind – en dan houdt Frank opeens op met kussen. Hij leunt op een elleboog en kijkt me aan terwijl hij enkele tellen niets zegt.

'Is er iets aan de hand?' vraag ik.

Hij schudt zijn hoofd en met een blik alsof hij zijn geluk niet kan bevatten zegt hij: 'Nee, alles is volmaakt.' Hij gaat rechtop zitten en neemt een slok thee. 'Ik vind dat ik weg moet gaan,' zegt hij met een pijnlijke blik op zijn gezicht.

'Waarom?' vraag ik verward. Ik bedoel, hier lig ik dan te liggen, overduidelijk helemaal klaar om door te stomen.

'Ik wil niet weggaan,' zegt hij, staat op en trekt zijn colbertje aan, 'maar ik ben bang voor wat er zal gebeuren als ik blijf. Ik ben dol op je en wil dit niet overhaasten.'

Ik weet zeker dat ik dit vaker heb gehoord, meer dan eens bovendien en daardoor voel ik me niet begeerd en een tikje onzeker, maar dat geeft niet. Hij kiest voor een evenwichtige, volwassen benadering en het wordt tijd dat ik eens op iemand val die aan andere dingen denkt dan aan zijn penis. Ik neem een slok thee, sta op en breng hem naar de deur. 'Dat klinkt heel verstandig,' zeg ik.

Hij streelt door mijn haar en masseert mijn hoofdhuid met precies de juiste druk. Hij bukt en zoent me lang en hard. Ik ben te gelukkig om te bezwijmen. 'Ik bel je morgen,' zegt hij en wacht op mijn knikje voordat hij zich omdraait om de vijf trappen af te dalen.

Ik ga in de vensterbank zitten bidden, zoals Meg Ryan in een film van Nora Ephron. *Als hij naar me kijkt, zijn we voorbestemd voor elkaar.* Mijn hart bonst in mijn keel terwijl ik wacht tot ik hem buiten zie komen. Daar is hij, hupt een, twee, drie, vier – het trottoir op. Hij zet twee stappen de verkeerde kant op, wendt zich dan in de richting van zijn huis in East Village, draait zich om, kijkt opeens omhoog, glimlacht en blaast me een zoentje toe.

Vanavond laat Noel me aardappelpuree maken. Het is voor het eerst dat hij me iets helemaal laat koken, een garnituur voor de in gember gebakken karbonades. De aardappelpuree krijgt een gewicht dat zijn werkplek verre overstijgt. Hij vormt het middel waarmee ik kan aantonen dat ik een goede smaak heb, dat ik verdomme de beste aardappelpuree kan maken die Noel ooit heeft geproefd, dat ik werkelijk kan koken.

Ik draai de gepelde en gekookte Idaho's door de aardappelmolen, een apparaat dat in de meeste professionele keukens voorhanden is. Het is een metalen zeef met een hendel erop die je aandraait en waarmee je de aardappels door kleine gaatjes duwt om ze klein te maken. Ik voeg er zout en boter aan toe zoals mijn Franse culinair docenten me dat hebben geleerd, veel en schaamteloos. Ik vervolmaak de consistentie met warme melk en voeg er naar smaak peper en zout aan toe.

Als ik klaar ben lepel ik de puree met een plastic pollepel in een pan en leg er flintertjes boter op voordat ik het geheel met meer warme melk begiet. Dat moet ervoor zorgen dat er geen korst bovenop komt.

De dienst begint en Jake paradeert door de keuken alsof zijn penis te groot voor hem is geworden. Hij steekt hier een vinger in, neemt daar een snuif van, levert commentaar op iedereens mise en place alsof hij er verstand van heeft en geen pikkie is die besloten heeft een paar maanden te klooien voordat hij bedrijfskunde gaat studeren. Hij pakt mijn pan puree, trekt het vetvrij papier eraf en haalt voordat ik er wat van kan zeggen zijn vinger door het volmaakt gladde oppervlak. Als iemand die dure wijnen proeft laat hij zijn tong en lippen een malend dansje maken, pauzeert met zijn ogen ten hemel geslagen voordat hij beslist: 'Moet wat zout bij.'

Laat ik hier verklaren dat ik (en de meeste koks en chefs met mij) een zoutfanaat ben. De meeste niet-koks slaan steil achterover van de hoeveelheid zout die ze mij zien strooien over de gerechten die ze, zodra ze ze geproefd hebben, erg lekker vinden. Specerijen zijn zo ongeveer het enige waar ik niet over twijfel. Het enige waarvan ze me niet het gevoel weten te bezorgen dat ik het niet kan. Ik neem Jake de pan uit handen en zeg: 'Nee,' voordat ik de puree nogmaals omroer en gladstrijk.

'Wat bedoel je met "nee"?' vraagt hij en kijkt me aan alsof ik een kind ben dat weigert zijn billen af te vegen.

'Ik bedoel "nee er hoeft niet meer zout bij".'

'Hoor eens, ik zou niet tegen je zeggen dat er meer zout bij moet als ik dat niet meende.'

'Je hebt recht op je eigen mening, Jake, maar ik doe de aardappels vanavond en ik ben het niet met je eens.'

Noel staat toe te kijken, met gefronste wenkbrauwen en ogen op steeltjes. Zonder een woord te zeggen loopt hij naar de zoutkom, steekt zijn dikke vingers erin, pakt een snuifje ter grootte van de Grote Vriendelijke Reus, tilt het deksel van mijn pan met puree en gooit dat er zonder te proeven in.

Dat is Noels manier om te zeggen: 'Jij, Layla Mitchner, laat je rondcommanderen door een stagiair omdat jij en je oordeel in mijn keuken van nul en generlei waarde zijn.' Het is de ultieme 'je kan de pot op'.

Ik ben met stomheid geslagen. Er is geen gepaste wijze om te reageren. Ik ben tegelijkertijd op zo'n primitieve manier vernederd, beschaamd en boos dat ik het gevoel heb dat ik lichamelijk ben misbruikt en ik er geen sodemieter aan kan doen. Als ik een kerel was zou er misschien iets in me knappen, zou ik een rood waas voor ogen krijgen en Noel een dreun tegen zijn kanis geven. In plaats daarvan sta ik met mijn mond vol tanden, voel ik de druk in mijn hoofd toenemen, hangt mijn mond open en kijk ik hem ongelovig aan. Ik zou willen dat mijn neus weer begon te bloeden en denk: *Zou dit een goed moment zijn om aan mijn stutten te trekken?*

Op zijn antwoordapparaat zingt Frank 'I Believe In Miracles'. Hij belt me twee keer per dag om te vragen hoe het met me gaat. Hij nodigt me uit om bij hem te komen eten en ondanks zijn monoloogje over niet overhaasten, weet ik zeker dat we in bed zullen belanden. Julia zou zeggen: 'Waar is de mystiek?' Maar ik ben er de persoon niet naar om het bij kusjes te laten (en zij welbeschouwd evenmin).

Frank bewoont een *loft* met een grote metalen dienstlift. Ik heb twee hyacinten meegenomen – eentje die geurig heeft gebloeid en de andere die nog dichtzit en wacht op de dingen die komen gaan. Ik hecht een symbolische lading aan de plantjes.

Frank neemt me de plantjes gehaast uit handen, zet ze op de grond, drukt me tegen zich aan en begint wild, hartstochtelijk te zoenen alsof we elkaar in jaren niet hebben gezoend.

Ik wil dat hij me altijd zo blijft zoenen en hoe langer het duurt des te meer moet ik terugdenken aan mijn eerste zweterige tongworstel-ontmoeting met David Edelstein achter in een donkere bioscoop waar we niets hebben gezien van *Silver Streak*.

Als we elkaar loslaten zie ik dat er nog iemand aanwezig is. 'Layla, dit is Pepe,' zegt Frank met zijn arm rond mijn schouder.

Pepe staat bij het aanrecht met een koffer vol verschillende soorten wiet voor zijn neus. 'Thai, pittig of gewoon?' vraagt Pepe.

'We waren net wat zaken aan het afronden,' legt Frank uit.

Pepe kijkt ons allebei aan en schudt glimlachend zijn hoofd.

'We hebben elkaar al twee dagen niet gezien,' zegt Frank.

Pepe schijnt het te begrijpen. 'Wil je nog wat roken voordat ik wegga?' vraagt hij.

Frank kijkt me aan.

'Best,' zeg ik, blij met iets wat me zal kalmeren.

Frank heeft pasta gekookt met vleessaus en een salade. Er staat een boodschappentas vol lege blikken Ragú onder het aanrecht. Ik heb twee flessen goeie Californische cabernet sauvignon gekocht. Het is zondag en ik wil niet zonder komen te zitten.

Pepe rolt een grote toeter en Bob Marley zingt zachtjes 'Waiting in Vain', terwijl ik rondstruin door het riante appartement. Ik kan me niet inhouden en vraag: 'Hoe kun je je zoiets permitteren?'

'De huur is bespottelijk laag,' roept hij vanaf de andere kant van de kamer waar hij de saus staat te roeren.

'Hoe spotgoedkoop?' wil ik weten. Het maakt allemaal deel uit van mijn nooit aflatende speurtocht naar hoe mensen kunnen rondkomen in New York.

'Huurbescherming,' zegt hij om het gesprek te beëindigen. Er hangen verschillende olieverfportretten van Frank die stuk voor stuk een bepaald kenmerk van hem overdrijven – op de een heeft hij een bijzonder kromme neus, op de volgende hangen zijn oorlellen tot op zijn schouders. Het zijn geestige en treurige schilderijen. Er hangt een schilderij van een viool in bijlvorm en iets dat eruitziet als een boterkarn gemaakt van prikkeldraad. 'Heb jij die gemaakt?' vraag ik, onder de indruk.

'Vind je ze mooi?' vraagt hij verlegen.

'Ik vind ze geweldig,' zeg ik. 'Vooral de zelfportretten.' Ik ben jaloers op zijn kunstzinnige expressie en wou dat ik zelf zo'n soort uitlaatklep had. Toen ik met koken begon dacht ik dat ik op een creatief vakgebied kwam. Maar professioneel koken lijkt meer op een lopende band. Stiekem zweer ik dat ik basgitaarles ga nemen. Ik moet er iets bij gaan doen.

Pepe, Frank en ik staan rond een groot houten hakblok een joint van sigaarformaat te roken. We hebben er pas een achtste deel opzitten als Pepe zijn jas pakt en zegt: 'Ik moet ervandoor,' en me zo redt van de catatonie.

'Stirritup, little darling, stirritup...' Een eettafel is er niet, dus zitten we aan de enorme robijnrode Oriental met kommen pasta op schoot en een grote houten slakom tussen ons in. Ik sla de wijn achterover in de hoop een beetje tot rust te komen, maar de pasta eet ik langzaam en ik geniet van de zoete tomatensaus. Soms kan tomatensaus uit een pot verrekte goed smaken als je verder uitsluitend haute cuisine eet.

Ik heb net mijn mond vol als Frank over de slakom heen buigt, en geduldig met zijn gezicht vlak bij het mijne blijft wachten. Hij laat me nog even kauwen en kust me dan in mijn hals, mijn zwakke plek. Ik krijg overal kippenvel terwijl hij zich al zoenend een weg van mijn hals naar mijn lippen baant. Frank is subtiel, teder en voorzichtig alsof hij me geen pijn wil doen.

Het wordt snel hitsiger. Hij heeft zijn knie in de slakom en er prikt een vork pijnlijk in mijn kont maar we kunnen er geen van beiden mee ophouden. Ik zit al gauw in spijkerbroek en beha, iets wat ik normaal niet draag maar speciaal voor de gelegenheid heb gekocht.

Frank tilt me op en draagt me net als in de film naar de achterzijde van de loft, duwt een gazen scherm op wieltjes opzij om een reusachtig bed te onthullen met griezelig ogende houten pijlers op de hoeken. Dit is niet het onschuldige zonnig witte bed uit mijn studentenkamerfantasie. De lakens en het dekbed zijn mannelijk grijs en die pijlers doen me denken aan bepaalde scènes in *Dracula* en *Wuthering Heights*.

Hij legt me erop, trekt zijn trui uit en toont me zijn bleke, kale borstkas. Zijn in de war geraakte haar hangt slap op zijn schouders. Hij ziet er een beetje Klaus Kinski-achtig uit – hongerend naar bloed, maar ook sexy, kwetsbaar en bereid om de ander te plezieren.

Hij ritst mijn spijkerbroek los en trekt hem langzaam aan de uiteinden van de pijpen uit alvorens op te staan en zijn eigen broek uit te trekken – geen ondergoed. Hij gaat voorzichtig op me liggen en geeft me overal in mijn gezicht zachte zoentjes.

Dit is het moment waarop ik heb gewacht, maar ik kan me om mysterieuze redenen niet laten gaan. Mijn hersens staan in de hoogste versnelling. Ik heb allerlei verlammende gedachten – wat moet ik als hij mijn manier van zoenen niet waardeert? Of mijn lijf niet? Wat als hij van me walgt? *Laat iemand me snel van mijn hersens verlossen!*

Als het ondergoed eindelijk uitgaat, zegt Frank niks over mijn Braziliaans gewaxte landingsbaantje en daar word ik zenuwachtig van. Vindt hij het misschien stom staan? Of misschien ben ik niet de eerste klant van J.Sisters die hij mag inspecteren?

Doe niet zo achterdochtig. Denk aan wolken tegen een blauwe hemel, bergen, zonneschijn, zeegezichten. Denk aan aangename dingen, positieve. Hij is duidelijk dol op je, je bent stapel op hem. Je kent hem pas een week, nou en?

Een mannengezicht op die plek is intimiderend, ook op de beste momenten. *O, waarom ben ik toch geen vrije geest?*

Frank snuffelt daar rond, beweegt zijn tong in feite op de goede plek, maar hoezeer ik ook mijn best doe, ik voel er niks bij. Moet hij misschien wat langzamer? Sneller? Een beetje naar links?

Frank houdt plotseling op en richt zich op het nachtkastje.

Dit is geen goed teken.

Hij haalt er een klein kistje uit.

'Wat is dat?' vraag ik.

Snel en geluidloos haalt hij het plastic van het kistje. 'Zie je zo wel,' zegt hij. 'Volgens mij is het wel wat voor je.'

Al snel hoor ik zacht gezoem en steekt Frank met een hoopvolle blik in zijn ogen een kogelvormige vibrator omhoog. 'Die heb ik voor je gekocht,' zegt hij.

'Echt waar?'

'Ja, je zei dat je ervan hield.'

'Heb ik dat gezegd?' Ik weet vrijwel zeker dat dat niet waar is, maar hij heeft beslist initiatiefpunten verdiend.

Ik ben een wetenschappelijk experiment geworden – Frank drukt op verschillende knopjes die een verschillende mate van druk geven. Hij wil dat ik het naar mijn zin heb, maar de kronkels in mijn hersens geven me in dat het meer gaat om zijn vermogen om mij het naar de zin te maken, dan of ik het zo ook werkelijk voel.

Frank ontmoedigt mijn pogingen tot experimenteren. Hij moet de actieve partij zijn, hij moet de leiding hebben. Ik heb me altijd voorgesteld dat ik daarvan zou genieten. 'Frank,' zeg ik en leg mijn hand op zijn trillende hand, 'het is best. Je deed het prima zonder.'

'Echt?' vraagt hij met een weifelende blik. Het gezoem houdt op en hij legt zijn hand op mijn buik. 'Ik was er niet zo zeker van.'

'O ja,' zeg ik in een poging te klinken als een meisje dat die dingen luchtig opneemt. Hij hoeft niet te weten wat voor seksueel achterlijk wezen ik ben geworden.

Om tegenwicht te bieden aan wat volgens mij wederzijds ongemak is, gaan we ons wilder gedragen. We zijn atleten die elkaar neerdrukken – zo wild bonken en wrijven dat het ledikant na vijf minuten breekt en het matras met een punt op de grond belandt. We lachen erom. Zijn we soms niet voor elkaar bestemd? Hebben we soms geen pret?

Frank komt klaar. Ik niet. Ik probeer zozeer te ontspannen dat elke vorm van ontspanning onmogelijk is geworden. Er zit een knoop in mijn maag. Ik draai minstens om de minuut met mijn kont om datgene binnen te houden waarvan ik hoop dat het geen vieze wind is. Door die angst haast ik me naar de badkamer met het excuus dat ik mijn tanden wil poetsen.

'Layla?'

Frank staat voor de deur. Gejaagd vraag ik me af of ik hem

binnen moet laten. Het licht in de badkamer is fel, het soort licht waarin ieder cellulitisrimpeltje goed tot zijn recht komt. Als ik mijn pathetische blik in de spiegel zie, denk ik: *Ik ben niet geschikt voor menselijke interactie. Ik moet gewoon een leuke roedel wolven uitzoeken om mee op te trekken of een berenfamilie.*

'Momentje!' Ik pak een tandenborstel. Er staan er drie in een bekertje naast de wastafel. Ik druk een keurig streepje tandpasta op de haren en vrees dat ik me iets te veel permitteer – wat nou als Frank zo iemand is die er niet tegen kan dat een ander zijn tandenborstel gebruikt. *De pot op*, denk ik en begin woest mijn tanden te poetsen. De deur zit op slot.

'Gaat het goed daar binnen?'

'Ja. Prima! Poets even mijn tanden.'

'Mag ik even komen pissen?'

Er is geen raam, geen schakelaar voor een ventilator. Terwijl ik met een hand mijn tanden poets, zwaai ik met de andere achter mijn billen en probeer allerlei gewapper om de boel te verdunnen. Ik zou hem kunnen laten wachten, maar ik wil hem niet het idee geven dat ik zit te poepen of te spuiten of zo. Ik wil dat hij me stoer vindt! Ik knijp mijn ogen tot spleetjes, spuug, bid, spoel mijn mond om en veeg hem met een bloemetjeshanddoek schoon. Dan draai ik de deur open.

Frank staat dromerig te glimlachen. Als hij in het meedogenloze badkamerlicht stapt, zie ik dat allebei zijn armen onder de kleine rode bultjes zitten. Ik gebruik deze onvolmaaktheid om mezelf gerust te stellen. Er staat een tube Pantene haargel op de stortbak van het toilet. Ik stel me voor hoe Frank voor de spiegel zijn haar in model brengt, bezorgd is dat anderen hem zo zullen zien. Dat biedt slechts tijdelijk soelaas.

Ik kruip weer in bed en wil de dekens zo snel mogelijk tot mijn hals optrekken. Ik wil dat alles tussen ons vlotjes en natuurlijk verloopt. Maar ik heb mezelf zo dol gedraaid dat het volstrekt niet natuurlijk aanvoelt en het gerommel in mijn ingewanden begint opnieuw. Mijn lichaam kom in opstand, maakt geluiden die ik wil onderdrukken al kost het me mijn leven.

Frank komt in bed en slaat zijn arm om me heen. Hij heeft een vredige blik in zijn ogen. Zijn adem ruikt naar rode wijn, wiet, spaghettisaus en sladressing. Waar ruikt mijn adem naar? O ja, tandpasta. Poe.

Als een schildwacht bij mijn eigen lijk wacht ik waakzaam op het verstrijken der uren en luister naar de auto's en ambulances en brandweerwagens op Second Avenue. Ik stel een heel toneelgezelschap samen uit de schaduwen op muren en plafonds, net als toen ik als klein meisje in het bovenste bed lag in het roze huisje van mijn grootouders in Nantucket. Daar choreografeerde ik toneelstukken van de figuurtjes in de gebarsten verf van het plafond. Ik had Kranige Kruidenier Jimmy, Oude Ingeteerde Oma Krijtje, Dikke Boerenzoon Ernie. De schaduwen in Franks loft zijn minder vertrouwd. Ze zijn rechter, rechthoekiger, minder organisch, eigenlijk geen echte mensen, meer machines.

Het is een lange nacht.

Om zes uur ga ik zitten en rek mijn armen uit alsof ik nog nooit zo lekker heb geslapen. Alsof het volstrekt normaal voor me is om zo vroeg op te staan. Het bed staat tegenover het aanrecht, en wordt van het raam gescheiden door nog een scherm. Hoewel ik in het donker nauwelijks iets kan zien, wil ik geen licht aandoen om Frank, die zachtjes ligt te snurken, niet wakker te maken.

Bewaart hij zijn koffie in de vriezer? Ja! Starbucks French Roast. Ideaal. Is er een koffiezetapparaat? Nee. Een koffiefilter dan? Nee. Zoeken in keukenkastjes, laden, onder het aanrecht. Klein vergiet met een servet erin werkt ook. Kook water, schenk water voor twee op, zet mokken klaar en wacht, verkleumd en naakt...

Frank wordt wakker van de koffiegeur. Hij richt zich op een elleboog op en zegt: 'Jij bent vroeg op. Hoe laat is het?'

'Kwart over zes.'

Hij staat op, loopt naar de badkamer en komt terug met een flanellen kamerjas die hij licht knedend over mijn schouders drapeert. Hij kust de zijkant van mijn korte coupe en stapt weer in bed. 'Vind je 't goed dat ik nog een dutje doe?'

Nee, dat vind ik helemaal niet goed! Ik moet maken dat ik hier wegkom! Ik heb een noodgeval qua ingewanden! Ik zou misschien geen koffie moeten zetten, maar ik wil de normale dingen doen. Ik kan niet domweg schreeuwend de ochtendschemering in rennen met mijn handen om mijn billen geklemd. Dat zou absoluut niet cool zijn.

Een slok koffie zou darmtechnisch het einde kunnen betekenen, maar ik zet door. Alsof het volstrekt normaal is om op maandagochtend om kwart over zes koffie te zetten in Franks huis.

Frank ligt op zijn zij met het beddengoed tot aan zijn oor. Na vijf minuten komt hij overeind en zegt: 'Ik kan niet meer slapen.' Hij werpt het beddengoed af, staat op en loopt naar het aanrecht. Als hij het licht aandoet, onthult hij daarmee mijn rudimentaire koffiezetterij. Hij slaat zijn armen van achteren om me heen, knabbelt aan mijn oor en zegt: 'Heel inventief.'

'Melk? Suiker?' vraag ik glimlachend.

'Gewoon zwart.'

Rustig, rustig blijven. Zorg dat je cool overkomt, alsof je je hele leven al koffie zet voor Frank. Ik scharrel naar de enorme ramen met uitzicht op Second Avenue en kijk rustig (Ha!) naar de passerende auto's. Er lopen allerlei mensen honden uit te laten, daklozen duwen karretjes voort, straatvuil verwaait in kleine tornado's. Buiten is het grauw en hoewel het nog vroeg is, kan ik zien dat het de hele dag zo zal blijven.

Ik draai me om om de loft in het ochtendlicht te kunnen

aanschouwen en zie dat het er afgezien van onze borden op de grond en het onopgemaakte bed, smetteloos schoon is. Ik koester de koffie zo lang mogelijk voordat ik die ene slok neem waarvan ik weet dat die mijn ingewanden in de kramp zal doen schieten.

'Ik moet ervandoor,' zeg ik, zet mijn mok op het aanrecht en loop naar het toilet om mijn jas te pakken. Ik dagdroom hoe leuk het zou zijn om als een normaal meisje met mijn nieuwe minnaar in bed te luieren, maar dat zit er niet in.

'Ga je weg?' vraagt hij met een gekwetste blik.

'Ik moet vroeg beginnen,' zeg ik bij gebrek aan een goed excuus.

'Krijg ik nog een kusje?' vraagt Frank terwijl hij dichterbij kruipt.

Ik moet weg, moet weg, moet weg! Ik glimlach hopelijk niet als een idioot maar als een sexy, vroeg opgestaan, bevredigd mens. Frank zoent me zachtjes, met zijn koffietong in mijn mond. Het voelt prettig aan maar ik moet het kort houden.

Hij zegt: 'Ik bel je straks.'

'Dat is je geraaien,' zeg ik en hoop er als een filmster uit te zien nu ik mijn jas aantrek en langzaam de deur uit loop. Als ik buiten op straat aankom ben ik te zeer geconcentreerd op mijn aanstaande reis door de stad om op te kijken naar Franks raam. Later vraag ik me af of hij er wel stond.

~

Ik neem de volgende dag geen ontslag noch de dag daarna of die daarna, want de goden hebben besloten mij eventjes welgezind te zijn. Door een wonder melden Danny O'Shaughnessy en Jake zich allebei een hele week ziek en aangezien Noel niemand anders heeft – en ik toch al vrijwel alle mise en place voor O'Shaughnessy doe – zet Noel me met tegenzin aan de sauté. Hij zegt: 'Als ik je vaker dan één keer tijdens de

dienst uit de sores moet halen sta je meteen weer bij de voor-
afjes, begrepen?'

Ik heb de afgelopen twee maanden ieder aspect met elk
sauteergerecht bestudeerd. Hoe de met pasta gevulde geroosterde uien de rode snapper in een rinzige saus met pikan-
te chili en korianderolie aanvullen. Hoe de fazant, met de
huid aan de onderkant aangebraden en omgekeerd en vervolgens afgemaakt in de oven met pompoenrisotto, cranberry-
coulis en een met knoflook bereid garnituur wordt geser-
veerd. Hoe de zeebaars, gesauteerd in olijfolie, vervolgens in
boter en afgemaakt in de oven op een berg aardappelpuree
ligt, omringd door babyraapjes en geroosterde maïs, licht be-
sprenkeld met saus van ingekookte balsamicoazijn.

Ray is in de kelder kalfskarbonades aan het portioneren. 'Hé
moedertje, moet je nog zien wat er met dit kalfsvlees gebeurt?'

Ik ga stralend naast hem staan, te opgewonden om iets te
zeggen, zie hem met zijn vlijmscherpe mes tussen de ribben
snijden en elke karbonade op de weegschaal voor zich leggen
om zich ervan te verzekeren dat het gewicht klopt.

'Jij loopt erbij als een hond met zeven lullen.'

'Raad eens wie er aan de sauté staat?'

'Ma-*ma*!' Ray kijkt bijna net zo opgetogen als ik. 'Verziek
het niet, moedertje, laat hem een poepie ruiken.'

'Zal ik doen.'

Omdat ik vastbesloten ben alles volgens het boekje te doen,
maak ik de pannen schoon en kruid ze door ze met een dikke
laag kosjer zout op het vuur te zetten. Ik pak met mijn tang
een opgevouwen servet en schraap de bodem van de pan met
het zout af voordat ik er een laagje pindaolie in wrijf (stan-
daard in professionele keukens omdat dat bij hoge tempera-
turen niet zo snel verbrandt als andere olie.).

Het is woensdagavond en het begint om een uur of acht te
lopen. Ik heb alles goed georganiseerd en ben geconcentreerd,
time de garnituren zo dat ze de ideale temperatuur hebben als

vlees en vis gaar zijn. Noel bekijkt het allemaal, zijn armen voor zijn borst gevouwen, zijn wenkbrauwen gefronst, loerend op fouten.

Ik sta in lichterlaaie – scherp, georganiseerd en van me af bijtend. Ik krijg de indruk dat hij teleurgesteld raakt dat het allemaal zo gladjes verloopt. Maar ik ben zo dankbaar dat hij me deze kans heeft gegeven dat niets mijn tophumeur of de sympathie die ik voor hem voel nu hij me deze kans heeft gegeven kan verpesten. Ik wil indruk op hem maken. Hem tonen dat ik geen willekeurige gleuf ben.

Javier en ik werken als tandem, als eerste en tweede violen in een orkest, elkaar regelmatig raadplegend over de timing van onze verschillende gerechten. Ik werk graag met Javier (al is hij homofoob en krijgt hij verschillende keren bijna slaande ruzie met Joaquin) en fantaseer dat Noel O'Shaughnessy zal ontslaan om mij aan het sauteren te zetten. De keuken heeft in tijden niet zo goed gedraaid. Het ritme van dingen die goed gaan – Javiers biefstukken zijn tegelijk klaar met mijn fazant en zeebaars, alles op het bord is heet en goed gekruid – al wordt er overal geschreeuwd en is het volslagen waanzin, wij krijgen het gevoel dat we drie uur lang de macht bezitten om de wereld onze ordening op te leggen.

Een weeklang bewijs ik Noel en de rest van de keuken dat ik kan sauteren. Ik voel me een ouwe rot. Niks bijzonders. Ik kan het wel. Maar nu is mijn speelkwartier voorbij. Noel ontslaat O'Shaughnessy niet om mij te laten sauteren. Hij stuurt me terug naar de garde-manger, waar hij me met alle plezier wil laten versmachten.

Ik vraag om een onderhoud met Noel. Ik ben vastbesloten niet bitter of boos over te komen. Ik wil dankbaar zijn, niet veroordelend. Sinds ik met Noel werk is mijn wens om zelf te koken in het niet verdwenen. Ik haat hem met een hartstocht die niet meer gezond kan zijn.

Joaquin brengt me een glas water, zonder ijs, terwijl ik in de eetzaal onder de tl-verlichting zit te wachten tot Noel zich bij mij voegt. Hij zegt: 'Geen gebloed meer, oké?'

Ik knik en haal diep adem. Ik glimlach naar Noel als hij gaat zitten en hoop dat het niet onoprecht overkomt. 'Wat kan ik voor je doen, Slim?' vraagt hij.

Ik heb niet geoefend op wat ik wil zeggen en wat eruit komt verbaast me. 'Ik wilde je laten weten dat ik hier bij jullie erg veel heb geleerd.'

Hij kijkt verrast. En blij.

Ik ga verder: 'Je hebt me meer geleerd dan je denkt.'

'Nou, fijn dat ik dat voor je kon doen, Slim,' zegt hij oprecht.

'Dat wilde ik je even zeggen voor ik mijn ontslag neem,' zeg ik. Om een of andere reden trekt er een gevoel van geluk en kalmte door me heen. Ik ga weg en ik ben altijd van mening geweest dat je je vijanden grootmoedig moet behandelen, op een manier waaruit niet blijkt hoezeer ze je leven hebben verziekt. Tot nu toe heb ik die tactiek vooral toegepast op jongens die me slecht hebben behandeld.

Noel ziet er oprecht opgelucht uit. 'Ga je nu al?' vraagt hij.

Ik werk er al meer dan een jaar, maar dat maakt niet uit. 'Ik ben bang van wel,' zeg ik.

'Nou, je bent een hele aanwinst geweest voor mijn keuken.'

'Heus? Huh. Misschien blijf ik dan toch maar,' zeg ik, een tikje bijdehanter dan ik wil overkomen.

Noel kijkt zenuwachtig op en glimlacht dan als een jongetje dat op een leugen wordt betrapt. 'Heb je ergens uitzicht op?'

'Ik heb een paar aanbiedingen gehad,' lieg ik. *In werkelijkheid, klootzak, heb je me zo te grazen genomen dat ik betwijfel of ik nog ooit in een keuken wil werken!*

'Goeie tent?' vraagt hij. Ik weet niet of hij beseft dat ik lieg, maar dat kan me nu ook niks meer schelen.

'Ja.' Ik wacht even koket. Ik wil Noel een beetje treiteren, enkel en alleen om te zien hoe hij reageert. 'David Bouley heeft me een sauteerpost aangeboden,' zeg ik, er maar al te zeer van doordrongen dat Noel geen contact met hem zal opnemen. Noel heeft voor Bouley gewerkt toen hij net begon en het gerucht gaat dat de meester hem regelmatig tot tranen wist te brengen.

Noel schudt zijn hoofd. Hij is sprakeloos.

'Ik heb er ingevallen op mijn vrije avonden.'

Ik kan niet zien of hij me al dan niet gelooft. Aan zijn gezicht valt niets af te lezen.

'En ik moet je zeggen dat hij me bijzonder bedreven vond, wat volgens mij alleen door mijn ervaring hier kan komen.'

Noel werpt zijn hoofd achterover en trekt een wenkbrauw op met een 'Loop je me te verneuken?'-blik in zijn vollemaansgezicht.

Voordat hij iets weet uit te brengen vervolg ik: 'Leuke mensen daar, ik zie er echt naar uit.'

Glimlachend steek ik mijn hand uit. Noel pakt hem beet en is waarschijnlijk geschokter dan ik als hij zegt: 'We zullen je missen.'

Het vooruitzicht van liefde en armoe brengt me in beweging en de volgende ochtend zit ik energiek aan de telefoon iedereen te bellen die ik ken in het vak. Pinky Fein, een vriend van Oscar, is eigenaar van de Gilded Lily, een viersterrenrestaurant in Midtown, befaamd om zijn bedelaarsbeursjes – vliesdunne pannenkoekjes gevuld met crème fraîche en belugakaviaar, samengebonden met bieslook en licht bestrooid met eetbaar bladgoud en opgediend als kaarsen in een kandelaar. Pinky staat erom bekend dat hij met een paar handboeien door het restaurant loopt en de handen van gasten vastmaakt aan de rugleuning van hun stoel zodat ze de beursjes met alleen hun mond moeten eten, gadegeslagen door de andere gasten, die waarschijnlijk genieten van de heimelijke dreiging.

Pinky heeft als zakenbankier de schaapjes op het droge gehaald voordat hij de restaurantwereld in is gestapt. Ondanks het enorme succes van de Gilded Lily wordt Pinky niet helemaal serieus genomen omdat hij per se de chef genoemd wil worden ook al kan hij nog geen ei koken. En hoewel hij getrouwd is met Sylvia, de keiharde zakelijke motor van het bedrijf, is hij een soort geile bok met een zwak voor Aziatische vrouwen.

Pinky kwam graag de keuken van Tacoma binnenlopen om ongevraagd advies uit te delen. Hij drong een keer een gelikte zwartwitadvertentie aan me op uit een of ander vakblad waarin een vrouw werd gepresenteerd die haar naakte armen voor haar borsten hield en eronder een bakkersbroek droeg. 'Dat is ook wel wat voor jou,' zei hij met een knipoog. 'Ik wil er wel zo eentje voor je kopen.'

Ik glimlachte naar hem en zei: 'Bedankt Pinky, mooi gebaar van je.' Ik had altijd medelijden met hem – ik had hem met een rode kop en waterige oogjes door zijn restaurant zien stommelen met een waterglas in zijn handen dat tot de rand vol zat met gin. Met de maand werd zijn gezicht smaller, zijn neus dunner.

Natuurlijk had hij de volgende keer dat hij zich in Tacoma vertoonde een stretchbroek in cadeauverpakking bij zich. Ik voelde me gevleid, maar het kostte me al genoeg moeite om serieus te worden genomen in de keuken. Ik begreep wel wat de jongens ervan zouden zeggen als ik rond zou stappen in een broek die nog het meeste leek op een geblokte maillot.

Noel kreeg er een enorme kick van, hij vond die maillot een uitstekend idee – 'Kom op, Slim, laat jezelf maar zien.' De hufter. Hij ligt nog altijd onder in mijn kast.

Pinky vertelt dat hij niks voor me heeft in de Gilded Lily, maar hij wil even bellen met zijn vrienden van Eateries Incorporated, het bedrijf dat contracten heeft met de meeste musea, schouwburgen en operazalen in de stad. 'Je hebt toch geen hekel aan freelancewerk?'

'Welnee,' zeg ik.

'Goed zo.'

De chef van Lincoln Center belt die middag met de vraag of ik een diner voor 250 personen aankan volgende week – $ 20 per uur. 'Ik kom,' zeg ik.

∽

Het is weer zover, en $ 1000 voor een half miniappartementje in de West Village begint aan te voelen als pure diefstal, zeker nu ik mezelf voortijdig van mijn stabiele inkomstenbron heb ontdaan. Met een volledige baan, een ziektekostenverzekering en spaarloon leefde ik al van de hand in de tand. Als freelancer heb ik niet meer geld dan mijn volgende klus oplevert en heb ik het gevoel dat ik nooit meer een dubbeltje zal verdienen.

Stom genoeg besluit ik Julia te bellen met de vraag of ik geld van haar kan lenen. Ze wil me $ 500 lenen. Ik ga haar met rente terugbetalen. Ze wil weten of ik van plan ben om ooit weer aan het werk te gaan of moet ze me soms de rest van mijn leven onderhouden? Wat dacht ik eigenlijk toen ik aan dit totale kookfiasco begon? Wist ik dan niet dat dat geen manier was om je inkomen veilig te stellen?

En dat acteren dan? wil ik haar vragen. Zij is kennelijk de enige die mag dromen en risico's mag nemen. En wat voor risico's heeft ze eigenlijk ooit durven nemen? Ze heeft nog nooit een dag gewerkt!

Julia is kwaad. Teleurgesteld. Ze zegt dat ik beter een rijke vent kan trouwen als ik zo doorga. Ik bedenk wat dat met haar heeft gedaan en bega bijna de fout om haar dat te vertellen. Ze begint onderwerpen af te lopen op het lijstje 'Waarom Is Layla Een Slecht Mens?' Over de vernedering die het voor haar was toen ik op de middelbare school werd betrapt omdat ik een fles Popov in een tas onder mijn bed bewaarde. Over de getrouwde man die mijn jeugd bedierf. Over de drie *verknoeide* jaren dat ik door het westen heb *gezworven*. Over dat ze me *altijd* te hulp moest schieten als ik in de problemen kwam. Over alle waardeloze losers met wie ik verkering heb gehad en die het niet waard waren om mijn veters te mogen strikken.

Maar dat is niet alles. Ik ben lui, heb me altijd overal met minimale inspanning vanaf gemaakt en weet zodoende weinig van de *belangrijke zaken des levens*. Ik ben zelfzuchtig en slonzig. Ik haal niet het beste uit mijn opvoeding. Ik gebruik mensen maar tegelijkertijd ben ik te goedgeefs en goed van vertrouwen waardoor slecht volk misbruik van me maakt. Ik ben volgens mijn moeder een loser met een hoofdletter L.

Nadat ik dit soort dingen mijn hele leven al heb aangehoord begin ik te geloven dat ze gelijk heeft. Ik laat haar doortetteren over wat voor gruwelijk iemand ik ben tot ze aan de grande finale toekomt, de climax. En die luidt?

'Ik heb je te veel liefde geschonken.'

Maar nu iets anders. Ze gaat met Paolo naar Aspen voor wat lenteskieën. Ze zou me graag meenemen maar ze denkt dat ik het vast te druk heb met een baantje zoeken.

Dat alles voor $ 500. Ik had naar de buurt van de slachterij moeten gaan en wat handigheidjes moeten uithalen. Dat was bevredigender geweest.

∾

'Hé, raadt eens wie de loterij van de verblijfsvergunningen heeft gewonnen?' Gustav ziet er blijer uit dan ik hem ooit heb gezien. We zitten aan de bar van de Blue Ribbon. Gustav heeft een fles Taittinger besteld en een grote schaal oesters.

'Jij?'

'Niet alleen ik, een hele groep mensen.'

'Hoeveel delen ze er uit?'

'Ik weet het niet precies. Een paar-eh. Weet je wat dit betekent?'

'Nee.'

'Het betekent dat ik nooit meer naar huis hoef te gaan, nooit die stinkende hufter nog hoef te bezoeken. Proost!' Hij tikt mijn glas aan, kantelt zijn hoofd achterover en neemt twee enorme teugen.

'Welke stinkende hufter?' vraag ik, houd het glas bij het pootje vast en drink zorgvuldig.

'Ach, lamazitte. Zonde van de moeite.' Teug. Bijschenken. Gustav tikt een paar keer tegen de bovenkant van zijn glas, kijkt me aan en zegt: 'Het was een gemene flikker-eh. Schopte me altijd in elkaar. Mijn moeder ook. Ik ben op mijn zestiende van huis gegaan. Heb ik je nooit verteld?'

Ik schud mijn hoofd. 'Dat zou ik vast nog hebben geweten.' Dit is voor het eerst dat Gustav iets vertelt over zijn familie in Oostenrijk.

'Ik werkte in het pompstation van mijn oom. Je weet wel, daar hebben ze combinaties van pompstations met restaurants. Daar heb ik leren koken.'

'Je vader sloeg je?'

'Sloeg,' zegt hij en kijkt me met een steeds kwaaiere blik aan. 'Meer iets als – hoe zeg je dat?'

'"Afranselen"?'

'Wat is "Apranselen"?'

'Gewelddadig slaan.'

'Ja, dat lijkt er meer op-eh. Hij heeft deze vinger eens gebroken op mijn gezicht,' zegt hij en buigt zijn middelvinger zo ver dat ik bijna kwaad word en legt hem langs zijn kaak. 'Maar nu is hij oud. Hij zal hopelijk snel doodgaan.'

Het is voor het eerst dat iemand tegen me zegt dat hij een ouder dood wenst en opgelucht haal ik adem. Gustavs bekentenis geeft me even het idee dat ik niet zo boosaardig ben als ik dacht.

'Ik wil al sinds mijn geboorte dat hij doodgaat-eh.'

'Misschien denk je er wel anders over als het echt gebeurt,' zeg ik en voel mijn hart ineen krimpen als ik aan mijn eigen dode vader denk, die, dat moet ik toegeven, nog steeds hoog op mijn zwarte lijst staat.

'O nee,' zegt hij en schudt zijn hoofd en neemt nog een paar slokken champagne. 'Geen sprake van! Ik zal de gelukkigste mens op aarde zijn, ik zweer het je!'

Er staat een grote Polynesiër achter de bar met een piepschuimen bandage om zijn elleboog en onderarm. Hij meent het als hij vertelt dat hij een kraakelleboog heeft. Hij opent oesters dat het een aard heeft, haalt de spieren uit de schelpen en legt ze op een ijsplateau en wurmt dat tussen de glazen en flessen op de bar voor ons. Als een achterbuurtbewoner lepel ik er een kwak cocktailsaus overheen, klink mijn schelp met die van Gustav. Luid slurpen we de oesters en hun ijskoude zoute sappen weg.

'Dat is lekker-eh. Weet je hoe ze parels maken?'

'Die beginnen als zandkorreltjes, toch?'

'Een zandkorrel, iets wat er niet thuishoort, een irritatie, ze bouwen de parel op om de irritatie te bedekken. Dat wil ik met mijn leven doen. Iets goeds maken van iets slechts-eh... Hé,' zegt hij alsof hij het net heeft bedacht, 'Ik zag een bordje te huur op een eethuisje aan de West Side Highway. Dat wil ik je laten zien.'

'Wil je een eigen zaak beginnen?'

'Ja. Gustav's'

'Je bedoelt Layla's?'

'Wat dacht je van ... Gustav's?'

'Layla's bekt beter. Luister, Gustav, ben ik de eerste die die tent te zien krijgt of niet? Serieus?'

'Zo ernstig als een hartinfarct-eh.'

'Ik dacht dat je geen chef wilde worden?'

'Ik wil geen chef worden in andermans restaurant. Mijn eigen zaak, da's een ander verhaal.'

'En hoe ben je van plan die hele toestand te financieren?'

'We hebben wat mensen nodig die garant willen staan. Misschien kan ik mijn oom ervoor interesseren. Misschien wil Oscar helpen. En jij dan? Denk je dat je moeder geïnteresseerd is?'

'Ik betwijfel het.'

'Ze heeft toch geld?'

'Ja. Maar ze wil nooit met anderen delen.'

'Hoe heet ze ook alweer?'

'Julia.'

'Als we het nou eens Julia's noemen?'

'Daar trapt ze misschien wel in.'

Aan het eind van de avond hebben Gustav en ik een plan om de zaak de volgende dag te gaan bekijken. Zoals altijd betaalt hij de rekening.

Gustav brengt me naar mijn fiets en geeft me een nachtzoen op mijn wang. Daarna zegt hij: 'Ik ga naar Gem.'

Het is elf uur geweest. 'Gem?'

'Die schoonheid uit die Thaitent? Die "gastvrouw"?'

'Gaan jullie stappen?'

'Had ik het niet gezegd-eh?'

'Kennelijk vergeten. Ik snap niet dat ze met zo'n paardenkop als jij uitgaat.'

Gustav grijpt quasi-beledigd naar zijn hart. 'Paardenkop? Ik?'

Deels is het een grapje en deels ook niet. Het bevalt me niet als mijn vrienden vriendinnen hebben. Ik wil in het geniep blijven geloven dat ze allemaal hun adem inhouden tot de dag daar is dat ik me verwaardig met hen naar bed te gaan. 'Veel plezier,' zeg ik.

'O, dat zal wel lukken-eh,' zegt hij knipogend. 'Ze is danse-res. Had ik dat al verteld? Ze is heel lenig.'

'Fijn voor je,' zeg ik en haal me Gem voor de geest – klein, atletisch, lang zijdezacht zwart haar – heel knap. Van de gedachte dat Gustav en Gem met elkaar in bed zullen liggen word ik heel verdrietig. Niet omdat ik met Gustav in bed wil liggen, maar omdat het me niet meevalt om andermans geluk in de liefde te accepteren als ik het zelf bedreigend vind.

Ik probeer niet stil te staan bij de gedachte dat Frank heeft gebeld, maar kan het niet voorkomen. Ik ben voor een deel met Gustav uitgegaan om het appartement te kunnen verlaten, weg bij de telefoon waar ik gespannen zat af te wachten tot Frank zou bellen. Het is al twee dagen geleden en ik heb nog steeds de gewenste postseksmelding niet gekregen.

∾

Als ik thuiskom zit er een man, een erg aantrekkelijke, zo te zien rijke man op de slaapbank naast Jamie. Hij heeft een perfect geperst wit katoenen colbert aan en een broek. Jamie gaat gekleed in een strak zwart jurkje, haar bijpassende geelzwarte alligatorpumps van Gucci liggen suggestief bij de salontafel. Kun je in je eigen huis het gevoel krijgen dat je te gewoontjes gekleed bent?

Er staan halflege champagneflûtes en een grote zilverkleurige ijsemmer met een beslagen fles Cristal op de salontafel. Van Morrison zingt op de achtergrond zachtjes 'And It Stoned Me'. Jamie glimlacht alsof ze blij is me te zien. 'Hé, Layla, ik wil je voorstellen aan Tom.'

'Dag Tom.'

'Layla, aangename kennismaking,' zegt Tom. 'Kan ik je een glas champagne aanbieden?' Hij staat op en steekt gastvrij zijn arm uit om aan te geven dat ik me in hun liefdesspel mag mengen op de bank.

'Tuurlijk,' zeg ik en denk: *Minnaars en champagne zijn bepaald niet waar ik nu behoefte aan heb.* 'Heeft er iemand voor me gebeld?' vraag ik. Ik wil niet dat een van hen erachter komt wat een obsessie dat telefoontje voor me is geworden.

Jamie schudt haar hoofd met een meelijdende glimlach. 'Sorry, schatje, maar nee. Hier, kom eens bij ons zitten, vertel eens wat er aan de hand is.'

Sinds mijn bloedneus kunnen Jamie en ik met elkaar opschieten. Dat kan komen doordat we elkaar sindsdien nauwelijks hebben gezien, wat, zo besef ik nu, weleens wat met Tom te maken zou kunnen hebben. 'Er is niks aan de hand.'

'Nou, het viel me toevallig op dat iemand zondagnacht niet hier heeft geslapen.'

'Is dat zo?' vraag ik, in de hoop dat ze er niet over door zal gaan.

'Ja, dat viel me op.'

'Nieuwe vriend?' vraagt Tom.

'Dat zou je wel kunnen zeggen,' zeg ik.

'Hij is helemaal aan haar verslingerd,' legt Jamie uit. 'Zong "I Believe In Miracles" op het antwoordapparaat en zo.' Ze kijkt Tom aan met zo'n blik van *Die vent kan er wat van.*

'Indrukwekkend,' zegt Tom op een toontje alsof hij een grapje maakt. 'Heeft hij gebeld?'

'Nee,' zeg ik.

'Hij belt wel,' zegt Jamie. 'Hij is dol op je en terecht ook!'

Wat heeft ze vanavond? Ik ben volstrekt wanhopig nu Frank niet heeft gebeld. Ik voel hoe ik mijn greep op de werkelijkheid verlies, terugval in een psychotische lappenmand. In plaats van mijn gevoel te volgen en me in mijn kamer op te sluiten om de hele nacht te gaan huilen, begin ik te ratelen – beschrijf elke gebeurtenis, elke sfeer en elke zin die zich tussen Frank en mij heeft afgespeeld. Ze lachen goedmoedig. Obsessieve mensen kunnen in kleine doses onderhoudend zijn.

'Gun hem wat tijd,' zegt Tom alsof hij me al jaren kent.

'Ik weet het,' zeg ik, 'het valt niet mee.'

'Je moet kalm blijven,' zegt Jamie.

'Mee eens,' zegt Tom.

'Is dat waar jullie mee bezig zijn?' vraag ik, benieuwd naar hoe hun geschiedenis in elkaar steekt.

'Reken maar,' antwoordt Tom en slaat een arm om Jamie.

Waarom wil ik opeens stomlazarus worden? Beter een sigaretje nemen. Opeens besef ik dat Jamie ondanks haar nuffige, wafeldunne gedrag veel beheerster en meer op haar gemak is met deze ongelooflijk aardige en stabiel ogende Tom dan ik ooit met Frank zou kunnen zijn. Ik ben een zenuwachtige, trillende mislukkeling. Jamie gooit haar pumps aan de kant en drinkt champagne. Ik ren, als een dolle scheten inhoudend, naar de badkamer.

Tom zegt: 'Zo'n aantrekkelijke meid als jij, hij is gek als hij je laat lopen.'

Ik werp Tom een 'O alsjeblieft'-blik toe, want aantrekkelijk voel ik me allerminst. 'Het is niet bepaald mijn bedoeling dat hij mij dumpt,' zeg ik. 'Als hier iemand wat te dumpen heeft, dan ben ik dat.'

Tom haalt zijn schouders op.

'Waarom haal je je schouders op?' vraag ik paniekerig.

'Denk je niet dat je de zaken wat overhaast aanpakt?'

'Tom, lieverd, je moet wel begrip hebben voor de vrouwelijke psyche,' zegt Jamie.

'Leg me dat alsjeblieft uit,' zegt hij.

'Nou, vrouwen hebben de neiging zichzelf meer te geven in een relatie, er meer in te investeren. Waar of niet, Lay?'

'Klopt.'

De telefoon rinkelt. 'De telefoon rinkelt!' gil ik.

'Rustig aan,' zegt Tom lachend.

'Laat hem drie keer overgaan,' zegt Jamie, net als ik opgewonden.

Ik neem op na de derde rinkel. Er klinkt een klik en dan is

de lijn dood. Ik houd de hoorn omhoog en zeg: 'Zeker ver-keerd verbonden.'

'O, schatje, het spijt me.'

'Nog een glas champagne?' vraagt Tom behulpzaam.

'Heb jij vrienden?' vraag ik.

'Een heleboel,' zegt Tom en schenkt me nog een glas in.

'Goed zo. Wat vieren we overigens?'

Ze stralen allebei, blozen en kijken reuze gelukkig en dan wendt Jamie zich tot mij en flapt er hijgend uit: 'Onze verlo-ving!' Ze buigt zich naar Tom en kust hem op zijn lippen voordat ze haar magere goed gemanicuurde hand opsteekt en een enorme, oogverblindende smaragd-geslepen diamant mijn kant op steekt.

'Jullie zijn verloofd? Sinds wanneer kennen jullie elkaar?' schreeuw ik zo hard dat Tom en Jamie overeind schieten. 'Sor-ry,' weet ik er achteraan te zeggen, 'het is allemaal zo opwin-dend.' *Nu ga ik onverwijld de Hudson in lopen.*

'We kennen elkaar nu, wat zal het zijn, drie maanden,' zegt Tom.

'Drie maanden,' zeg ik alsof ik in trance ben.

'Zeker is zeker,' zegt Jamie.

'Kennelijk,' zeg ik, hopend dat het niet al te zuur klinkt.

Als de fles champagne leeg is, probeer ik Tom en Jamie met me aan de Courvoisier te krijgen, maar dat slaan ze af. Ze wensen me welterusten, sluiten de deur van Jamies slaapka-mer, laten mij wanhopig alleen op de bank achter, waar ik de fles bij de hals grijp. Waarom zou ik een glas pakken. Ik trek de kurk eruit, kantel de fles en neem een grote, brandende teug. 'Laat maar branden,' zei opa Mitchner vroeger, en dat doe ik. Ik laat het branden en nog eens branden en nog eens totdat ik moe ben en verdrietig en dood wil. Ik loop naar de badkamer en poets mijn tanden. Je moet altijd de schijn ophouden.

Tegen de tijd dat ik mijn bed in kruip heb ik zo'n medelij-den met mezelf dat ik zachtjes ga huilen, mijn ogen samengeknepen, mijn mondhoeken opgekruld tot een pijnlijke grimlach. Door de muur hoor ik zachte stemmen. Ze praten, lachen zachtjes.

Waarom heb je niet gebeld, Frank? Waarom niet?

Het wanhopige gedoe is net van start gegaan als de telefoon weer rinkelt. Ik hou op met jammeren, sta op en smijt de deur open. Het apparaat neemt na vier keer op. Volgens de wandklok is het halféén.

'Hé Layla, ik ben het, Frank.' Hij klinkt vermoeid. 'Sorry dat ik zo laat bel. Ik ben net klaar met de opnames. We hadden die tent per uur gehuurd en ik kon tot nu toe helemaal niet bellen. Ik hoopte dat ik je te pakken zou krijgen, maar kennelijk ben je uit. Ik probeer het morgen nog wel eens.'

Uit? Uit waarheen? Bij Lotus met mijn beroemde vrienden spelen? Was het maar waar. De golf van opluchting die over me heen slaat is warm en tropisch. Hij stuurt me niet de laan uit! Hij was aan het opnemen! Natuurlijk. Heeft waarschijnlijk geen ogenblik vrij. Ik kalmeer van zijn stem die me vertelt dat alles goed komt. Ik loop naar het antwoordapparaat en speel de boodschap vijf keer af waarbij ik oplet of ik niks vreemds aan Franks stem hoor. Liegt hij? Heeft hij echt twee dagen lang geen moment gehad om me te bellen? Betekent: 'Ik bel je nog' doorgaans niet 'Ik bel je vandaag nog?'

Ik besluit hem op zijn woord te geloven. Het alternatief zou te tragisch zijn. Ik dans een beetje met de eettafel, en krijg voor het eerst sinds onze laatste ontmoeting een beetje hoop. Ik kruip weer in bed, probeer in slaap te komen, maar dat heeft de cognac bemoeilijkt. Ik moet steeds weer opstaan, water drinken bij de kraan in de badkamer en pissen. Tenslotte val ik in een onrustige slaap vol dromen waarin ik wegren van iemand die me kwaad wil doen. Ik schiet, maar de kogels raken uitgeput en vallen recht omlaag vlak voordat ze hun doel bereiken. Als ik iemand bel om hulp te vragen, vergis ik me voortdurend in het nummer. Ik kom er niet doorheen.

Koffie slobberend banjer ik door het appartement en pieker of ik Frank al dan niet terug moet bellen. Het is niet aardig om iemand niet terug te bellen als hij iets heeft ingesproken... maar het is pas halfnegen en ik wil niet de indruk wekken dat ik te gretig ben.... ik moet nog minstens een halfuur wachten. Na zo laat thuis te zijn gekomen, moet hij er nog wel zijn.

Om negen uur bel ik. De telefoon gaat vier keer over en dan klinkt zijn stem: 'Doe wat je wilt na de piep.'

Een fractie van een seconde overweeg ik op te hangen. Waarom is hij er niet? Houdt hij zich op de vlakte? 'Hallo, Frank, dit is Layla Mitchner.' *Voor het geval hij niet meer weet welke Layla?* 'Heb je bericht gisteravond gehoord, bedankt voor je belletje.' *Leuke trillende falsetstem.* 'Ik ben het merendeel van de dag weg, maar bel even als je kunt. Hopelijk spreken we elkaar spoedig.'

Gladjes. Mijn stem had een bereik van vele octaven, net als Mariah Carey als ze het volkslied zingt. Wat heeft die vent toch dat ik steeds in pudding verander? Ik hoop maar dat hij het niet doorheeft.

Gustav roept van beneden en ik zoem hem binnen. Ik hoor hem alle vijf de trappen op klossen met zijn skeelers aan. Zijn blonde kuif komt deinend de overloop op tot hij me ziet, rood en bezweet. 'Je ziet er goed uit-eh,' zegt hij, loopt als Frankenstein op me af en zoent me op mijn wang.

'Nu even niet, Gustav, ik ben niet in de stemming.'

'Wat? Ik meen het!'

'Ik ben zeer vereerd,' zeg ik.

'En terecht,' zegt hij. Hij laat zich in de woonkamer op de slaapbank vallen en komt op adem. 'Trouwens-eh, dat vergat ik je gisteren te vertellen. Die engerd, O'Klojo?'

'O'Snikkel? Wat heeft hij nou weer gedaan?'

'Dit zul je prachtig vinden. Kennelijk komt Noel op een middag aan om zijn nieuwe recept voor focaccia uit te proberen en is de Hobart weg.'

'Neeeee,' zeg ik, opgewonden. 'Dat is een *enorm* ding.'

'Uiteraard gaat Noel na dat gedoe met dat mes naar O'-Shaughnessy, die uiteraard ontkent dat hij er iets mee van doen heeft. Dus denkt Noel na over wat hij nu moet doen – gaat hij naar het appartement van die kerel om naar die mixer te zoeken of zo-eh? Ondertussen paft die gozer gewoon tijdens de dienst zijn blowtje en een van die makkers van hem – weet je nog die avond toen we stoned werden?'

'Hoe zou ik dat nou kunnen vergeten?'

'Eén van die gozers komt op vrijdagavond bij het luik staan, ik sta aan de sauté en er hangt een zware damp in de keuken –'

'Gustav, Jezus – loopt dit goed of slecht af?'

'Heel slecht,' zegt hij stralend. 'Die gozer zet Noel verdomme een gun op zijn snuit door het doorgeefluik heen en beveelt hem O'Klojo naar buiten te sturen. Eerst begrijpen de klanten niet wat er aan de hand is, maar een paar tuttige zakendametjes zien die gun en beginnen te gillen. Oscar staat aan de bar en is zo lazarus dat hij amper kan staan en Noel, de held-eh, schijt bijna in zijn broek. Voordat Noel een woord kan uitbrengen, grijpt Javier Danny bij zijn buis en wil hem de keuken uit lazeren. O'Zakkenwasser wil zijn levenseinde nog wat uitstellen, ah? Hij begint te knokken, haalt woest uit naar Javier' – Gustav zwaait met zijn vuisten om het te demonstreren – 'en die knakker schiet het sprinklersysteem lek – je weet wel, die chemische douche voor als er brand uitbreekt? Die witte stinkende schuimzooi sproeit heel de keuken onder. De klanten rennen voor hun leven de zaak uit! Het was schitterend-eh.'

'Ja, en toen?'

'Hoe bedoel je "en toen?" Is het niet genoeg?'

'Is Danny neergeschoten of niet?'

'Ik wil niet eens weten wat er met Danny is gebeurd. Die gozer heeft hem, als een cowboy met zijn gun zwaaiend, het restaurant uit gesleept, achter in een Lexus gesmeten en is weggescheurd.'

'Shit.'

'Ja, shit, ja.'

Gustav vraagt me of ik dit weekend met hem wil skiën in Hunter en in plaats van te erkennen dat ik blut ben, zeg ik: 'Ik heb de pest aan Hunter. Ik weiger daar te skiën.' Wat ook waar is.

'Hé,' zegt hij, 'ik ben opgegroeid in de Oostenrijkse Alpen en je ziet mij toch ook mijn neus niet ophalen-eh?'

'West is best,' zeg ik.

'En wat ga je dan doen, hè?'

'Ik heb een vent leren kennen.'

'Na!' zegt hij ongelovig. 'Jij?'

'Waarom is dat zo ongeloofwaardig?' vraag ik.

'Ik weet het niet-eh,' zegt hij hoofdschuddend. 'Dat is het niet.' Als hij me aankijkt en ziet dat ik gekwetst ben, maakt hij mijn haar in de war en zegt: 'Ah, kom op! Ik bedoelde er niks mee... Nou, wie is het?'

'Iemand die ik in Hogs heb ontmoet.'

'De Hogs!' zegt hij. 'Dan moet ik hem eerst maar even keuren.' Gustav legt een hand op mijn schouder en beweegt die heen en weer. Ik verwacht iets liefs, iets oprechts. 'Neuk je met hem?'

'Dat gaat je geen donder aan!'

'Je neukt niet met hem.'

'Het zou kunnen.'

'Nee, jullie neuken niet,' zegt Gustav zonder tegenspraak te dulden. 'Dat zou ik heus wel merken.'

'Vast wel,' zeg ik.

'Schat? Wanneer mag Gustav nou een gelukkige vrouw van je maken?'

'Ehh, even denken,' zeg ik, met een wijsvinger tegen mijn kin en mijn lippen naar de andere kant geperst: 'Nooit?'

'Je weet niet wat je mist-eh.'

'O, ik weet vrijwel zeker van wel, en trouwens, je weet best dat ik alleen maar je hart zou breken.'

Gustav grijpt quasi-gekwetst naar zijn borst. Hij staat op, wankelt en zegt: '*Vamanos.*'

Ik heb een kater van de cognac. Buiten voelt de frisse lucht prettig aan – scherpe wind die over de Hudson komt aangewaaid. De zon schijnt, het is bijna lekker weer. Als ik begin te rillen, slaat Gustav een arm om me heen. 'Straks bied ik je een lunch aan, oké?'

'Oké,' zeg ik. Gustav laat me nooit iets betalen. Zegt dat dat Oostenrijks is. Ik geloof het niet, maar laat hem zijn gang gaan. Ik wil lang doen met Julia's geld.

'Moet je me niet vragen hoe mijn avondje stappen is verlopen?' vraagt hij.

'Ik neem aan dat het heerlijk was,' zeg ik. Ik wil de feiten helemaal niet horen.

'Eerst hebben we samen wat yogabewegingen gedaan. Ze is parttime yogadocent, dus-eh –'

'Dat verklaart die lenigheid.'

'Lamazitte,' zegt Gustav in een poging om te klinken als Joe Pesci waardoor het nog meer Schwarzenegger wordt.

In de verte komt mijn lievelingsrestaurantje in zicht – chroom, met een grote buiten gebruik zijnde neonpijl op het dak die wijst op een bordje waarop staat: 'Eet Hier.' Gustav geeft me zijn mobieltje, wijst naar het nummer op het bord TE HUUR en zegt: 'Bel maar.'

Ik pak het ding aan en bel.

'Big Apple Diner?' zegt een vrouwenstem.

'Dag, u spreekt met Layla Mitchner en ik bel over dat eethuisje dat te huur staat aan de West Side Highway.'

'Momentje.' Ik hoor een verstikte stem op de achtergrond

die roept: 'Eddie! Iemand die belt over dat restaurant!'

Er komt een man aan de lijn. 'Hallo?'

'Hallo, met Layla Mitchner, ik zou het graag met u willen hebben over dat eethuisje dat te huur staat?'

'O best. *Geweldig.* Wilt u het zien?'

'Mijn partner en ik staan er nu pal voor.'

'O, oké, uitstekend. Ik zit in mijn andere zaak, de Big Apple. Ik kan er over een kwartiertje zijn. Hoe lijkt dat?'

'Geweldig. Zie ik u zo.' Als ik heb opgehangen kijk ik Gustav aan en terwijl ik sta te huppen om warm te blijven, zeg ik: 'Hij komt eraan.'

'Nu?'

'Ja.'

'Laten we eens door de ramen naar binnen gluren.'

Er staan allerlei vuile glazen en kopjes her en der op de bar en ook een paar op de tafels. In het gangetje staat een emmer met een mop. Gustav wil langs de regenpijp het dak op klimmen om de constructie te bekijken, maar ik bezweer hem dat niet te doen. Hij staat hardop te denken. 'Waarom staat die emmer daar? Wie weet lekt het dak...'

Eddie verschijnt. Hij komt over als iemand die ons een brug wil verkopen. Hij heeft een roodachtig haarstukje dat niet goed bij zijn grijze slapen past. Hij brandt meteen los. 'Dus, jullie zouden hier wel een restaurant van willen maken? Dat is geweldig, absoluut geweldig. Het is er een prima gelegenheid voor. Mijn zoon zat hier eerst in. Die heeft een cateringbedrijf dat Film Food heet – waanzinnig, waanzinnig bedrijf. Maar je weet hoe dat gaat met die jongens. Hij besloot dat hij zelf de films wilde maken, en niet de acteurs te eten geven, voel je 'm? Ik begreep het ook wel. Hij is nu een paar maanden in Hollywood. Heb gisteren pas wat van hem gehoord; hij zei dat hij misschien een script heeft verkocht.'

Gustav inspecteert de grill, de oven, de vaatwasser, steekt

zijn hele bovenlijf erin, en ondertussen kijk ik naar de inrichting, probeer me voor te stellen hoe het overkomt als we het een beetje opknappen. Ik zie een trendy eethuisje voor me, klasse, maar niet duur, waar je mooi gepresenteerde, goed toebereide Amerikaanse gerechten kunt bestellen – sappig gehaktbrood, biefstuk, gegrilde kip, aardappelpuree met jus, wiener schnitzel, appeltaart met ijs, mandjes met vijf soorten zelfgebakken brood. Gustav en ik zullen koken en een heel leger aan meiden die aan Robert Palmers videoclip 'Simply Irresistible' doen denken, bedienen en geven de zaak een hippe, toffe uitstraling. Onze zaak wordt een publiekstrekker.

Gustav zegt vrijwel niks tegen die vent. We kunnen er allebei nauwelijks een woord tussen krijgen.

'Ik zit dus met een huurcontract van vijftig jaar en wat ik voor jullie kan doen is mijn advocaat een onderhuurcontract laten opstellen – drieduizend per maand. We kunnen het per maand of per jaar doen, wat je maar wilt. Het is een geweldig aanbod.'

Gustav valt hem eindelijk in de rede en zegt: 'Bedankt, we bellen nog.'

Door de smalle klinkerstraatjes lopen we naar Home, een restaurant in Cornelia Street. Gustav is ongewoon stil. Zodra we een plekje hebben, zegt hij: 'Ik vertrouw die kerel niet-eh. Die zaak staat al lang leeg, dat kun je zo zien. Hij was te gretig. Als het zo'n goeie plek is voor een restaurant, waarom is het dat dan nog niet?'

'Dat moeten wij ervan maken.'

'Dat denk ik niet, schat. Als ergens een luchtje aan hangt, ruikt deze grote gok dat,' zegt hij en wijst op zijn enorme scheve neus. 'Het hele dak zat vol scheuren, het fornuis moest worden vernieuwd. Het zou veel geld kosten. Daarom is de huur zo laag.'

'Was het echt zo beroerd?' vraag ik.

'Het zag er niet goed uit, dat kon een blinde nog zien.

Nou, blijven zoeken maar-ah? Wat wil je?'

'Een bacon cheeseburger.'

'Voor mij ook.'

Bij thuiskomst knippert het lampje van mijn antwoordapparaat. *O lieve Heer, geef dat het Frank is. Stel me niet teleur, God.* 'Hé, Layla, met Frank.'

Yes!

'Volgens mij wordt het weer een latertje. Wat dacht je ervan om vrijdag uit eten te gaan?'

Het is maandag. Als ik niet zo'n sukkel was, zou ik zeker weten dat Frank me afpoeiert. Nou, dat kan ik ook. Ik besluit niet terug te bellen. Als hij met me wil omgaan, moet hij er verdomme zijn best maar voor doen. Ik heb ook andere verplichtingen. Moet mensen opzoeken. Heb veel vrienden om mee om te gaan, veel zakelijke beslommeringen. Ik ben vastbesloten hem een koekje van eigen deeg te bakken. Ik sta al op mijn achterste benen en ik weet niet eens goed waarom. Ga maar na, als Frank me niet afpoeiert, gedraag ik me als een kreng. Poeiert hij me wel af, dan wil ik hem nooit meer zien. Een ding is duidelijk, ik word met de dag wanhopiger.

Ik meld me in de kelder van Lincoln Center waar de koks in een gang staan te werken omdat de keuken niet is berekend op de dagelijkse diensten plus bijzondere gelegenheden. Er staan snijplanken op serveerboys tegen de muur en daar staat een peloton Mexicanen rauwe zalmmoten tot tartaar te hakken.

De chef geeft me spinaziedienst naast Maxine, die mager is en onhandig overkomt, met slap, muizig bruin haar. Ze is van mijn leeftijd maar lijkt zestien en kookt ongeveer sinds die leeftijd professioneel. Ze droomt ervan chef te worden op een jacht op de Middellandse Zee, maar tot die tijd doet ze free-lancewerk op dit soort feestjes.

Met zijn tweetjes staan we op de gang steeltjes van de spinazie te snijden en de blaadjes in plastic zakken te stoppen. Blaadje voor blaadje vertelt Maxine haar levensverhaal. 'Ik woonde in Londen met mijn man en twee kinderen...'

Ze ziet er zo jong uit dat ik niet kan geloven dat ze getrouwd is, laat staan dat ze kinderen heeft. Het is een tragisch verhaal van liefde, drank en bedrog, waarvan de feiten snel groezeliger worden. Maar daar wil ik haar niet aan herinneren – 'Wacht even, je kreeg iets met de werkster, die maakte het uit en begon iets met je man, toen zijn ze getrouwd en nu ben je je kinderen kwijt?' – dus houd ik mijn mond maar en luister.

Tegen vieren komt de keuken vrij en sjouwen wij onze zakjes spinazie naar het aanrecht om ze te wassen, waarna we het in grote pannen stomen en zo het volume ontzettend laten afnemen. Robert, de chef, is een aardige vent, maar hoewel hij niet zo'n Noel-achtig ego heeft, heeft hij toch tamelijk vastliggende denkbeelden over wat vrouwen in keukens horen te doen. Terwijl de jongens tournedos bakken, kippenborsten grilleren, zalm pocheren, de bordelaise, sojagember en romige dillesausjes afmaken, staan Maxine en ik in de gang water uit schalen vol gestoomde spinazie te persen.

Maar Robert is zo'n chef die zichzelf nergens te goed voor acht en daardoor vind ik de spinazieklus minder erg. Het is een beer van een vent, met een grote baard en rubber Birkenstockmuilen. Hij helpt, lopend van kok naar kok, bij alle stadia van de voorbereiding en eindigt in de gang bij Maxine en mij. 'Waar heb je gewerkt?' vraagt hij me.

'Het laatst bij Tacoma,' zeg ik.

'Ooo, Noel Barger,' zegt hij medelijdend.

'Ja,' zeg ik.

'Dan weet ik het wel,' zegt hij met opgestoken spinaziebevlekte hand.

'Wat is er met Noel Barger?' vraagt Maxine.

'Laten we maar zeggen dat hij een hele grote broek aantrekt,' zegt Robert en wekt daarmee mijn nieuwsgierigheid.

'Wat bedoel je?' vraag ik, voldaan afwachtend op iemand uit het vak die bevestigt wat ik al weet.

'Je hebt toch zeker wel gehoord wat er bij Tacoma is gebeurd?'

'O ja,' zeg ik. 'Hij heeft mazzel dat hij geen kogel in zijn reet heeft gekregen.'

'Ik geloof dat we het niet over hetzelfde hebben,' zegt Robert grinnikend.

'Waar heb jij het dan over?' vraag ik, in de war gebracht.

'Ik heb gehoord,' zegt Robert, een flinke hand spinazie opscheppend en er met beide handen het water uit persend, 'dat Oscar een nieuw vriendje heeft.'

'WAT?'

'Wist je dat niet,' vraagt Robert lachend.

Mijn mond is opengevallen en ik sta met uitpuilende ogen te kijken. 'Noel is geen homo,' zeg ik, eerder ongelovig dan ter verdediging van zijn mannelijkheid.

'Denk jij,' zegt Robert. 'Laten we maar zeggen dat Oscar stevig onderhandelt, oké?'

'O, alsjeblieft.'

'Hé, ik heb verhalen gehoord van jongens die veel ergere dingen deden om chef te kunnen worden.'

Ik had nooit gedacht dat ik medelijden met Noel zou krijgen, maar als Robert me vertelt dat Oscar hem heeft genaaid en hij nergens anders werk kan krijgen, voel ik me exact hetzelfde. Dat wil zeggen, totdat Robert een blad met knoflookbollen haalt en ons opdracht geeft alle teentjes te ontpitten – d.w.z., de groene onverteerbare dingetjes uit het midden te verwijderen. Dan heb ik uitsluitend nog medelijden met Maxine en mezelf.

Abdul, de jongen die overdag sauteert bij Tacoma, biedt aan me aan Wayne Nish van March te willen koppelen. Jimmy, de jongen die het brood maakt voor Tacoma wendt zijn contact met Jean Georges aan. Ray beweert dat ik maar eens contact moet opnemen met zijn vriend Mikey, de visjongen, want die schijnt iedereen te kennen. Gustav vindt dat ik kennis moet maken met een vrouwelijke chef genaamd Laurie die een zaak bestiert die West 12th heet.

Wayne Nish is knap, vriendelijk en laat me een middaglang de keuken van March zien. De sauteerder is een jongen van de Cariben, Nathaniel, die ooit voor Pinky werkte in de Gilded Lily. Nathaniel is een soort legende, niet alleen vanwege de levensgevaarlijke hoeveelheden rum die hij drinkt terwijl hij exquisiete maaltijden blijft produceren, maar ook vanwege het wonderbaarlijke formaat van zijn penis.

Ik mag Wayne wel. In tegenstelling tot het breed gedragen idee dat een chef een opgewonden heethoofd moet zijn is hij bijzonder charmant. Helaas heeft hij geen vacatures. Hij zal me bellen als hij iets heeft.

Jean Georges is onbereikbaar.

Mikey, de visjongen, ontmoet ik in de University Club, waar ik maar één drankje lang mag blijven omdat ik een meisje ben en geen rok draag. Mikey neemt me mee op zijn ronde langs de restaurants opdat ik met chefs kennis kan maken, terwijl hij witte enveloppen stampvol contanten aflevert. Om er niet als een hobbezak bij te lopen, heb ik mijn goeie Joseph-broek aangetrokken, een bijpassend shirt van Brooks Brothers, mijn mokkakleurige laarsjes en een lange jas.

Een van de chefs, een Fransman met betrekkelijk lang, vet haar, een kreukelige, droge huid en een Gauloise in zijn mondhoek, kijkt verwilderd als hij zijn envelop aanpakt – alsof dit de zoveelste vernedering is die hij moet ondergaan in een bitter leven vol teleurstellingen. Mikey stelt me voor en vertelt dat ik Cordon Bleu heb gedaan. Hij spert geamuseerd zijn ogen open. *'Le Cordon Bleu, ah? C'est quoi ça?'*

'Wat zegt hij?' vraagt Mikey.

'Hij wil weten wat dat is,' zeg ik.

'Kom op, kerel,' zegt Mikey en geeft de chef een stomp tegen zijn schouder, 'je weet wel, die kookschool – Lu Kor-don Bleu! Ik zeg het toch goed, hè?' vraagt hij aan mij.

Ik knik.

'Ah bon? C'est une école?'

De meeste Fransen die ik ben tegengekomen hebben geen sjoege dat Le Cordon Bleu een kookschool is. Voor hun is het niets anders dan een beschrijving die het allerbeste aangeeft. *'Oui, c'est ça,'* zeg ik, en zie mezelf opeens met zijn ogen. Ik ben een verwend Amerikaans kind dat heeft besloten een poosje in keukens rond te hangen, verder niks. Ik kan niet kopen wat hij in heel zijn ellendige leven heeft verworven.

Mikey en ik maken samen pret, drinken Amstel light in lege cafés. Bij Baci komt er een lange oude man op ons af die Mikey op beide wangen zoent. Als hij buiten gehoorsafstand is, fluistert Mikey: 'Dat is Oom Dom. Net uit de bak. Zie je die Rolex? Die heeft hij van een stervende geroofd.'

Na een avondje met Mikey heb ik niet het gevoel dat ik meer kans op werk heb, maar pret heb ik wel. Hij brengt me thuis in een witte Ford Explorer en opeens vraag ik hem om me naar Franks huis te brengen. Als we er bijna zijn, rek ik me uit om te zien of er licht brandt, maar het is er donker.

'Geef me de vijf,' zegt Mikey en steekt een hand uit.

Ik schud hem ferm, als een zakenman die een afspraak bevestigt.

'Ik bel wel even rond, kijk wel even wat ik kan betekenen.'

'Bedankt, Mikey, ontzettend aardig van je. Ik heb je mijn nummer gegeven, hè?'

'Hebbik.'

Ik loop naar de zoemer en sta ernaar te staren. Mikey staat nog steeds te wachten tot ik veilig binnen ben, dus draai ik me om, zwaai naar hem en glimlach alsof alles geregeld is. Ik wil niet op dat belletje drukken – dat zweemt naar zwakte en wanhoop. Maar mijn hand schiet uit alsof hij niet aan mijn lijf vastzit en hij zweeft boven het metalen rechthoekje. *Niet doen!*

Ik kijk om me heen, zie verderop een luifel en loop erheen. Ik heb geen idee wat ik doe of denk. Ik moet Frank ontmoeten, of minstens even met hem praten. Van al dat antwoord-apparaatgedoe krijg ik het schuim op de lippen. We hebben geen echt gesprek meer gevoerd sinds we met elkaar naar bed zijn geweest. Ik heb het gevoel dat hij me dumpt zonder me ooit een kans te hebben gegeven. Dat hij op een of andere manier mijn ware ik niet heeft gezien en dat, als we maar wat tijd samen zouden hebben, ik wel wat zou ontspannen en niet zo druk en gek en winderig zou doen. Ik zou cool zijn, een en al zelfvertrouwen en lief.

De portier doet open en ik ga naar binnen.

Nadat hij me een paar minuten in de hal heeft zien han-denwringen terwijl ik de voor- en nadelen overweeg van het belletje indrukken, stelt de portier, die een grootvaderlijke be-langstelling voor me heeft ontwikkeld, me voor dat ik hem een briefje schrijf.

'Hier, schrijf dit,' zegt hij en rommelt in het laatje van zijn bureau op zoek naar pen en papier.

'"Rozen verwelken en schepen vergaan, ik sta te wachten, kom jij er wel aan?"'

Ik sta versteend met de pen boven het papier. *Beste Frank. Frank –. Hoi Frank, Hé, kerel. Aan De Heer Frank Stillman...* Ach stik.

Ik bedank de portier en stap de winderige nacht in, mezelf verwijtend dat ik zo'n lafaard ben. Ik steek Second Avenue over en dwing mezelf nogmaals naar zijn raam op te kijken.

Het is nog steeds donker. Op mijn horloge zie ik dat het na enen is. Zou hij al slapen?

Als ik thuiskom staat er een bericht op mijn antwoordapparaat: 'Hee Lay. Ik wilde even bellen om te zeggen dat ik aan je denk. Het spijt me dat ik het zo druk heb, ik mis je... Laten we dit weekend pret maken, oké? Slaap lekker, welterusten...'

Ik moet wat minder gespannen zien te raken.

❧

Jamie vertelt me dat ze eind mei bij Tom intrekt. 'Maak je geen zorgen, schatje, ik help je wel om iemand te vinden die mijn plaats inneemt.'

Ik wil niemand in haar plaats. Ik ben aan Jamie gewend geraakt. Ik wil er niet over nadenken. Nu ik er bij stilsta, ik wil nergens over nadenken – mijn werk, Frank, Julia. Dit soort periodes, daar word je dus hartstikke gek van. Ik stel me voor dat mensen zelfmoord plegen om zaken die eigenlijk de moeite niet waard zijn. Misschien denken mensen gewoon opeens dat ze zich beter van kant kunnen maken dan een nieuwe huisgenoot zoeken, of vriend, of moeder.

De telefoon gaat over. Ondanks mijn obsessieve gedachten aan wat Frank wel van me moet denken, neem ik na de eerste rinkel op – kan mij het verrekken.

'Popje! Je bent thuis! Ik heb gisteren iets bij je ingesproken, heb je dat gehoord?'

Julia. 'Ehm, nee. Niet gehoord. Jamie is het kennelijk vergeten te vertellen.' *Of zou ik er misschien genoeg van hebben om je voodoopop te zijn?*

'Nou, de Bernsteins hebben Paolo en mij dit jaar met *seider* uitgenodigd en het leek me leuk als jij ook zou komen.'

Ik stel me die potige Paolo voor met zijn lange haar in een paardenstaart en een fluwelen keppeltje op. Pascha is de enige joodse feestdag die Julia viert. Mijn oudste herinneringen eraan bestaan voornamelijk uit langgerekt bidden, knorrende magen, peterselie, zout water en stinkende *gefillte fisch*. 'Ik kan niet,' zeg ik.

Geladen stilte. 'Dat spijt me nou,' zegt ze op dodelijk gekwetste toon.

Zo nu en dan probeert Julia net te doen of we een gezin vormen. Die mythe heb ik in het verleden braaf instandgehouden, maar dat doe ik niet meer. Er zijn me allerlei kleinigheidjes overkomen, zoals: waarom ben ik zo'n mafketel? Wil ik echt kok worden? Hoe kan ik nou toch helemaal afhankelijk zijn geworden van zoiets slap en wankels? Waarom doe ik zo? En wiens schuld is dat? Ik hou het op Julia.

'En hoe gaat het met je?' vraag ik in een poging een ander onderwerp aan te snijden.

'O, het is allemaal fantasweldig. Ik heb wat veranderd in mijn appartement en dat prachtige Perzische tapijt dat ik vorige maand heb gekocht – het was ongelooflijk duur, maar het past niet bij het kleurenschema van de woonkamer. Nou ben ik benieuwd of jij dat niet wilt lenen?'

'Je wilt het ergens opslaan.'

'Het past vast heel goed in je woonkamer. Ik weet niet welke kleuren je daar –'

'Ik heb geen kleuren.'

'Doe niet zo mal popje, elke kamer heeft een kleurenschema.'

'Nou je bent nooit in mijn appartement geweest, maar ik kan je verzekeren dat er geen kleurenschema is,' zeg ik denkend aan het versleten grijze tapijt dat Jamie van haar oma had gekregen, onze enige knieval voor de binnenhuisarchitectuur.

'Wil je niet eens komen kijken wat ik ervan heb gemaakt? Je zult niet geloven hoe het is veranderd. Ik heb er nieuwe ramen in laten zetten, de keuken vernieuwd. De man van Polish zei dat ik echt aanleg had voor ontwerpen. Heeft me gezegd dat als ik ooit met hem in zaken wilde –'

'Klinkt alsof je een gave bezit.'

'Hoe gaat het trouwens met werk zoeken?'

'Heel goed,' zeg ik. 'Ik krijg overal in de stad werk aangeboden.'

'Vroeger wilde je dokter worden.'

'Dat kan ik me niet meer herinneren,' zeg, ik met kloppende slapen.

'Nou, misschien sla je er wel een aan de haak.'

'Ik heb Layla-onttrekkingsverschijnselen,' zegt Frank de volgende morgen als ik half slapend opneem. 'Wanneer zie ik je weer?'

'Ehm,' zeg ik. *Heb ik hier niet de hele tijd met mijn duimen zitten draaien in de hoop iets van je te horen?*

'Hoor eens, ik weet niet hoe het met jou zit, maar ik ben wel toe aan een uitstapje. Ik heb zin om je mee uit skiën te nemen, dit weekend. Zou je daar zin in hebben? Ik bedoel, ik weet dat je een enorme skifanaat bent –'

'Klinkt geweldig,' zeg ik.

Nou, dan heeft hij een week geen tijd voor me gehad nadat we met elkaar naar bed zijn geweest. Nou en? Wil ik soms geen vent met een gezonde arbeidsmoraal? Wil ik soms niet zo'n vent om een gezin mee te stichten?

Frank zegt dat we bij een studievriend van hem kunnen logeren in de buurt van Sugarbush, zodat het qua kosten valt te overzien, en dat vind ik goed. Mijn financiële situatie begint beroerd te worden. Ik heb geeneens voldoende voor een liftabonnement, nu het meer dan zeventig pop kost voor een dagje skiën op de korstige hobbeltjes van Vermont. Ik wil veel voor Frank verzwijgen en een van die dingen is dat ik blut

ben. Ik trek een verse MasterCard onderuit mijn laatje ondergoed en besluit dat dit een prima moment is om met mijn
creditcard weer eens in het rood te belanden.

'Er is één maar,' zegt Frank. 'We hebben een auto nodig.'

'Geen probleem,' zeg ik onmiddellijk, hoewel het dat best
zou kunnen zijn. Ik wil zo graag dit bijzonderste uitstapje al-
ler tijden maken dat ik iets beloof wat ik liever niet doe: Jamies auto te leen vragen.

Het eerste dat ze zegt is: 'Hij neemt je een weekendje mee
uit en heeft geen auto gehuurd?'

'Nee.' *Goed punt.*

Maar Jamie is zo in de zevende hemel dat ze me graag van
dienst is. Nu ze op de drempel van het huwelijksgeluk staat
wil ze al het mogelijke doen om mijn relatie met Frank te pro-
moten. 'Natuurlijk mag je mijn auto lenen!' zegt ze. 'Nu ik
eenmaal in Toms auto heb gereden denk ik er toch over om
hem weg te doen.'

'Tom heeft ook een auto?'

'Een Beemer. Ongelooflijk joh. Die auto's rijden praktisch
vanzelf, weet je.'

'Ja.'

∾

Jamies vier jaar oude Jetta is een jofele kar waar ik graag in
rijd. Ik hou sowieso van autorijden. Wil Frank trouwens ook
tonen wat een goede chauffeur ik ben. Het roer in handen nemen, zeg maar.

Ik haal hem en al zijn spullen af en hij loopt naar mijn kant
en vraagt: 'Heb je er bezwaar tegen als ik rijd?'

'Eh, nee. Tuurlijk. Ga je gang,' zeg ik en verwijt mezelf onmiddellijk dat ik zo snel te lijmen ben. Dat was dan mijn kans
om hem te imponeren met mijn Mario Andretti-kunst.

Frank schijnt te weten wat hij doet, wat een hele opluchting is en wat mij betreft een enorme uitbreiding van zijn persoonlijkheid. Op West Side Highway ter hoogte van Forty Second Street komt hij met een verrassing, houdt die even achter zijn kiezen en zegt dan: 'De plannen zijn een tikje veranderd. We logeren toch niet bij mijn vriend.' Hij legt niet uit waarom. 'Ik heb gereserveerd in het Piney Lodge Chalet.'

Gaat hij het motel betalen? Of doen we samsam? Ik voel het weer in mijn maag.

Het is een lange rit en hoewel hij het niet met zoveel woorden zegt, is Frank niet kapot van de cd's die ik heb uitgezocht. Volgens mij gaat 'Bat Out of Hell' hem net te ver.

Ik zing alle teksten mee, met exact de juiste timing, toonhoogte en vermaak mezelf dus duidelijk enorm totdat Frank vraagt: 'Wat dacht je van een beetje Ween?'

'Oké,' zeg ik, 'na het volgende nummer, oké?'

The sirens are screamin' and the fires are howlin'
Way down in the valley tonight...

Frank houdt zijn bloeddoorlopen ogen op de weg gericht en ik voel nattigheid als hij niet reageert. Soms is er niet meer voor nodig dan dit om een man uit zijn humeur te brengen. 'Of nu bijvoorbeeld,' zeg ik, pluk de Meatloaf-cd eruit en duw Ween erin. Franks gezicht klaart op. Als ik hem maar tevreden kan stemmen.

Ik hoop dat we dit weekend wat grenzen kunnen uitgummen, Frank en ik een beetje aan elkaar kunnen wennen. Ik wou dat we heel die ongemakkelijke fase domweg konden overslaan en meteen door konden naar elkaars zinnen afmaken.

We stoppen bij McDonald's en ik bestel een Filet-O-Fish-maaltijd met een appelpunt met de waarschuwing 'Vulling Is Heet!' Frank neemt een Big Mac en een extra grote friet en milkshake.

'Dat heb ik volgens mij nog nooit eerder gezien,' zegt hij als het meisje met de puistenkop de afzonderlijk verpakte spullen op een dienblad met papier legt.

'De Filet-O-Fish?'

'Ja.'

'Probeer het eens.'

'Misschien wel. En appeltaart, hè? Jij neemt het er wel van.'

Door die opmerking trek ik automatisch mijn buik in en ik steek mijn hand in mijn broekzak op zoek naar het briefje van twintig dollar dat ik voor noodgevallen heb meegenomen. Ik haal het verkreukelde biljet tevoorschijn zodat Frank het ziet. Opdat hij ziet dat ik geen profiteur ben, dat ik allebei onze maaltijden wel wil betalen. Het meisje zegt: 'Dat is dan dertien vijftig.'

Frank geeft haar snel een twintigje en zegt: 'Dit red ik nog wel.'

Hij doet een beetje vreemd, afstandelijk en daar heb ik behoorlijk last van. Ook al heeft hij de Mac betaald, toch krijg ik het gevoel dat hij zuinig aan probeert te doen. Wat is er met die 'Layla-onttrekking' gebeurd?

We komen kort na middernacht aan. Het Piney Lodge Chalet heeft aan de voorkant grote ramen en vanuit het midden zijn er vleugels met motelkamers. We rollen als Cheech en Chong uit de auto. Het is koud en stilletjes – er vallen grote donzige sneeuwvlokken.

Er ligt al een dun laagje poedersneeuw en die schop ik met mijn wandelschoenen op als we de ski's, skischoenen en koffers uit de kofferbak naar het motel slepen. 'Dat wordt morgen prima sneeuw,' zeg ik.

'Ik kan haast niet wachten,' zegt Frank.

Ik voel een zucht van opluchting. Ik vind het zo schattig dat Frank niet kan wachten. Ik zie een jochie voor me dat door zijn moeder dik is ingepakt, met rode wangetjes en zo opgewonden dat hij de hele dag in de sneeuw kan spelen dat hij niet merkt dat hij het koud krijgt of moe wordt... Het is de vanzelfsprekendste dialoog die we sinds het begin van het tochtje hebben gehad en dat helpt de donderwolk oplossen die in mijn verbeelding als in een tekenfilm boven de Jetta zweefde.

Tegen de tijd dat we ons in de kamer voorbereiden op de nacht zit me een ding dwars. Ik heb wat kanten ondergoed aan dat ik vijf jaar geleden bij Victoria's Secret heb gekocht en nooit heb gedragen, en dat heeft me de hele rit ellendige jeuk in mijn liezen bezorgd. Ik schenk merlot in twee plastic motelbekertjes. Daar hoef ik me niet lang meer druk om te maken.

Frank ritst mijn ski-jack van Patagonia open en trekt voorzichtig mijn coltrui van Gap over mijn hoofd, waarbij hij me indringend aankijkt. Er zit iets raar gespeelds in zijn handelingen. Zo van *Zo hoor ik te kijken als ik je verleid. Laat maar zitten Hij is schattig... Hij kan haast niet wachten tot we gaan skiën.*

Als hij me languit op bed heeft gelegd begint hij mijn hals te zoenen en komt, nadat hij mijn ondergoed heeft overgeslagen, snel bij mijn voeten aan. Mijn haar zit in de war en de uitdrukking op zijn lippen is pornoperfect.

Mijn God, gaat hij op mijn tenen zuigen?

Ik kan alleen maar hopen dat mijn voeten die nooit hebben gestonken dat nu ook niet doen. *Oké. Beheers je. Teenzuigen is ongeremd, teenzuigen is sexy. Laat het in godsnaam gewoon gebeuren, Layla...* Frank wrijft met zijn duim heen en weer over mijn teen, alsof hij hem opwarmt voor een lekker hapje. Hij likt eraan alsof het een lollie is, steekt hem in zijn mond en trekt al zuigend zijn wangen hol. Hij gaat langzaam het rijtje af, in zijn eigen variant op tien kleine negertjes.

Naakt liggend op de plasticachtige sprei begin ik kippenvel te krijgen van de kou. Het ziet er stom uit als Frank zo op mijn tenen zuigt. En erger nog, ik kan mezelf er niet van overtuigen dat hij ervan geniet. Ik zou in het moment op moeten gaan, maar net als bij ons vorige seksuele samenzijn ben ik niet op mijn gemak en word dat nog minder als Frank een paar handboeien tevoorschijn haalt en zegt: 'Ben jij stout geweest?'

Ik lach, hoop dat hij het wit van mijn ogen kan zien en hoop er als prooi bij te liggen. 'O, ja,' zeg ik en probeer overtuigend over te komen, 'een heel stout meisje.'

'Hier,' zegt hij, 'doe je handen op je rug.'

Is het niet een beetje vroeg voor handboeien? Is dit niet zoiets waar je van tevoren afspraken over maakt?

'Is dit vanwege Meatloaf?' vraag ik in de hoop het ijs te breken. Ik wil allerminst dat hij doorkrijgt dat ik dit nog nooit heb gedaan. Ik wil dat hij me ziet als een vrouw van de wereld, een ervaren vrouw.

Maar Frank lacht niet. Zijn ogen staan glazig en hij bevindt zich in zijn eigen wereldje.

Ik zit op mijn knieën en hoop maar dat ik niet met mijn kop tegen het afgezaagde aquarelletje van een bosgezicht beland nu mijn handen op mijn rug vast zitten. Ik voel me helemaal geen vrouw van de wereld of dame. Ik voel me stom en niet op mijn gemak, maar Frank is geil dus veins ik dat ook maar.

Als Frank al merkt dat ik minder geniet dan hij, dan laat hij dat niet blijken. Hij brengt me in positie, tilt me op, legt me op mijn zij, neemt me van voren en achteren, tilt mijn benen op, ondersteunt mijn kont terwijl mijn gezicht in het kussen wordt geperst.

Dus zo is het om van alle kanten te worden genaaid. Na een kwartier begin ik me een opblaaspop te voelen. Ik probeer te bedenken hoe ik het los kan laten, maar iedere vorm van fantasie is me ontschoten. Ik bedenk dat het vast een verborgen frigiditeit is die zich op dit cruciale ogenblik openbaart, schakel mijn gevoel uit en wacht tot hij klaar is.

De handboeien zitten te strak en laten een diepe rode moet

achter in mijn polsen. Frank is na afloop een al liefalligheid, zoent die plekken en wrijft er zachtjes over en vraagt: 'Doet het zeer?' Het doet niet zeer, maar om een of andere reden moet ik toch huilen. Ik ben eerlijk gezegd niet bang. Meer slecht op mijn gemak. Ik heb ooit een freudiaanse psych horen vertellen over een van zijn andere patiënten die zich erop liet voorstaan dat hij sadist was. Die scheen met een oogopslag aan een meisje te kunnen zien dat ze ervan hield om gestraft te worden. 'Het is een extreem voorbeeld,' zei die psych, 'maar je begrijpt waar ik heen wil?'

Ik begreep het. Het was juist al dat gedoe over dat ik in het geniep met mijn vader naar bed wilde waar ik zulke vraagtekens bij zette.

Wat ik zeg dat ik wil is ware liefde, net als ieder ander mens op deze aardkloot. Ik wil mannen op hun knieën met kleine blauwe doosjes van Tiffany in hun handen. Waarom lig ik dan in dit derderangsmotel met Franks handboeien om?

De psych zei, de steel van zijn niet brandende pijp tongend (hij had een orale fixatie en probeerde te stoppen met roken): 'Er zal toch wel iets aan zitten dat je lekker vindt.'

Als ik een ander meisje moest adviseren zou ik zeggen dat ze moest weggaan zonder om te kijken. Maar als het je zelf overkomt is het allemaal niet zo zwart-wit. Er zijn allerlei verklaringen mogelijk voor Franks gedrag: A) hij voelt zich zwak, onzeker en angstig en vrouwen vastbinden geeft hem – al is het maar voor eventjes – het gevoel dat hij de baas is (roept klef medelijden op, warme affectie). B) hij geeft geen pest om me en heeft niets te verliezen (zeikt me af). C) hij vindt me leuk en hoopt dat ik ervan houd om zo nu en dan vastgebonden te worden (wishful thinking mag je niet verpesten). D) het heeft hoegenaamd niets met mij te maken en als het mij niet overkwam, overkwam het iemand anders (moeilijk te verteren). E) het is allemaal één grote grap – ha! ha!

Ik slaap niet best. 's Ochtends veeg ik de slaap uit mijn ogen en stop het ronde diskettetje van Maxwell House in de koffiepot van het motel. Ik trek de kurk uit de merlot en neem een teug. Frank gaat als een pasja rechtop in bed zitten en steekt zijn pijpje op. We zijn een stel sukkels maar op dit moment voelt het vrijgevochten aan, is het net als in de film.

Ik ben eerlijk gezegd bezig met mijn voorbereiding. Volgens sommigen is alcohol voor lafaards, maar volgens mij is het een verdomd goede reden waarom ze het 'moed indrinken' noemen. Ik ben van plan Frank op de hellingen een poepie te laten ruiken, maar ik heb een beetje drempelvrees. Frank lijkt daarentegen nergens last van te hebben.

Ik zeg dat ik naar de lobby ga om wat kaarten van de omgeving te halen en informatie en ren vervolgens op zoek naar een toilet haastig over het tapijt van de gang die naar verschaalde sigarettenrook stinkt.

Als ik twintig minuten later terug ben in de kamer zit Frank op de rand van het bed tekenfilms te kijken. Hij heeft kleren aan waarin hij slecht kan skiën – een wijde legerbroek, een katoenen coltrui en een spijkerjack. 'Wat gevonden?' vraagt hij.

'Wat wat?' zeg ik.

'Kaarten,' zegt hij.

'O, kaarten, juist. Nee, die hebben ze niet.' En vervolgens, om de zaak ingewikkelder te maken: 'Krijg je het zo niet koud?'

'Na,' zegt hij zonder zijn blik van het televisietoestel te verwijderen en afwezig met zijn vingertoppen aan zijn stoppels krabbend.

Die kan-me-niks-schelen-houding betreffende zijn kleding is op allerlei niveaus een enorm minpunt voor hem. Iedereen die iets van de natuur weet beseft dat je altijd op het ergste voorbereid moet zijn. Buiten word je snel uit de waan gehaald dat skiën in een legerbroek of spijkerbroek cool is, weet je snel dat katoen het weefsel van de duivel is. Lagen! En veel, van stoffen die niet in de natuur voorkomen. Als je verdwaalt op de berg redden die je leven, door de koude, vochtige lucht buiten te sluiten waaraan je uiteindelijk een extreem trage (maar naar men zegt niet compleet onaangename) dood sterft.

Zelfgenoegzaam begin ik me aan te kleden. Ik begin met mijn lange ondergoed van polipropyleen en bedek mezelf met de ene na de andere laag onnatuurlijk weefsel totdat ik klaar ben voor de Gore-Tex-glazuurlaag – een stoere overall met versterkte kont en knieën en een jack met afritsbare mouwen en fluorescerende stroken.

'Dat ziet er officieel uit,' zegt Frank.

Hij weet van niks. Je kunt niet drie seizoenen aaneen dagelijks skiën zonder er fatsoenlijk bij te lopen. Ik weet dat ik er officieel uitzie. Ik ben een official, handboeimannetje!

Als we de auto op het parkeerterrein van Sugarbush neerzetten geef ik Frank mijn creditcard en bid dat hij daar de kaarten niet van betaalt. Het schiet eventjes door me heen dat hij me weliswaar op dit weekendje had uitgenodigd maar dat het belangrijkste waarvoor hij zorg zou dragen – te weten gratis onderdak – al afgevallen is. Als ik voor het transport en de liftkaarten opdraai ben ik flink op weg de hele verrekte onderneming te financieren. Nou ja, de Mac heeft hij gedokt.

De zon schijnt en het is een frisse 4 graden onder nul. Twee dagen geleden is er zware neerslag gevallen, dus hangt de sneeuw in de bomen en zijn de onverzorgde stukken piste nog poederig. Frank steekt in de skilift zijn pijpje op, maar ik maak bezwaar. Hij begint al te rillen. Ik rits de Mountain Hardwear dicht, trek mijn kraag op en zet mijn skibril op zodat mijn hele gezicht beschermd is. *Ga je gang. Word maar lekker high.*

Als we net uit de lift komen begin ik door de sneeuw te ploegen. Ik wil mezelf niet te snel verraden. Aan Franks eerste bewegingen zie ik dat hij instabiel staat – benen gestrekt, enkels en schouders verkrampt, zijn stokken steken alle kanten op als een stel krukken. Wat hij aan techniek tekortkomt, merk ik al spoedig, compenseert hij met snelheid. Hij schiet voor me weg, zet met zijn schouders bochten in en trekt bij gebrek aan een goede balans stijfjes met zijn bergski.

Vanaf de top van de piste zie ik hem slowmotion op hoge snelheid wegglijden, de ene ski blijft achter en draait opzij zodat hij met een balletachtige beweging achterstevoren draait en KLABOOEEEM!

Uit de lift roepen enkele mensen: 'Gaat het?' Een groepje tieners begint te joelen. Ik ski naar hem toe, pik zijn verloren ski dertig meter boven hem op, zijn muts (eenentwintig), bril (twintig) en stok (tien). Als ik bij Frank aankom is hij rood aangelopen en kwaad op zichzelf. 'Dat zag ik niet aankomen,' zegt hij.

'Misschien moet je wat opwarmen?' stel ik voor.

'Ja.'

Ergens in de buurt van de laatste helling van de berg blijft hij stil naar me staan kijken. Ik haal diep adem en zet mijn verstand op nul. Zo draai ik de grootste hindernis waar je als skiër mee te maken krijgt de nek om – angst. *Glijden maar.* Ik stuur mijn ski's naar een stuk met zachte, donzige bobbels. Mijn knieën klappen heen en weer als een accordeon – knal, knal, knal, oef, oef, oef. Ik heb het ritme te pakken, ga beheerst steeds sneller, ogen op, stokken achterwaarts en spring in spreidstand van de laatste bult. Ik verknoei het niet. Ik stel mezelf niet teleur. Ik toon Frank wat ik waard ben. Wie is de Bazin van de Berg? De Leidster op de Lange Latten? Laat iedereen het maar over de spanning, de frisse lucht en de enorme inspanning hebben die skiën voor ze is. Voor Layla Mitchner is skiën een hoopgevende herinnering aan het feit dat er dingen op aarde bestaan waarvan ze zonder aarzeling durft te stellen dat ze het goed kan.

Ik doe een Suzy Chapstick en zwiep naast Frank tot stilstand. Hij zit gehurkt aan de sluiting van zijn schoen te prutsen. Hij heeft de middagvoorstelling gemist.

Het begint warmer te worden. Ik zet mijn muts af en hang mijn skibril om mijn nek om mijn hoofd te laten ademen. Frank en ik staan in de rij voor de *quad* als ik in de andere rij iemand zie die me vreselijk bekend voorkomt. Ze is meer op ballet gekleed dan op skiën, haar glanzende beige stretchbroek perst zich om dat treurig stemmende gebrek aan een kont, het bijpassende beige donzen jack met bontkraag knelt om haar minieme middeltje. Het is Lucinda. En links van haar, in vrijwel dezelfde ski-outfit als ik draag, staat Dick Davenport.

Lucinda staat ergens over te tetteren terwijl Dick mijn kant op kijkt. We herkennen elkaar vrijwel op hetzelfde moment. 'Layla?' vraagt hij.

'Dick!' Ik heb geen idee waarom ik zo blij ben om Dick Davenport te zien. Misschien omdat dit weekend zo schokkend is dat ieder bekend gezicht welkom is. Ik heb het gevoel dat ik een vriend van vroeger terugvind.

'Wat doe jij hier?' vraagt hij.

'Hetzelfde als jij,' zeg ik glimlachend en vraag me af of ik naar hem toe moet buigen om hem te omhelzen.

'Ken je Lucinda nog?'

'Ja, hoi. Goed dat we elkaar hier zien. Dit is Frank,' zeg ik. Door de temperatuurstijging is de sneeuw die aan Frank vastplakte gesmolten – zijn doorweekte legerbroek hangt laag en de geur van natte wol waait in zompige vleugjes alle kanten op. Hij ziet er beroerd uit.

'Aangenaam kennismaken, Frank,' zegt Dick. 'Dit is Lucinda.'

'Hoi,' zegt Lucinda, een en al kortaangebonden hekserigheid.

'Fijn om je hier te treffen!' Dick oogt bijna even opgelucht als ik me voel. Lucinda begint haar zweetband en zonnebril van Gucci zo te verplaatsen dat haar haar perfect uitkomt. Ze steekt een hand in haar jaszak en trekt – is het werkelijk? – een minispiegeltje tevoorschijn en begint lipstick op te doen. Ik word me er vrijwel op slag van bewust hoe weinig vrouwelijk ik eruitzie, hoe Muppetachtig mijn uitgegroeide stekelhaar moet lijken.

Twee in die rij, twee in deze, het ziet ernaar uit dat we in dezelfde lift zullen belanden Dick en ik gaan naar het midden en Frank en Lucinda gaan opzij. De lift nadert en Lucinda gaat bevallig zitten voordat ze het met haar stok aan de stok krijgt. 'O, Dick,' jammert ze, 'mijn stok. Mijn Stok!'

'Niks aan de hand, Luce, die halen we de volgende keer wel op.'

'Maar ik kan niet skiën met één stok!'

'Je kunt er eentje van mij krijgen.'

Dat brengt haar tot zwijgen.

'Dus, jij bent een skiër,' zegt Dick.

Ik knik en knijp bevestigend mijn lippen op elkaar.

'Wat is er toen op dat feest van je geworden? Je was opeens verdwenen.'

'Ja. Je kent dat wel, als je er niet tegen opgewassen bent, kun je beter opkrassen.'

'Volgens mij ging je er heel professioneel mee om.'

'Ja, ach.'

'Je moeder is een indrukwekkend mens.'

'Hmm.'

'Hé, wat dacht je ervan om samen een afdaling te doen?'

Lucinda kijkt als een boef in een tekenfilm: *Drat, double-drat!* Frank kijkt verstoord omdat hij hier niet kan roken.

'Klinkt goed,' zeg ik.

Dick verrast me met de mededeling: 'Billy heeft me verteld dat je les gaf in het westen?'

'Klopt,' zeg ik.

'Misschien kun je Lucinda wat aanwijzingen geven. Naar mij luistert ze niet.'

'Hij probeert me al de hele dag les te geven,' zegt Lucinda.

'Les kan zinvol zijn,' suggereer ik.

'Niet als je al kunt skiën,' zegt ze en werpt me dodelijke blikken toe.

Frank zegt: 'Lessen, flessen. Gewoon lol maken.'

Boven komt Lucinda voorzichtig van haar stoel en wriegelt de sneeuw in. Dick staat haar bij, steekt haar een hand toe en geeft haar vervolgens zijn skistok.

We nemen een eenvoudige afdaling. Dick en ik staan samen toe te kijken hoe onze minnaars bergaf gaan – Lucinda gaat langzaam en voorzichtig, Frank scheurt als de baarlijke duivel op ski's omlaag.

'Na jou,' zegt Dick en ik zet af en ski naar beneden langs Lucinda naar de plek waar Frank ons staat op te wachten. Ik zie Dick bovenaan naar Lucinda kijken of die mogelijk hulp nodig heeft. En dan zet hij af, snijdt grote, snelle GS-bochten aan, skiet als een wedstrijdskiër. *Nou, nou, wat een verrassing. Het is dus meer dan een pak...*

Lucinda is net iets eerder bij ons dan Dick. En Frank zegt iets tegen Dick waar ik al de hele dag op zit te wachten: 'Jij bent goed!'

'Dankjewel,' zegt Dick.

'Hij skiet al zijn hele leven,' zegt Lucinda.

❧

Mijn droom van *steak au poivre* met knapperige frietjes in een knus soort herbergje is van het allergrootste belang. Ik snak naar een goede maaltijd met een lekkere fles wijn en ben bereid me daarvoor nog dieper in de schuld te steken. Ik denk nog steeds terug aan drie weken geleden, dat Frank en ik dromerig het bloed uit biefstukken zaten te zuigen in 1492. Maar als ik die avond een leuke tent aan Frank voorstel, zegt hij: 'Ik dacht er eigenlijk over om een pizza te laten bezorgen of zoiets.'

Een pizza of zoiets? Ik ben volledig uit mijn doen. 'Kom op,' zeg ik, bijna wanhopig, 'ik trakteer.'

Als we terug zijn in de benauwde badkamer van het motel hoor ik Frank zachtjes in zijn mobieltje praten terwijl ik na de douche mijn lotion opdoe. Als ik mijn tas doorzoek stuit ik op een klein etuitje met make-up. Ik heb een set strakke kleren meegenomen en ook een zwarte doorkijkbloes met beha. Niet erg comfortabele kleren, niet helemaal iets voor mij, het zijn nieuwe aankopen. Ik maak me op, foundation, blos, lipstick en mascara en wurm me in de strakke kleren. Volgens mij ben ik afgevallen. Ik denk dat ik het wel red. Ik wil Franks bek open zien vallen – ik wil hem zijn muziek in de steek zien laten en hem met het schuim op de lippen uit het bed zien vallen.

Aerosmith schijnt echter veel interessanter. Op weg naar het raam krijg ik de pest in en steek verleidelijk een sigaret op. *Kijk naar me, kijk naar me, kijk naar me....*

Hij weet zijn blik even van de televisie af te wenden en vraagt: 'Heb je make-up op?' Alsof hij mijn moeder is en ik twaalf ben en hij het niet wilde hebben. Vervolgens: 'Zitten die kleren wel lekker?'

O jee.

The Steak Pub is een donkerhouten tent met een grote *salad bar*. Van de drankkaart bestellen we allebei hurricanes van $8 en dan begint Frank als een patser uit Las Vegas dingen van het menu te kiezen. 'Even kijken, ik neem gevulde champignons, garnalencocktail, varkenshaas, denk je dat ze daar béarnaisesaus bij serveren? Salad bar... Ik denk dat ik eigenlijk maar "all-you-can-eat" neem voor eh, wat kost dat – twee dollar extra? Vind jij dat goed, Layla?'

Ik tel de prijzen stilletjes bij elkaar op – champignons, $8,95, garnalencocktail $11,95, varkenshaas $25,95! Ik heb die kaart nog nooit gebruikt en weet dus niet eens of het zo wel kan, maar ik knik enthousiast en zeg: 'Tuurlijk!' Moet ik de afwas doen, dan moet ik de afwas doen. Of we zouden eetpiraatje kunnen spelen. Ik begin de pest aan Frank te krijgen omdat hij me hiertoe drijft, omdat hij knieperig doet, omdat hij het toelaat dat een vrouw – om wie hij wel, maar misschien ook niet geeft – zijn eten betaalt.

Ik laat me mijn biefstuk niet ontnemen. Ik bestel het goedkoopste formaat, zonder voorafje of salad bar, alleen de gepofte aardappel en de bijbehorende groente – gesauteerde courgette.

Mijn biefstuk blijkt taai. Ik kauw er langzaam op, probeer hem klein te krijgen, bedenk dat ik altijd kan doen of ik erin stik. Frank staat steeds op van tafel om meer korstbrood te halen en extra groenten met blauwekaasdressing. 'Dit was een geweldig idee,' zegt hij op zeker moment. Helaas ben ik te zenuwachtig over mogelijke problemen met die kaart om er zelf van te genieten. Hoe dichter het toetje nadert hoe nerveuzer ik word.

Een zandgebakje en Irish coffee voor Frank, voor mij niks. Al wil ik eigenlijk niets anders doen dan mijn hele gezicht in een sundae-ijsje verbergen.

Onderweg naar het toilet besluit ik bij de kassa langs te gaan om de rekening buiten het bereik van de tafel af te handelen. De MasterCard wordt door het machientje getrokken en ik sta met ingehouden adem te wachten tot het ding begint te piepen en klikken. Het beeld van de serveerster die de pen tussen haar wijs- en middelvinger laat wiebelen laat mijn bonzende hart bijna op hol slaan. Ik sta stilletjes af te wachten en te wachten en te wachten. Ze kijkt naar me en vraagt: 'Hebt u een andere kaart?'

'Nee,' zeg ik. En dan, in een poging om zelfvertrouwen te tonen: 'Deze zou het moeten doen.'

'Nou, soms geeft dit apparaat wat problemen. Ik zal het nog eens proberen.'

Doe het nou. Alsjeblieeeeft.

'Layla?'

Een bekende stem. De flits van herkenning bezorgt me jeuk op mijn wangen. 'Dick.'

'Hebben jullie lekker gegeten?'

'O, ja,' zeg ik en probeer enthousiast te klinken, 'het was heerlijk.' Het kan de serveerster geen barst schelen of ik ergens van heb genoten of niet, want mijn kaart doet het niet.

Dick staat erbij. Ik weet niet of hij verbijsterd is omdat mijn kaart het niet doet of omdat ik het eten betaal. Hij neemt me terzijde en vraagt: 'Zit je in nood? Ik kan je best geld lenen als je kaart het om een of andere reden niet doet.'

Hij klinkt als mijn vader die ik, nu ik erbij stilsta, graag hier zou willen hebben op dit moment. Ik ben geschokt en vernederd maar probeer mijn kalmte te bewaren. 'O, nee, niks aan de hand. Ik heb ook wel contant geld,' zeg ik en reik voor een niet bestaande portemonnee naar mijn kontzak.

Het begint problematisch te worden tot opeens het muziekje van het machientje begint. Ik ben zo opgelucht dat ik voor de tweede keer die dag zin heb om Dick te omhelzen. Hij zegt glimlachend: 'Stomme apparaten.' En vervolgens: 'Je ziet er leuk uit vanavond. Ik had je bijna niet herkend.'

'Met zulke koplampen kun je me bijna niet mislopen.' *Wat heb ik nou weer gezegd?*

'Daar heb je gelijk in,' zegt hij en lacht goedmoedig. Dan verandert hij als een heer van gespreksonderwerp en vraagt: 'Wat is hier lekker?'

'De biefstuk is heel behoorlijk,' zeg ik. 'Je zou de varkenshaas moeten nemen.'

'Is dat je officiële antwoord?' vraagt hij en buigt als Regis Philbin mijn kant op.

'Dat is mijn professionele advies,' antwoord ik.

'Aha, maar je bent maar een ondergeschikte... zoals je dat zelf tenminste noemde.'

Hoe kan hij zich dat verdomme nog herinneren? 'Ja, nou ja,' zeg ik en kijk naar mijn schoenen.

'Ik maak maar een geintje, hoor. Ik ben na Billy's feestje met een paar vrienden naar Tacoma geweest.'

'Echt waar?'

'De salade was het lekkerste deel van het menu.'

Dat maakt me blijer dan nodig is. 'Had je de caesar salad of de gemengde salade met gorgonzola, peer en geroosterde walnoten?'

'Allebei,' zegt hij en kijkt me indringend aan.

Heel erg blauwe ogen.

'Tijd om terug te keren,' zegt hij bijna verontschuldigend, maar hij verroert zich niet. In plaats daarvan staan we enkele tellen lang te zwijgen. Dan legt hij een hand op mijn arm en zegt: 'Geweldig om je hier tegen het lijf te lopen.'

'Van hetzelfde,' zeg ik.

Als hij zich omdraait en terugloopt naar zijn tafeltje zie ik dat hij een versleten Levi's aanheeft die prachtig aan een zo te zien bijzonder aantrekkelijk stel billen hangt. Hij ziet er vanavond eerder krokant uit dan bekakt. Veelzijdig.

Als ik terugkeer van het toilet staat er een emmer op onze tafel met een fles champagne erin en twee flûtes halfvol bubbels.

'Wat krijgen we nou?' vraag ik met een glimlach aan Frank terwijl de angst en spanning van het weekend vervliegen.

'Heeft onze vriend Dick gestuurd,' zegt Frank edelmoedig.

'Dick?' vraag ik verward.

'Moet je mij niet aankijken,' zegt Frank schouderophalend. 'Er staat hier iets op een servet.' Hij steekt het me slap hangend tussen duim en wijsvinger toe.

In keurige blokletters staat er: *Hier eindelijk die champagne die ik je had beloofd. Geniet ervan!*

Tot nu toe had ik nog niet in de gaten hoe beroerd ik dit hele weekend vond. Mijn neus slibt dicht en mijn ogen beginnen te druppen.

'Proost,' zegt Frank, met een blik alsof alles steeds beter wordt.

Met tegenzin probeer ik te glimlachen, steek mijn glas omhoog en zeg: *'Lechaim.'* Wat jammer dat nou net Dick Davenport me moest tonen hoe diep ik was gezonken.

∽

Ik heb goede hoop op West 12th, al was het maar omdat de chef, Laurie, een vrouw is en we dat volgens mij gemeen hebben. Het restaurant is verlaten die woensdagavond om zes uur. In zijn vroegere leven was het moderner en 'niet zo druk'. Het lijkt mij nog steeds niet zo druk, al heeft iemand er veel poen in gedouwd om er zo'n valse plattelandssfeer te creëren. Er staan kleine droogboeketjes midden op alle tafels, smaakvolle gietijzeren blakers met doorboorde kaarsen. De muren zijn van kale baksteen en op de vloer liggen brede eiken planken.

Laurie staat in de keuken haar mise en place te regelen. De afwasser en assistent-kok zijn naast haar de enige werknemers. Er is een snijplank met gehakte peterselie en er staan diverse plastic bakken met dingen als gesneden lente-ui, eierkruim, gehakte sjalotjes, blokjes gebakken peper en verbrokkelde blauwe kaas. Niks nieuws. Laurie neust ze een voor een door, steekt haar neus erin en houdt apart wat er nog mee door kan. Ze is fors, aan de dunne kant van dik, met een grote bos lichtbruine krullen. Op een stuk van het aanrecht ligt een berg plasticfolie, een eindje verderop meel met een bal deeg. Ik snap niet hoe ze denkt voor de dienst klaar te kunnen zijn.

'Kom binnen, kom binnen!' zegt ze als ze me in de deuropening ziet staan. 'Ben jij Layla?'

'Ja, hoi, leuk je te leren kennen,' zeg ik en steek mijn hand uit hopend dat ze die niet zal willen schudden. Ze veegt haar handen vol olievlekken aan een theedoek af die aan haar schort hangt en grijpt mijn hand in de hare, die groot, warm en plakkerig is.

De afwasser staat bergen boerenkool te plukken en wassen, terwijl de assistent-kok blokjes wortels, ui en selderij kookt. Laurie wijst naar hen en zegt: 'Dit zijn Pedro en Felipe.'

'Alleen jullie drieën maar?' vraag ik.

'Reken maar,' zegt ze, draait zich om naar haar bakken en gaat door met haar werk. 'Je hebt er hopelijk geen bezwaar tegen? Ik moet dit spul over een halfuur klaar hebben. We hebben nu nog maar twee tafels gereserveerd staan, maar je moet voorbereid zijn op mensen die zomaar binnenlopen. Ik moet het brood nog steeds in de oven zien te krijgen O, shit! Pedro, kan jij die boerenkool niet even laten wachten en dat deeg op een plaat doen?'

'Kom ik ongelegen?' Het is een retorische vraag. Ik snap niet waarom ze me op zo'n moment heeft uitgenodigd. Tenzij ze verwacht had dat het niet druk zou zijn. Wat het in dit begin van de avond ook niet lijkt te zijn.

'Nee, geen probleem. Ik wilde je een idee geven van hoe het hier tijdens de dienst toegaat. Volgens Gustav heb je in de garde-manger gewerkt in Tacoma?'

'Ja, en in Eagle Café en in Frankrijk in Le Diamond.'

'Heb je kookles gehad?'

'De Cordon Bleu.'

'Wauw, da's geweldig.' Ze snijdt de uiteinden van een bos lente-uitjes af. Vervolgens begint ze ze met twee te gelijk langzaam in ringetjes te snijden. Het zelfvertrouwen straalt niet van haar snijwerk af.

Er komt een bestelling voor een salade van het huis en een

zalmschotel. Laurie is met drie andere dingen bezig, maar ze stopt, loopt naar de grote metalen koelkast, trekt er een metalen terrine uit en roept: 'Snel Pedro! Een pan en wat heet water!' Ze plonst hem in heet water, loopt naar haar grote zilveren schaal, gooit er wat mesclun in, wat eierkruim, blauwe kaas, dobbelsteentjes tomaat, komkommer, zout, peper. 'Shit, ik heb nog geen vinaigrette gemaakt!'

Ik pak nog een kom van een plank, ga snel naar de koelkast, vind mosterd, doe twee theelepels in de kom met wat rodewijnazijn, zout en peper en begin dat snel te klutsen, en dan wat langzamer terwijl ik de olijfolie erbij giet. Ik zie Laurie uit mijn ooghoeken de zalmschotel uit de terrine halen, de randen met haar smerige vingers gladstrijken en die tussendoor aflikken. Dat zou ik liever niet op mijn bord krijgen.

In de hoop de salade-eter een vergelijkbaar lot te besparen, loop ik naar de wasbak, waar Pedro van de witte, smoezelige, dikke watervingers me vriendelijk voorlaat om mijn handen met afwasmiddel te schrobben. Terug naar de salade. Ik lepel de vinaigrette over de sla, steek mijn handen erin en meng het. Pedro heeft op de meelplank naast me een bord klaargezet. Ik grijp met twee handen een bos mesclun en leg het vingervlug midden op het bord, buig en plooi het op de Tacomamanier en leg de komkommer en tomaat strategisch in en tussen de sla.

'Goed werk!' roept Laurie. Er ligt een rechthoekig stuk zalm onschuldig op een wit bord, met kerveltakjes en kwakjes dilleroom als garnering.

Laurie laat me weten dat mijn beginsalaris $75 per dag zal zijn tegenover de $100 die ik bij Tacoma verdiende. Heb ik in mijn positie iets te kiezen? Hier heb je een situatie waar duidelijk hulp is geboden, maar ik zie dit niet als een mogelijkheid om te herrijzen, mezelf te bewijzen en de afgepeigerde Laurie de tent op orde te laten krijgen, maar raak er lauw en ongemotiveerd door. Ik denk dat je het zelfs wel gedeprimeerd kunt noemen. Nou, West 12th heeft iets deprimerends. Het stinkt naar mislukking. Te veel geld in de aankleding gestoken, te weinig in keukenpersoneel. Ik besluit toch tegen te kiezen. Dat kan een verkeerde beslissing zijn, maar ik kan dat valse boerenlandgedoe domweg niet serieus nemen als restaurant. Ik ben bang dat ik op dit ogenblik geen enkel restaurant aankan.

∾

'Het spijt me enorm Lay, ik had geen idee wie ik anders zou moeten bellen.' Het is tien uur 's ochtends en Dina zit huilend aan de lijn vanuit de bar van Tacoma.

'Sttt,' zeg ik om haar te kalmeren, 'haal even diep adem en vertel dan eens wat er loos is.'

'Kunnen we iets afspreken na mijn dienst? Shit, ik weet eigenlijk niet eens of ik het wel zolang uithoud.'

'Al goed,' zeg ik, 'je houdt het wel vol. Ik kom je opzoeken wanneer je maar wilt.'

'Kun je hierheen komen?'

Ik wil echt nooit meer een stap over de drempel van Tacoma zetten, maar ik vraag: 'Hoe laat?'

'Twee uur?'

'Ik zal er zijn.'

John, de avondmanager, is bezig samen met Dina de kassa te inspecteren als ik binnen kom lopen. De bar is schoon, donker en verlaten. John tilt het uiteinde van de bar op, loopt erdoorheen en legt het weer neer. 'Goeie avond,' zegt hij, doelend op de omzet.

'Een van mijn beste,' bevestigt Dina.

'Hé, Layla, jou had ik zo snel niet terugverwacht,' zegt John. 'Ik ook niet.'

'Nou, jullie twee kunnen wel afsluiten, neem ik aan?'

'Geen probleem,' zegt Dina en bonjourt hem de deur uit.

Ze slaakt een diepe zucht en vraagt: 'Wat wil je drinken?'

'Wat dacht je van een Baileys?'

'Goed idee. Met ijs?'

'Ja.'

Ze pakt twee tumblers onder de bar vandaan, vult ze met ijs en giet ze tot de rand vol met Baileys. Ze klinkt haar glas tegen het mijne. We walsen het rond en nemen een slok. De zoete roomsmaak is hemels. 'Nou,' zegt ze, starend in haar glas.

'Wat is er aan de hand?'

Ze loopt om de bar heen en laat zich op de kruk naast de mijne vallen, haar zontatoeage verschuilt zich in de rimpels van haar buik. Als ze me tenslotte aankijkt, huilt ze. 'Verdomde Stan,' zegt ze hoofdschuddend. 'Die verdomde klootzak heeft een van de meiden van de make-up geneukt.'

'Shit.' Niet erg welsprekend, ik weet het, maar soms de enige manier om op dit soort informatie te reageren. 'Ik dacht altijd dat het zo goed ging tussen jullie.'

'Het ging ook goed! *Ging.* Ik bedoel, we waren een ideaal stel. Ik voelde me zo op mijn gemak bij hem, weet je wel? Hij aanbad me. *Aanbad* me!' Ik neem een slok, maar Dina huilt te hard om ook een slok te kunnen nemen, het ijs smelt en de bovenlaag van haar drankje wordt waterig. 'Ze is vijfentwintig en hij zegt dat hij haar niet laat schieten. Hij is gek op haar en gek op neuken met haar.'

'Shit.'

'Ik bedoel, hoe onvolwassen kun je zijn? Alles uit je poten laten vallen omdat je het lekker vindt om met iemand te neuken?'

'Mensen doen soms behoorlijk stomme dingen,' zeg ik, beducht om niet al te laatdunkende opmerkingen over Stan te maken voor het geval ze het weer goedmaken.

'En deze week word ik negenendertig, wist je dat? Godverdomme, negenendertig! Ga je met je kinderwens.'

'Ik dacht dat kinderen je niks konden schelen.'

'Dacht ik ook.' Ze staat te trillen en ik sta naast haar, omhels haar terwijl zij haar hoofd op mijn schouder laat rusten.

'Het komt wel goed,' zeg ik.

'Ik stelde voor dat we bij iemand langs zouden gaan, een therapeut of zo. Shit, een therapeut. Dat geeft wel aan hoe diep ik gezonken ben. Ik ben door therapeuten en dat soort volk altijd bespot en uitgelachen, en nu, loop ik hem zo'n beetje te smeken, zit ik op mijn knieën...'

'En?'

'En hij zegt dat hij wel mee zal gaan, maar ondertussen met haar blijft neuken.'

'Dat lijkt me niet eenvoudig.'

'Hoe moet ik daar nou onze relatie bespreken met iemand die hartstochtelijk weigert te stoppen met het neuken van zijn andere teefje?'

'Het beëindigen van het neuken zou een hoopvol signaal zijn.'

Dina lacht haars ondanks en joelt dan woest: 'Laat hem stikken, laat hem stikken, laat hem stikken.' Ze schudt haar hoofd, buigt zich over de bar en zoekt haar sigaretten.

'Ik heb nog,' zeg ik en haal een pakje uit mijn jack, neem er twee uit, steek die aan en geef haar er een van.

'Wat is er trouwens van die knapperd in de Hogs terecht gekomen?'

Ik haal mijn schouders op.

'Is het wat geworden?'

'O, ja,' zeg ik, 'maar de zaak heeft zich behoorlijk snel ontwikkeld.'

'Dus nu zijn jullie een stelletje?' vraagt ze belangstellend en opgelucht dat ze het nu over het beroerde liefdesleven van iemand anders kan hebben.

'Jup.'

'Nou, hoe gaat het dan?'

'Ik weet het niet,' zeg ik en probeer binnen te houden wat

een ramp het feitelijk is. 'Ik ben behoorlijk van de kook. Toch geloof ik dat hij min of meer bezet is.'

'Heeft hij een ander?' vraagt Dina hoopvol.

'Ik weet het niet. Ik geloof het niet,' zeg ik, maar nu ze het zo zegt, dat zou wel het een en ander verklaren.

'Hmm. Soms is het moeilijker als er geen ander is. Dan is het net of hij er niks aan vindt met jou.'

Als ik het niet met haar eens was zou dit me tegen de borst stuiten. 'Ja, dat maakt het moeilijker te verteren.'

'Nou, laat het even rusten.'

'Hij heeft ook een beetje sm-neigingen,' zeg ik, nadat ik heb besloten mijn hart deels te luchten.

'Wat?' schreeuwt ze, met een ontstelde blik in haar ogen.

Ik neem een beetje gas terug. 'Niks extreems hoor, alleen handboeien en vastbinden met satijn, dat soort dingen.'

'Heeft hij je zeer gedaan? Ik schop die vent zijn ballen er verdomme af –'

'Niet echt. Het is gewoon een beetje maf, weet je wel? We kennen elkaar gewoon nog niet zo goed.'

'Ja, jezus! Ik bedoel, je kunt doen waar je zin in hebt als je iemand vertrouwt en je bij elkaar op je gemak voelt en het is wederzijds. Was het wederzijds?'

'Nou, ik heb niet echt geprotesteerd. Ik wilde niet dat hij me een zeurpiet zou vinden.'

'Dus heeft hij je toen vastgebonden en nu dumpt hij je?'

'Ik weet het niet. We zijn afgelopen weekend naar Vermont geweest en dat was eigenlijk klote.'

'Ja jee,' zegt ze, 'het klinkt niet alsof hij echt je vertrouwen aan het winnen is door nu al geintjes met handboeien uit te halen. Heeft hij gebeld?'

'Nee.' Het feit dat ik het hele weekend met mijn creditcard heb betaald wil ik niet eens noemen.

'Wat een klootzak.'

'Ik voel me juist een klootzak,' zeg ik.

'Wat je ook doet, bel hem niet. Soms kunnen ze het gewoon niet hebben als ze merken dat het je niks doet. Niet dat ik wil beweren dat hij de moeite waard is.'

'Is dat je strategie met Stan?'

'Die kent me te goed. Weet dat ik al voor hem ben gevallen.'

'Maar misschien als hij dacht dat het over kon gaan, als jij ook een ander zou hebben.'

'Layla, ik ben een barvrouw van achtendertig. Wie zou mij nou willen? Op mijn leeftijd gaan ze er met de staart tussen hun benen vandoor als ze mijn tikkende klok horen aankomen.' Ze kijkt in haar glas alsof ze daar de oplossing van haar levensraadsel kan vinden.

Ik kan me niet voorstellen dat Dina, een van de populairste vrouwen die ik ken, zou denken dat mannen haar niet meer aantrekkelijk vinden. Ik zeg: 'Wat krijgen we nou, Stan laat je zitten en opeens doe jij alsof je je hele vrouwelijke aantrekkingskracht kwijt bent? De mannen kunnen jou niet weerstaan.'

'Toen ik bezet was konden ze me niet weerstaan,' corrigeert ze. 'Maar nu, weet je, nu ruiken ze de wanhoop op een kilometer afstand.'

'Heb je die eieren nog laten invriezen,' vraag ik hoopvol.

Ze zegt niks en ik krijg de indruk dat ik te ver ben gegaan. Ik vraag me af of ze weer opnieuw zal gaan huilen. Maar als ze me weer aankijkt, stralen haar ogen en glimlacht heel haar gezicht breeduit. 'Ja,' zegt ze. 'Reken maar van yes.'

Hoewel ik nog nooit een baan heb gekregen dankzij een sollicitatiebrief, besluit ik de computer uit mijn studietijd maar weer aan te sluiten en aan dat beroerde bijwerken van mijn cv te beginnen. Met dit blijk van amateuristische instabiliteit voor mijn neus bestudeer ik het document zoals een potentiële werkgever dat naar mijn idee zou doen en kom tot de conclusie dat die zou denken dat ik een malloot ben. Videoproductie? Assistent-advocaat? Skilerares? Serveerster in een kroeg? Kokkin? Dit is geen evenwichtig iemand, iemand die zich ergens in vastbijt en met hard werken en doorzettingsvermogen vaardigheden opdoet! Opklimt! Carrière maakt! Als ik voor het eerst in jaren mijn cv bekijk, word me duidelijk dat ik een manusje-van-alles ben, geen specialist in wat dan ook. Ik ben achtentwintig, heb van koken mijn vak gemaakt en ben verdomme niet van plan het erbij te laten zitten. Ik moet zorgen dat het lukt, wat een hekel ik ook heb gekregen aan het hele verblijf in de professionele keuken.

Door de kookopleiding wat uit te breiden, wat uit te weiden over mijn drietaligheid en door een paar restaurants aan mijn rijtje werkgevers toe te voegen, weet ik een complete bladzijde te vullen met kookwerkzaamheden. Ik was geen serveerster en skilerares, maar ik stond in de Cottonwood Lodge in Alta, Utah achter de grill, geen assistent-advocaat, maar hoofd sauteerder van het bedrijfsrestaurant bij Bartle, Jankman en Phipps. Bij Poker Productions produceerde ik eetshows (klopt).

Ik adresseer de envelop aan het Cooking Channel, lik hem dicht, plak er een postzegel op en gooi hem in de brievenbus.

∽

De tijd dringt. Jamie verhuist. Ik heb geen geld en kom met de dag dieper in het creditcardrood (het ergste soort!) Maar dat geeft allemaal niks. Ik heb besloten dat ik behoefte heb aan een eigen plek.

Gustav woont in Greenpoint en beweert dat ik daar een appartement kan krijgen voor dezelfde prijs die ik betaalde voor mijn helft van het appartement dat ik met Jamie deelde. Dat klinkt goed. Nu verhuizen naar Californië geen reële optie meer is, komt verhuizen naar de overkant van de rivier er het dichtste bij. Brooklyn, de nieuwe uitleg! Dat klopt niet helemaal. Brooklyn was een jaar of vijftien geleden de nieuwe uitleg. Nu is de tijd voorbij dat je er een stok in de grond stak en er je huifkar neerzette. Je moet uitkijken naar de minder toegankelijke (goedkopere) wijken, wijken als Greenpoint, Clinton Hill en Long Island City, wat bijna Queens is.

Ik neem op dinsdagavond *The Village Voice* door en op zaterdag de *Sunday Times* en stel me elke 'gezellige tuinstudio' en 'charmante, zonnige eenkamerwoning' voor. Wat zou ik een stuk gelukkiger zijn in een meer woonwijkachtige woonwijk waar de slager weet wie ik ben en ik op de stoep voor mijn huis tweedehands spullen kan verkopen. Dat zou een heel verschil zijn met het kille, onpersoonlijke Manhattan, waar niemand weet wie je bent en niemand dat wat kan schelen. Vooral Frank. Ik ben toe aan verandering, aan kleinsteeds menselijk contact.

Billy snatert door de telefoon: 'Je gaat me niet vertellen dat je naar Brooklyn gaat verhuizen.'

'Ik ben op zoek,' zeg ik.

'Op zoek naar een plek buiten de beste stad ter wereld?'

'Het is alleen maar de andere kant van de rivier.'

'Het kan net zo goed Timboektoe zijn! Ik zal je nooit meer zien.'

'Je hebt me sowieso bijna een maand niet gezien en dan wonen we ook nog aan dezelfde kant van het eiland.'

'Miguel,' zegt hij zuchtend.

'Ben je verliefd?'

'Ik ben bang dat ik helemaal afgeragd ben.'

'Ik hoop dat het geen zeer doet?'

'Schatje, je wilt het niet weten... Nou, jij bent dapperder dan ik. Toen ik hier in Manhattan kwam wonen heb ik gezworen dat ik hier zou blijven.' Hij klinkt als Barbara Stanwyck in een western.

'Ik kan het me niet permitteren'

'Ach schei uit met die flauwekul. Vraag Julia dan om hulp.'

'Nee.'

'Nou ja...' Ik zie dat hij het volgende niet wil zeggen, maar dat hij het niet binnen kan houden. 'Heeft je vader je nog iets nagelaten?'

'Da's weg.'

'Hoe bedoel je, weg?'

'Ik bedoel dat hij net voldoende heeft achtergelaten voor een opleiding en dat heb ik opgemaakt.'

'De man was verdomme miljonair!'

Ik probeer dit altijd te vergeten. Pas als Billy erover begint zak ik weg in een poel van zelfmedelijden waarin ik overdonderd raak door het gevoel dat ik zo wreed en ongewoon gestraft ben met ouders die nooit van me hebben gehouden. 'Ik weet het,' zeg ik.

'Nou, waar is al die poen dan?'

'Ik weet het niet. We hebben het er nooit over gehad. Ik neem aan dat mijn moeder bij de scheiding wat zal hebben gekregen en zijn vriendin de rest.'

'Klote.'

'Ik moet zijn geld niet.'

'Jawel.'

'Welnee.'

'Liefje, ik weet zeker dat Angus Mitchner dit niet heeft gewild.'

'Je doet alsof ik straks onder een brug lig, Billy. Shit. Het is Brooklyn! Het is daar prima.'

'Nou, ik hoop wel dat je tenminste ook zoekt in Heights.'

'Dat kan ik niet betalen.'

'Hoe verder je weggaat, hoe minder je vrienden je komen opzoeken,' zegt hij.

'Zo leer je je vrienden dan wel kennen.'

'Nou, wat kun je dan wel bekostigen, Mary Poppins?'

'Ik zoek in Greenpoint.'

'*Gunpoint*?'

'Leuk hoor.'

'De laatste keer dat ik in *Gunpoint* ben geweest, Layla, kwam ik er nauwelijks levend uit vandaan.'

'Het is een veilige Poolse wijk.'

'Zal wel...'

'Het wordt een nieuwe ervaring.'

'Dat is heel eufemistisch gezegd. Ik hoop dat je een busjes traangas of rode peperspray hebt.'

Ik verander van gespreksonderwerp en zeg: 'Raad eens wie ik afgelopen weekend in Sugarbush tegen het lijf liep?'

'Dick Davenport.'

'Hoe weet jij dat?'

'Heeft hij me verteld. En ik moet zeggen dat het me erg van je tegenvalt.'

'Wat?'

'Hij zei dat je met een of andere vent samen was.'

'Ja, hij was met een of andere meid.'

'Nou, als jij er op mijn feestje niet jankend vandoor was gegaan had dat hele gedoe met Lucinda geen kans gekregen.'

Dat is niet eerlijk. Ik zit sinds dat feestje al te broeden op wat daar is gebeurd – dat het niet klikte tussen Dick en mij, dat Julia ten tonele verscheen, dat ik de hele avond in de keuken belandde bij die oesters. 'Billy, ik vind het rot om te zeggen, maar Dick is niks voor mij en ik geloof niet dat ik iets voor hem ben.'

'Hij zei dat je heel goed kunt skiën.'

'Echt?'

'Ja.'

'Huh.'

'Ja, huh.'

'Hij kan ook heel behoorlijk skiën.'

'Dat mag ik aannemen, aangezien alle Davenports op ski's zijn opgegroeid.'

'Je bent een enorme snob.'

'Doe nou niet alsof jij uit een achterbuurt komt. Ik deel je voorlopig nog niet in bij de arme heffe des volks.'

'Nou, begin maar vast met indelen, want als je met elke dag een champagneproeverij bent opgegroeid, kom ik met de dag dichter bij merkloos pils.'

'Dat slaat nergens op, maar laat maar zitten. Wie was die kerel, als ik het mag vragen?'

'Het is uit.'

'Ik wist niet eens dat het aan was!'

'Ik had goede hoop. Eerlijk gezegd, zit het me behoorlijk dwars.'

'Wie heeft wie de bons gegeven?' vraagt Billy op het toontje van een belastingambtenaar.

'Het kwam zo'n beetje van twee kanten. Hij liet me min of meer zitten en daar heb ik het bij gelaten.'

'Hoe bedoel je, "liet me min of meer zitten"?'

'Ach, je weet wel, als je zo'n gevoel krijgt – dat iemand niet beschikbaar is? Dat je je best doet door je op te maken en sexy kleren aan te trekken en dat die ander dan niet zegt: "Wauw! Je ziet er fantastisch uit!", maar zo'n beetje teleurgesteld: "Je hebt make-up op" alsof het een soort vernedering is?'

'Jij hebt je opgemaakt en sexy kleren aangetrokken voor die pummel? Voor Dick had je geen make-up op of sexy kleren aan.'

'Ja, ach.'

'En, stelde hij het op prijs?'

'Ik geneerde me. Het is voorlopig de laatste keer geweest dat ik me voor een man heb uitgesloofd.'

'Hoho, even kalm nu. Besef je wel dat er waarschijnlijk iets elementair mis is met die vent als jij voor hem bent gevallen. Dick scheen niet erg onder de indruk.'

'Heeft Dick het over Frank gehad?'

'Frank? *Frank*? Klinkt als een loodgieter.'

'Hij is geen loodgieter,' zeg ik ter verdediging, al weet ik niet van wie. 'Hij is een Renaissanceman.'

'O, jee.'

'Niet iedereen begrijpt hem.'

'Mag ik bot doen?' vraagt Billy op verhitte toon.

'Sinds wanneer vraag je dat van tevoren?'

'Je weet dat ik van je hou, hè?'

'Als jij het zegt.'

'Nou, als vriend moet ik je zeggen – je hebt genoeg hopeloze romances met klojo's achter de rug om te beseffen dat je nog nooit met iemand bent uitgeweest waarvoor anderen begrip hebben. Je hebt talent voor het uitkiezen van rotte appels.'

'Je hoeft het er niet nog dieper in te wrijven.'

'Deed het zeer?'

'Nee. Je hebt gelijk.'

'Ik beweer niet dat ik de Relatieman ben.'

'Ik hoop van niet.'

'Maar ik ben homo. Van mij wordt het verwacht. Denk je er ooit over om een gezin met iemand te stichten?'

De haarzakjes op mijn achterhoofd beginnen te jeuken, want ja, uiteraard denk ik daar over na. Ik denk er veel aan. Maar ik zeg: 'Soms.'

'Je kunt er beter vaker dan soms aan denken, want je wordt er niet jonger op, dametje.'

'Bedankt voor het nieuws.'

'Graag gedaan.'

'Tot ziens.'

'Nee, wacht! Niet ophangen... Het zit me gewoon dwars dat het tussen jou en Dick niks is geworden.'

'Het zou niet voor het eerst zijn.'

'Hoor eens, als je om geld verlegen zit, mijn tante Dory heeft altijd mensen nodig om feestjes voor haar te cateren. Ik neem aan dat je geïnteresseerd bent?'

'Dat zou geweldig zijn,' zeg ik, al word ik strontzenuwachtig bij de gedachte dat ik iemands bekakte societyfeestjes moet cateren.

'Ik bel haar wel even.'

'Heb je Dicks adres, trouwens? Ik wil hem een bedankje sturen.'

'Waarvoor?'

'Hij stuurde afgelopen weekend een fles Dom.'

'Klasse,' zegt Billy. 'Ik hoop dat de loodgieter het lekker vond.'

'Ik waardeerde het.'

'Er is misschien nog hoop voor je.'

∽

Het hele Frankdebacle bezorgt me een ongelukkig, naar humeur. Ik mag nog zo helder hebben ingezien dat hij een onzekere dwangneuroot is, maar ik zou toch inmiddels door moeten hebben dat hij een lul is en dat ik beter af ben zonder hem.

Ik kan me stomweg niet voorstellen dat ik zo ben gebruikt en afgedankt. Ik ben oprecht gekwetst dat hij me na onze terugkeer naar New York niet heeft gebeld. En dat is samen met het gevoel dat ik me afgewezen weet, iets waar ik hom of kuit van moet hebben. Ik loop het voortdurend in gedachten langs. Wat heb ik verkeerd gedaan? Heb ik te veel betaald? Was ik te gretig? Heb ik hem seksueel afgestoten? Was ik niet onderdanig genoeg met die handboeien? Te assertief? Overheersend? Niet damesachtig genoeg? Nou, hij kan de pest krijgen.

Deze week eet ik erg weinig. Niet opzettelijk, maar doordat mijn trek in eten weg is. Zelfs in ijs. De kilo's vliegen eraf. Ik eet elke dag een tosti, met soms een avocado of grapefruit ter compensatie. Het is geen dieet. Ik val af, maar ik geniet er niet van omdat ik veel te veel bezig ben met de reden waarom

Frank me niet moet. Het valt niet te ontkennen – afgewezen worden is balen.

Dina belt een paar keer per dag, meestal onbedaarlijk jankend. Als we op een avond zitten te eten bij Jean Claude (nadat we anderhalve fles wijn hebben verstouwd) en allebei zo in mineur zijn dat we niet eens meer willen praten, zeg ik haar: 'Jij moet een beurt hebben.' Wat hetzelfde advies is als ik mezelf nu zou moeten geven.

Ze zegt: 'Werkelijk? Zou je denken?'

Ik zeg: 'Niks aan de hand, je moet gewoon zo'n leukerdje oppikken die bij je in de bar komt, meenemen naar huis en hem suf neuken.'

'Dat zou me in elk geval op andere gedachten brengen dan die ranzige porno die ik voortdurend in mijn hoofd afdraai met Stan en zijn make-upsletje in de hoofdrol.'

'Heb je d'r gezien?'

'Helaas wel.'

'Is ze leuk?'

'Dat zou je wel kunnen zeggen, ja.'

'Ze is waarschijnlijk vreselijk dom.'

'Niet echt. Ze is twee jaar terug afgestudeerd aan Barnard.'

'Hoe weet je dat?'

'Doordat Stan de aard van hun relatie zodanig heeft uitgelegd dat ik kan begrijpen waarom hij haar wil blijven neuken. Het is niet alleen lichamelijk, zegt hij. Ze zijn ook intellectueel met elkaar verbonden.'

'Klinkt als Markies de Sade.'

'Als ik niet zoveel van hem hield, zou ik er waarschijnlijk veel genoegen aan beleven om een gloeiende pook in zijn reet te steken. Wie neem ik eigenlijk in de maling – wat heeft dit met liefde te maken?'

'Doe het vanavond nog,' zeg ik. 'Kies een mooie jongen uit en zorg dat je er lol aan beleeft.'

'Ik weet niet of ik het kan. Ik heb al zolang geen ander meer gehad.'

'Volgens mij levert dat je geen problemen op.'

Week twee. Nog altijd geen Frank. Hoe langer hij niet belt, hoe geobsedeerder ik word, al was het maar omdat ik het privilege wil hebben om het uit te maken. Mijn hart slaat over elke keer dat de telefoon overgaat. Ik huur *Walking and Talking*, *Singles*, *Reality Bites*, *When Harry Met Sally* en bekijk ze aan de lopende band. Ik ben een dagboek gaan bijhouden waarin ik opschrijf wat er volgens mij tussen ons fout is gegaan, waarom Frank niks voor me is. Ik deel zijn tekortkomingen in en constateer dat hij eigenlijk een bang klein jongetje is dat te veel blowt. Dat is, zo vind ik, een heel vriendelijk oordeel.

Onder het schrijven begin ik de positieve kanten te zien: dat ik zo sterk ben en aantrekkelijk en dat elke vent die goed bij zijn hoofd is me graag zou willen hebben. En als Frank niet doorheeft wat voor moois hij had, als een sukkel als hij mij niet voldoende heeft leren kennen om mijn fijnzinnige gevoel voor humor en mijn intelligentie te leren waarderen, nou dan – KAN HIJ MIJN RUG OP!!!

∾

Gustav staat bij me op de stoep met een enorme Balducci-tas vol magrets de canard, een blikje groene peperkorrels, een pak room, nieuwe aardappels, bloem, boter, broccoli en een witte doos met een rood lint erom. Hij gaat voor me koken en hij wil niet geholpen worden. Ik hoef niets anders te doen dan rustig zitten, een glaasje champagne drinken en 'Laat de tovenaar zijn gang maar gaan-eh?'

Toen ik hem belde om te zeggen dat ik weemoedig was vanwege Frank en mijn zelfveroorzaakte baanloosheid en mijn werksituatie en mijn creditkaartschuld, zei hij dat ik me niet moest verroeren en daar is hij dan. Met belletjes om.

Ik zie hoe hij slooft, de nieuwe aardappels in plakjes schaaft op een mandoline en ze symmetrisch in een ovenschaal stapelt met room en gruyère. Hij werkt systematisch. Als de oven twintig minuten is voorverwarmd gaan de aardappels erin. Hij maakt kerven in de vetlaag op de magrets, dekt ze af met plastic, legt ze in de koelkast en wast vervolgens de broccoli. Ik sta erbij en kijk ernaar hoe professioneel hij is, terwijl ik de champagnebubbels op mijn tong laat prikkelen. Hij behandelt de etenswaren alsof ze leven – haalt de magrets zo zorgvuldig uit hun vacuümverpakking dat het net is of hij kuikentjes beet heeft en de groente pakt hij behendig, maar voorzichtig vast.

Als ik Gustav zo bezig zie voel ik me onzeker over wat ik nog allemaal moet leren. Hij bezit zoveel zelfvertrouwen en talent dat hij ondertussen een monoloog afsteekt over zijn recente heldendaden bij Gem. Hoe langer hij praat, hoe triester ik word, want het klinkt alsof het tussen hen koek en ei is.

Uiteindelijk rondt hij zijn betoog af met de mededeling dat 'Ze ja heeft gezegd-eh.'

'Wat bedoel je *ja gezegd-eh*?'

'Om met me te trouwen!' Gustav glimlacht en is zo gelukkig dat hij zou fluiten of jodelen als hij niet aan het praten was.

Ik probeer enthousiast te doen, maar om onbegrijpelijke redenen ben ik met stomheid geslagen. 'Wat geweldig voor je,' zeg ik. En dan kan ik me niet inhouden – 'Betekent dat dat ze ook een verblijfsvergunning krijgt?'

'O, die heeft ze al,' zegt Gustav.

Dan gaat het dus niet om de verblijfsvergunning. 'Gustav, ik weet dat je stapel op haar bent, maar is dit niet een tikje plotseling? Ik bedoel, hoe lang kennen jullie elkaar nu?' Mijn motieven zijn niet helemaal zuiver. *Niet te geloven dat vrijwel iedereen die ik ken gaat trouwen.* En wat me nog het meeste dwarszit – dat begin ik, terwijl hij de aardappels in de oven inspecteert met een schilmesje, helder in te zien – is dat ik er niet tegen kan dat hij zo gelukkig is.

'Twee maanden? Hoor 'ns, schatje, ik weet wat ik wil. Als ik zeker ben van mijn zaak, ben ik zeker van mijn zaak,' zegt Gustav zonder een spoortje van twijfel.

Ik bedenk wat een zegen het moet zijn om zo zeker te weten wat je wilt, er dan achteraan te gaan en het te krijgen.

'Daar kan ik niet tegenop,' zeg ik, drink mijn glas leeg en schenk me nog een bel champagne in. Deze avond, week, maand, jaar eigenlijk, gaat het niet zoals ik wil. Ik ben zo door Gustav van mijn stuk gebracht dat ik somber word en het glas bubbels in een paar slokken achterover sla en tot slot een zacht boertje laat.

'Hé, laat je nog wat voor mij over!' zegt Gustav en haalt ondertussen een klein glazen bakje uit de Balducci-tas dat eruitziet als – echt? *Foie gras*, naturel. Hij moet kapitalen hebben uitgegeven. Hij haalt sneetjes brood uit de oven, snijdt de korstjes eraf en hakt ze in diagonale stukken, punten. Hij legt ze op een schaal met de foie gras en een klein mesje middenin, schenkt zichzelf een glas champagne in, zet de schaal op de salontafel en zegt: 'Nu mag ik even bijkomen.'

Ik ben dol op foie gras en dat weet Gustav. Hij smeert een dikke laag roze-beige pulp op een puntje toast, overhandigt het me en kijkt genietend toe hoe ik ervan smul. Het diner is verrukkelijk – de pepersaus past perfect bij de half doorbakken eend die zo van zijn botten glijdt. De aardappels zijn roomzacht, goed gekruid en kaasachtig, de broccoli is felgroen, krokant met een knoflooksmaakje. Gustav heeft een fles cru bourgeois meegenomen en ik drink het alsof het druivensap is.

Het toetje bestaat uit een verzameling taartjes – crème brûlée van vanille met een chocoladekorst, limoen en peer. Ik gun Gustav er nauwelijks een vorkje van, want ik neem van beide grote happen. Gustav zet een metalen espressomachine op de oven en ik waggel naar het aanrechtkastje om de Courvoisier te pakken.

'Digestiefje! Goed idee, schat.'

Heeft Gustav door dat ik apelazarus ben? Ik ben over het dooie punt heen – ik voel me lekker en wezenloos. Eventjes vergeet ik dat van Gustav en Gem en zelfs Frank. Maar na mijn derde glas Courvoisier komen de jenevertranen. 'Waarom moest hij me niet, Gustav?' vraag ik in de hoop dat hij het antwoord weet.

'O, schatje. Maak je d'r niet druk om. Zo gewonnen zo geronnen, weet je?' zegt hij en streelt mijn arm.

'Maar ik wilde dat hij me lief vond.' Ik ben dronken, huilerig, triest.

' Ik weet zeker dat hij je lief vond, schat. Kop op! Hij moet je wel lief hebben gevonden-eh. Maar soms komt het er gewoon niet van, weet je? Herinner je je dat meisje nog waar ik verkering mee had, Suzy? Die heks uit Zuid-Amerika?'

'Vaag.'

'Nou, we hadden voortdurend ruzie. Ze was erg jaloers aangelegd.'

'Dat wist ik niet.'

'Nou, ze was zelfs jaloers op jou!' Hij zegt het met een verwijtende klank in zijn stem – zo van, wat een absurditeit.

'Was ze dat?'

Gustav knikt.

'Maar er was niks waar ze jaloers op kon zijn.'

'Weet ik-eh. Dat probeerde ik haar aan haar verstand te peuteren.'

'En?'

'O, het is nu allemaal, hoe zeg je dat? Voltooid verleden tijd?'

Daar mag hij het niet bij laten. Ik neem op dit moment genoegen met alles wat ik kan krijgen, zelfs de misplaatste jaloezie van ex-vriendinnen. 'Ik wil het horen, Gustav. Wil je alsjeblieft mijn zin doen?'

'Weet je nog dat je naar Perla kwam om die varkenshaas op te halen?'

'Ja.'

'En dat zij er toen was?'

'Ja.'

'En dat we net zo liepen te geiten als anders-eh?'

'Uh-huh.'

'Dat was het. Ze zei dat ze de chemie tussen ons kon zien en ze was ervan overtuigd dat we met elkaar naar bed gingen. Maar ze was niet goed bij d'r hoofd,' zegt hij en draait met zijn vinger rondjes in de buurt van zijn slaap. 'Ik heb haar gezegd dat ze niet zo stom moest doen-eh.'

Gustavs gezicht begint uit het lood te zakken en opeens voel ik me niet zat of huilerig – ik moet overgeven. Ik strompel van tafel met als enige gedachte dat ik op tijd bij de wc moet komen.

'Hé, was het eten nou zo beroerd?' roept Gustav me achterna.

Ik knal de deur van het toilet achter me dicht, val dronken in gebed op mijn knieën en reik naar mijn haar, maar besef dan dat er niets opzij valt te houden. Ik spuug een paar keer, er blijft een draadje spuug aan mijn lip hangen en ondertussen snuif ik de geur op van koel, schoon keramiek. Mijn maaginhoud komt in golven opzetten. Er wordt op de deur geklopt. 'Schatje? Gaat het een beetje?'

'Ja, prima. Ik wil niet dat je binnen komt.' De deur bevindt zich pal naast het toilet. Die versper ik met mijn in elkaar gedoken gestalte, maar ik voel hoe hij tegen de zijkant van mijn bil duwt. Als ik mijn hoofd opricht en naar de deur kijk, zie ik Gustavs bezorgde gezicht.

'Ik kom binnen-eh.'

Ik spoel snel door, scheur een lang stuk toiletpapier af en

begin de rand en binnenkant van de pot schoon te vegen. Gustav knielt naast me neer en begint zachtjes over mijn rug te wrijven. Ik zit, wachtend op de volgende golf, in de pot te staren. 'Ik wil je hier echt niet bij hebben,' zeg ik, maar zijn strelende hand op mijn rug kalmeert me. Op zachte toon zegt hij 'Het komt wel goed, schat. Straks ben je weer tiptop-eh.'

Ik geef nog twee keer over. Ik voel me opgelucht als het eindelijk achter de rug is. Ik ben niet meer licht in mijn hoofd en deels ben ik zelfs blij dat ik een paar duizend calorieën kwijt ben. Ik pak de toiletborstel en de toiletreiniger en Gustav zegt: 'Dat doe ik wel.'

En dus flos ik, spoel mijn mond met Listerine en poets mijn tanden terwijl hij het toilet schoonmaakt. Na afloop staan we schouder aan schouder elkaar in de badkamerspiegel aan te kijken. We zwijgen. Ik ben een spook. Achter mijn hoofd verschijnen traag de ezelsoren die Gustav met twee opgestoken vingers maakt.

Ik besluit dat ik die eikel wel bel als hij mij dan niet belt. Ik zal hem eens vertellen hoe ik erover denk. Dan zoek ik de problemen maar op. Het is misschien fout – nee, het is beslist fout, maar ik hoop dat ik me beter zal voelen als ik mijn hart heb gelucht. Een gevoel van 'afronding' krijg.

Ik schenk mezelf een glas wijn in om moed te verzamelen, sla het achterover en toets het nummer in. Verrassend genoeg neemt Frank op, dat is nog nooit gebeurd. Hij zegt ongemakkelijk en onhandig: 'O, hoi,' en de moed zakt mij in de schoenen.

'Ik wou eens even horen hoe het met je gaat,' zeg ik.

'O, best, prima. En jij?'

'Geweldig!'

'Mooi.'

Hij doet zo onsamenhangend, zo maf dat ik niet ontkom aan de vraag: 'Is er iemand bij je?'

'Ja, eerlijk gezegd wel.'

'Een vrouw?'

'Ja.'

Dat intrigeert me. 'Meen je dat?'

'Ja, ik heb een vriendin uit Los Angeles op visite.'

'Dat meen je niet.'

'Jawel.' Hij zegt zachtjes, met zijn mond dicht bij de hoorn: 'Ze heeft het moeilijk. Haar hond is net dood.'

Moet ze dan van de ene kant van het land naar de andere vliegen om zich door jou te laten troosten? Dat slaat eigenlijk nergens op, maar als het bedoeld is om mijn medelijden op te wekken, dan is het geslaagd. Het neemt me de wind uit de zeilen en mijn behoefte om Frank een extra anus te bezorgen is op slag verdwenen. Ik wil alleen nog maar ophangen en huilen. Ik zeg: 'Veel plezier met je logee.'

'Bedankt,' zegt hij.

Het duurt even voordat dit gesprek tot me doordringt. Echt, heus doordringt. Maar als dat het geval is, vind ik Frank een smerige hufter. Ik weet zelfs zeker dat hij alleen maar opnam om te voorkomen dat zij, wie het ook maar is, mijn stem niet hoort als het antwoordapparaat aanspringt. Volgens mij was die gel van Pantene van haar. Ik ben veel kapotter dan ik logisch beschouwd zou moeten zijn en ik ben kwaad omdat ik me door iemand als Frank heb laten kwetsen, in de ellende heb laten storten, mijn eetlust door hem heb verloren en me alom ellendig voel.

De telefoon rinkelt en mijn hart bonst in mijn keel. Stel dat dat Frank is? Dat hij belt om zijn excuses aan te bieden? *Weinig kans.* Een vrouwenstem: 'O, hallo Layla, Patsy McLure hier van Cooking Channel. We hebben je sollicitatiebrief van de week ontvangen en ik zou je willen vragen om op gesprek te komen.'

Ik ben te verbijsterd om op te nemen.

'Ach, blijkbaar ben je er niet, maar bel me dan even op 212-555-1966 als je in de gelegenheid bent dan kunnen we hopelijk iets afspreken. Bedankt en tot snel.'

Dit komt volslagen onverwacht. Iemand wil mij met mijn cv op sollicitatiegesprek hebben? Akkoord een beetje een opgeleukt cv, maar toch. Dat is echt voor het eerst. Ik toets haar nummer meteen in.

Patsy McLure vraagt of morgen om één uur schikt.

Tja.

Patsy McLure is klein en gedrongen en heeft halflang dik grijsblond haar. Ze is vriendelijk, komt niet bedreigend over en ziet eruit alsof ze net zo lief in Iowa taarten zou bakken als leiding geven aan Cooking Channel. 't Is geen Noel. Ze laat me de keuken zien, stelt me voor aan de andere koks en neemt me dan mee naar de studio waar diverse kookshows worden gemaakt.

De sfeer in de keuken is ontspannen; er zijn drie kokkinnen. Ze maken geen van drieën een gestreste of onderdrukte indruk. Ze kletsen alsof ze thuis in de keuken het eten staan klaar te maken. Het heeft iets halfzachts, maar ze staan er per slot van rekening geen maaltijden uit te persen in een restaurant, maar doen alleen de mise en place voor de chefs die op de zender programma's maken.

De kokkinnen hakken volmaakte tv-blokjes van de wortels en uien, meten boter en bouillon af, bedekken de fraaie glazen maatbekertjes en schaaltjes met plasticfolie. Een van de vrouwen bereidt een jambalaya in het beginstadium, de tweede bereid een jambalaya die half klaar is en de derde maakt een voltooide jambalaya en legt stukken worst en rivierkreeftjes rond de vuurrode kasserol van Le Creuset.

Ik krijg $25 per uur voor een achturige werkdag, het dubbele van wat ik bij Tacoma verdiende.

Op mijn tweede werkdag doen we de mise en place voor *Belle of the Kitchen*, het kookprogramma van Mavis Delacroix en na afloop komt Mavis ons werk inspecteren. Ze heeft een ijzig blond kapsel dat aan een paddestoel doet denken, felrode lippen en een Sally Jesse Raphael-achtige bril. Ze spreekt vrijwel geen woord, maar kijkt of we overal wel een plaatje van hebben gemaakt.

Er staat een televisietoestel in een hoek van de keuken waar we Mavis' show kunnen zien terwijl die live wordt opgenomen. Als de camera een close-up maakt van hoe ze een uitje snijdt, zie ik dat ze lange nagels heeft die net zo rood zijn gelakt als haar lippen. Aan drie van de vijf vingers van elke hand draagt ze ringen met enorme stenen. Zodra er geluid uit de zaal komt zegt ze flirterig: 'Oeps! Diamantje laten vallen.' Je zou verwachten dat een grande dame als Mavis Delacroix, schrijfster van diverse kookboeken en presentatrice van haar eigen kookprogramma wel wat indrukwekkend snijwerk zou laten zien, maar daarvoor hecht ze te veel belang aan haar nagels.

Na drie dagen werk in de keuken van Cooking Channel, drie dagen worteltjes geometrisch volmaakt bruineren, eetlepels boter afmeten en gerechten bereiden in begin-, midden- en eindstadium, begin ik me inderdaad enorm te vervelen. Ik probeer het tegen te gaan door hakken en snijden als meditatie te beschouwen, maar dat lukt maar matig.

De andere vrouwen in de keuken zijn aardig, maar ze zijn allemaal verloofd of getrouwd en hebben dit baantje aangenomen bij wijze van vulmiddel totdat ze kinderen krijgen. Ze zijn allemaal onder de indruk dat ik in echte restaurantkeukens heb gewerkt. 'Ik denk niet dat ik dat zou kunnen,' zegt er eentje. Die zal ik niet tegenspreken.

Hoe groot de opluchting ook is om ergens zonder druk of

mannen te werken, Cooking Channel is het soort zaak waar je tot je pensioen zou kunnen sloven zonder dat iemand ooit oog zal hebben voor je briljante blokjessnijtechniek en je artistieke vispresentatie. Het is eerder een halte onderweg dan een loopbaan. Sterker nog, te midden van deze aardige vrouwen met hun veilige relaties voel ik mijn onvolwassenheid en uit alles blijkende gebrek aan succes als mens nog sterker.

De sfeer is echter leuk genoeg. We hebben het over onze achtergronden, waar we vandaan komen en waar we op school hebben gezeten. We hebben het over meidendingen als waar je je coupe soleil laat doen of wie de beste gynaecoloog heeft. Ze vertellen over hun echtgenoten of aanstaande echtgenoten en ik vertel over de grapjassen uit mijn verleden. Ze hebben potentiële partners voor me – broers, vrienden, neven, schoolvrienden. Een van de vrouwen vraagt me of ik familie ben van Julia Mitchner en dat ontken ik.

We richten allemaal onze blikken op het scherm als Mavis Delacroix een pan vol gebakken meerval (die ik door het beslag heb gehaald en volmaakt glanzend bruin heb gebakken), uit de oven haalt en zegt: 'Kijk, dat vindt Mavis Delacroix nou om je vingers bij af te likken,' en ze knipoogt in de camera alvorens het publiek luid begint te klappen.

Ik kan er gewoon niet bij wat een succesnummer deze vrouw van zichzelf heeft weten te maken.

Ik kan lijn 1 nemen tot West Seventy-ninth Street en dan Central Park door lopen. Het is eind april en de narcissen staan in kleine groepjes op de vochtige groene hellingen. Fietsers rijden rondjes op het parcours van tien kilometer en joggers van diverse pluimage zijn goed gezond bezig. Ik zou ook moeten hardlopen, maar ik heb een kater van de fles Beaujolais Primeur die ik gisteravond met een joekel van een Cadbury-reep vol fruit en noten heb weggewerkt terwijl ik zat te snotteren bij een special van Lifetime over Dolly Parton. Ik heb nooit geweten dat het zo'n tof mens was – zingen, acteren – en dat lichaam! Heel indrukwekkend. Maar nu wil ik zo snel mogelijk terug naar Tenth Street om een dutje te doen.

Boven een enorme houten deur hangt een bordje 'East Seventy-ninth Street 151' in gouden letters en cijfers. Ik bel aan en terwijl ik sta te wachten zie ik welvarende vrouwen van mijn leeftijd met grote tassen van Saks Fifth Avenue en Grace's Market voorbij komen. Ze zijn van top tot teen gekleed in dure lichtgewicht jassen, teenplettende pumps en ze dragen grote zonnebrillen. Hun haar heeft veel volume en blonde lokken. Hoe krijgen ze het voor elkaar? Hoe komen ze aan al die weelde? Hebben ze allemaal gigantisch succes in hun verbijsterende loopbanen? Zijn ze met rijke kerels getrouwd? Criminelen? In mijn oude spijkerbroek en mijn haar dat alle kanten op staat, loop ik erbij als een zwerfster die bij de verkeerde metrohalte is uitgestapt.

De deur wordt geopend door een forse vrouw van een jaar of zestig met lang grijs haar. Beide armen worden van pols tot elleboog in beslag genomen door dikke zilverkleurige en turkooizen armbanden. 'Jij bent vast Layla,' zegt ze met een boterzacht stemmetje. Ze is bruin en heeft lachrimpeltjes in haar oog- en mondhoeken. 'Ik ben Dory,' zegt ze, steekt een hand uit en geeft me een ferme handdruk. 'Kom binnen!'

Ze is anders dan ik had verwacht. Ze gaat me voor naar een knusse woonkamer en wijst me een grote leren bank tegenover haar bijpassende leren fauteuil. Het meubilair heeft de kleur van een kastanjebruin paard, even zacht en glad. Onwillekeurig begin ik het te strelen. Door het brandende hout in de open haard hangt er een kruidig warme lucht in de kamer. Het ruikt er naar citroen en bomen. Het lijkt wel een advertentie voor Ralph Lauren.

Dory Windsor zit me een poosje aan te kijken en maakt me

dan aan het schrikken door op te springen en te vragen: 'Het spijt me zeer. Wat wil je hebben? Soms ben ik zo'n zwever. Heb je al geluncht?'

Ik heb vandaag nog niets gegeten, maar ik zeg: 'O, ja, jawel, dank u.'

'Nou, wat dacht je van thee of zo? Glaasje sherry, misschien?'

Een glaasje sherry klinkt uitstekend, maar ik zeg: 'Een kopje thee lijkt me heerlijk.'

Ze gebaart met haar hoofd en zegt speels: 'Volg mij maar.'

De keuken is niet bepaald 'professioneel ingericht', De messen, waarvan sommige roestig, zouden weleens geslepen mogen worden, en veel van de ijzeren koekenpannen zien eruit als overblijfsels van de burgeroorlog, maar dramatisch is het niet. Ik heb mijn eigen messen bij me en ook diverse braad- en sauteerpannen.

De eetkamer hangt vol met olieverfschilderijen die verdacht Van Gogh-achtig overkomen. Er staat een enorme tafel van dik eikenhout met bijpassende eikenhouten stoelen eromheen, met een kersenhouten rek waarin ik diverse flessen van de duurste sterkedrank zie staan naast kristallen karaffen, glazen en bokalen van elke soort en maat.

'Hier breng ik het grootste deel van mijn vrije tijd door,' zegt ze. 'Ik ben dol op koken. Wat heb jij een mazzel dat je er nog geld voor krijgt ook.'

Ik glimlach flauwtjes. Ik ben geloof ik iets minder enthousiast.

Ze schikt allerlei zelfgebakken haver-, pindakaas- en chocoladekoekjes op een bord en zet de waterkoker aan die het water in exact zestig seconden aan de kook brengt. 'Earl Grey goed?'

Ik knik.

'Melk en suiker?'

'Alleen melk, dank u wel.'

We drinken thee in de leren woonkamer en ik zit te wachten op het moment dat ze me gaat doorzagen over mijn cateringkwaliteiten als ze vraagt: 'Nou, vertel eens iets over jezelf. Over je dromen en wensen.'

Daar had ik niet op gerekend. Ik weet er geen goed antwoord op te verzinnen en zeg dus: 'Dat weet ik eigenlijk niet.'

'Dat geeft niks. Je bent nog jong. Je bent er misschien nog niet achter wat je dromen zijn. Of misschien heb je bepaalde dromen verwezenlijkt en zijn er nog geen nieuwe komen bovendrijven.'

'Zo jong voel ik me niet meer,' zeg ik.

'Ach quatsch!' zegt ze en maakt een wegwerpgebaar. 'Hoe oud ben je? Drieëntwintig? Vierentwintig?'

'Achtentwintig.'

'Dat meen je niet? Nou, achtentwintig vind ik ook nog jong.'

'Ik dacht dat ik een eigen restaurant wilde en daar zelf chef wilde zijn, maar ik ben gaan twijfelen. Het is zo ontmoedigend. Ik wil niet met een of andere feministische smoes aankomen, maar het is een enorme mannenwereld. Het valt niet mee om hogerop te komen.' En dan verbaas ik mezelf door eraan toe te voegen: 'Ik denk dat ik me heb vergist.'

'Vergissen is menselijk. Alles gaat met vallen en opstaan.'

Dat doet me goed. Ik heb lopen worstelen met het misverstand dat ieder ander compleet is, volledig afgerond geboren inclusief bestemming en tussenliggende haltes en zonder enige moeite of teleurstelling. Nu ik erbij stilsta hebben zelfs jongens als Dick ondanks al hun geld en de waardevolle contacten van de familie het waarschijnlijk niet eenvoudig gehad.

'Misschien dat cateren op privé-feestjes je wel beter bevalt.'

'Tot nu toe heb ik goeie ervaringen,' zeg ik en denk schuldbewust aan Billy's feestje. 'En u?'

Dory staart glimlachend in haar thee. 'In mijn jeugd wilde

ik schilderes worden. Maar daar was ik niet zo goed in. Ik deed erg mijn best en begreep niet waarom iemand als ik, die zoveel van mooie kunst hield – en er ook veel verstand van had – niet op het doek wist te krijgen wat ik voelde en dacht. Zoals je ziet,' zegt ze en wijst op het aquarel aan de muur achter haar waar onderaan de naam Manet staat, 'ben ik in plaats daarvan een soort verzamelaar geworden.'

Betekent dit dat ik eigenaresse zal worden van veel heel goeie restaurants?

'Ieder jaar,' zegt ze, 'geef ik in het eerste weekend van mei mijn lentefeest. Het vlinderfeest voor wie een winterslaap houden. Ik nodig mijn vijfenzeventig beste vrienden uit. Ik beschouw het zelf als mijn cadeau aan hen omdat ze de winter weer hebben overleefd. Ik heb iemand nodig die eten kan bereiden dat deze menigte verwelkomt in de wereld der levenden.'

'Dat kan ik wel,' zeg ik. Zodra ik het heb gezegd weet ik zeker dat het waar is.

Mavis Delacroix heeft haar menu van paasham met gebakken griesmeel en citroen-schuimtaart gerepeteerd. Ze laat Patsy weten dat ze een assistente nodig heeft die de vijftien pond zware ham uit de oven kan halen en glaceren terwijl zij 'het schuim tot verleidelijk bleke pieken opklopt.' Mavis neemt ons stuk voor stuk een gesprekje af en besluit nadat ze in mijn biceps heeft geknepen alsof het wonderbroodjes zijn, dat ik ermee door kan. Ik moet echter 'zwaar onder de make-up' en heb een 'complete kapselblitz' nodig.

Patsy vertelt me in vertrouwen dat ze blij is dat ze mij heeft uitgekozen. Ze dreigt mijn eerste baas te worden die ik leuk vind.

Ik geef het niet graag toe, maar ik ben zo opgewonden als

een bakvis. De make-up en kapper kunnen me niet snel genoeg komen. Ik dagdroom erover hoe Mavis en ik samen lopen te dollen, grappen maken over gevallen diamanten en alles behalve het aanrecht verpakken in zakjes van Ziploc en niet in die onhandige lompe tupperware. Op het laatste moment zegt Mavis Delacroix tegen de cameramannen dat ze niet te veel tijd moeten steken in de shots met de assistente, maar mij kan het niet schelen. Ik kom live op tv!

Marquis, de make-up- en haarman, heeft me verteld dat ik mijn gezicht en haar voor de opnames een daglang niet moet wassen – die moeten de noodzakelijke oliën aanmaken. In de kleedkamer onderzoekt hij mijn huid zorgvuldig voordat hij er foundation en blush op begint te kwasten. Hij komt heel dichtbij om losse wimperhaartjes te verwijderen en gaat vervolgens aan de slag. Eerst mengt hij kleuren en bouwt ze op mijn oogleden op. Dan volgen vloeibare make-up perziklippen en mascara. Er gaat heel wat tijd zitten in de verschillende haarproducten, vooral met Kiehl's Silk Groom. Marquis kneedt en doet terwijl ik zijn wintergroene adem inhaleer. Als hij klaar is herken ik mezelf maar nauwelijks. Ik lijk wel iemand anders en ik weet niet of ik die ander leuk vind.

Mavis Delacroix komt langslopen en zegt: 'Nou ben je een dame.'

Ik voel me er ongelukkig mee, maar ik heb ermee ingestemd en als ze willen dat ik erbij loop als Ronald McDonald, dan moet dat maar. Ik heb altijd gedacht dat je houding of gedrag bepalen of je een dame bent, niet je make-up. Als het alleen in de make-up zit, maak ik nog een kansje.

Tijdens de show sta ik mezelf zwijgend bezig te houden met het snijden van peterselie en andere groenten. Als Mavis Delacroix iets wil pakken, geef ik het haar snel aan. De ham moet opgebonden worden en de camera richt zich vrijwel steeds op het binden zelf. Dat was niet mijn bedoeling.

Mavis Delacroix klopt met een grote garde de eidooiers

voor het schuim. Ze draagt een mouwloos zijden topje en haar bovenarm gaat als een dolle tekeer. Ze kletst over haar grote witte landhuis in Georgia en haar man Buford en dat dit altijd zijn lievelingsgerecht is met Pasen. En dan doet ze iets onverwachts. Ze zegt: 'Layla, schat? Zou jij dit kloppen even van me over kunnen nemen, liever?'

Gloeb. De camera zoemt in op hoe ik dooiers stijf sla terwijl Mavis uitlegt hoe ik klop – stijve pols, constant tempo. Ze rolt zelfs de mouw van mijn koksbuis op om de aandacht op mijn sterke arm te vestigen. De bordjes worden opgestoken en het publiek applaudisseert. Voor de grap maak ik een buiging en daar wordt om gelachen. Ik blijf glimlachen en kloppen – ik ben een ster!

'Zo, en zou je nou die garde eventjes weg kunnen leggen en die prachtig gebruinde ham even willen invetten?'

De camera volgt me naar de oven terwijl Mavis een praatje houdt over hoe simpel het is om zelf de glazuur te maken en dat je dus geen duur spul uit een potje hoeft te kopen.

De hitte slaat me tegemoet als ik het deurtje van de oven open en met behulp van een keukenhanddoek trek ik het hele spit eruit met ham en al, zoals ik al de hele show doe. Maar als ik ditmaal het spit loslaat, klettert de ham met veel geraas op de grond en spettert de hete plaksaus mijn hele buis en broek onder. Het kabaal van de vallende spullen houdt maar niet op.

'Oeps!' zegt Mavis. 'Diamantje laten vallen!'

Ik schreeuw niet 'Godverdomde klotezooi!' zoals ik anders zou doen. In plaats daarvan kom ik vanuit het niets met een Jamie aanzetten: 'Potjes koffie!' En vervolgens, terwijl ik een losgekomen haarlok uit mijn gezicht blaas: 'Dat zal dan de Hope-diamant wel zijn.'

Mavis begint te grinniken: 'Schatje, de Hope *haalt* het niet bij die diamant.'

Ik trek de tweede keukenhanddoek uit mijn schort, raap de

hete, geglazuurde ham van de grond en slinger hem terug in de braadpan zoals een moeder een lastige baby verluiert. Wat het publiek niet weet is dat dit de halfgare ham is. De voltooide ham ligt in de keuken, afgebakken en klaar voor een close-up.

Ik loop steeds roder aan terwijl ik wild onder het aanrecht graai naar handdoeken en zeep. Ik hoor Mavis de voor- en nadelen van de verschillende soorten gelatine uitleggen die je voor de citroentaart kunt nemen. Ik merk dat een van de camera's me voortdurend volgt. Omdat ik niets te verliezen heb begin ik mijn draaiende schoonpoetstechniek op te frissen en merk op dat een tandenborstel de beste methode oplevert om geen kiertjes over te slaan.

Tijdens het schoonmaken is Patsy er met de ham vandoor gegaan in een tempo dat me, gezien haar omvang en gestalte verbaast. Weg met die oude ham, hier met die nieuwe. Die, zoals gebruikelijk is voorzien van een laklaag van een centimeter of twee die bestaat uit oneetbare glazuur, pigmenten en chemicaliën zodat hij meer wegheeft van een beeldhouwwerk dan van eten.

Ik loop naar het monsterlijke ding toe en vraag als een spelleidster aandacht voor de vele bijzondere kwaliteiten van de voltooide ham terwijl Mavis vertelt: 'Zoals u ziet is dit varkentje perfect gebakken. Die schitterende donkerroze kleur? Dat is de bruine suiker. Ziet u die glans – allemachtig, het water loopt me al in de mond.' Ze komt dichterbij om de geur te kunnen opsnuiven. De chemische lucht is zo sterk dat ze onwillekeurig moet hoesten en geen woord meer kan uitbrengen.

Automatisch meng ik me erin met de opmerking: 'Ruikt of deze ham herboren is!'

Er wordt gelachen en geapplaudisseerd. Met herwonnen zelfvertrouwen krab ik een paar keer met de achterkant van de lepel over de harde korst van de ham en zeg: 'Kogelvrij...

Denkt u eraan, de koks van *Belle of the Kitchen* zijn ervaren beroeps. Thuis hoeft u dit niet te proberen.'

Ik weet vrijwel zeker dat ik eruit zal vliegen.

Die avond rinkelt de telefoon als ik uitgebreid Jamies teleur-stellende verhalen over de jacht op de ideale trouwjurk aan-hoor. Ze neemt op en geeft hem schouderophalend door aan mij.

'Hallo, Layla hier.'

Ik weet niet wie het is, maar dat hoeft hij niet te weten, dus zeg ik voorzichtig: 'Hallo.'

'Weet je met wie je spreekt?'

'Ik moet toegeven dat ik geen idee heb.'

'Ach, wat vergeet ze snel.'

Nog niks.

'Met Dick Davenport.'

'Dick?'

'Zo kun je het beter niet uitspreken,' zegt hij. 'Luister Layla, ik heb je vandaag gezien bij *Belle of the Kitchen*.'

Ik weet niet of ik wel zo benieuwd ben naar Dicks interesse in kookprogramma's. 'En?' is alles wat ik weet uit te brengen.

'En ik wilde je even bellen om je te feliciteren. Billy heeft me je nummer gegeven. Ik hoop dat je dat niet erg vindt.'

'Prima,' zeg ik.

'Ik herkende je eerst nauwelijks. Je komt goed over op tv.'

'Dick, je mag me niet zo in de maling nemen.'

'Ik meen het!'

'Bedankt. Geloof ik.'

'De appel valt toch niet zo ver van de stam.'

'Ik heb het liever niet over appels en stammen,' zeg ik van-wege de vervelende vergelijking.

'Sorry,' zegt hij. 'Ik begrijp het. Ik kan het ook niet erg

waarderen als ze mij met mijn vader vergelijken.'

'Het geeft niet,' zeg ik. 'Maar zorg dat het niet weer gebeurt.' *Waarom doe ik zo krengerig?*

'Hoe dan ook, ik wilde je even vertellen dat ik je heb gezien en dat ik onder de indruk was.'

'Bedankt.'

Hij valt stil. Dan zegt hij: 'Graag gedaan. Heb je wel eens aan een eigen kookprogramma gedacht?'

'Van gedroomd, ja.'

'Denk er eens over na. Je zou het goed kunnen.'

'Bedankt voor je enthousiasme, maar er komt iets meer bij kijken dan alleen de wens.'

'Klopt...'

'Ja, klopperdeklopt.'

'Zeg, volgens Billy ben jij een fietser?'

'Uh-huh,' zeg ik en hoor dat hij een tweede lijn binnen krijgt.

'Zullen we een keer een ritje maken?'

'Best.' *Is dit een afspraakje?*

'Heb je een momentje?' vraagt hij.

'Geen punt.' *Ik heb de pest aan die verrekte wachtstand!*

Een paar seconden later is hij er weer. 'Mijn excuses.'

'Geeft niks,' zeg ik en hoop dat mijn toon me niet verraadt. 'Hé, nog bedankt voor die champagne, trouwens. Heb je mijn briefje gekregen?'

'Ja, bedankt. Het was me een genoegen. Zo te zien kon je het wel gebruiken.'

Ik hoor nog meer klikjes op de lijn. 'Moet je die niet aannemen?'

'Ja, misschien wel. Ik zit midden in een of andere klus. Ik bel je nog over een fietstochtje.'

'Ja, prima.' *Als je maar niet van me verwacht dat ik ademloos ga zitten wachten.*

'Oké. Prima dan. Tot ziens.'

'Tot ziens.'

'Wie was dat?' vraagt Jamie.

'O, die kerel, Dick, je weet wel, waar Billy me aan wilde koppelen.'

'Hmm. Dick wie?'

'Davenport.'

'*Dick Davenport* Dick Davenport?'

'Ja.'

'Die belt jou?'

'Hij wou even zeggen dat ik het er vandaag goed had afgebracht in die kookshow.'

'Jij hebt vandaag aan een kookshow meegedaan?'

'Ja, *Belle of the Kitchen*.'

'Met Mavis Delacroix?'

'Ja, die.'

'O jeetje mina,' zegt ze en plaatst voorzichtig een hand voor haar mond. 'Ik ben *dol* op die show.'

'Lijkt me logisch,' zeg ik.

Jamie geeft me zachte klopjes op de arm. 'Dus hij belde speciaal voor jou?'

'Is dat gek?'

'Zou ik wel zeggen. Ik bedoel, Dick Davenport is iemand die het druk heeft.'

'Hij is een vriend van een vriend, zoiets. Ik ben hem de laatste tijd vaak tegengekomen, dus is het niet zo vergezocht als het lijkt.'

'Eh, schatje? Weet je dat Dick Davenport eigenaar is van Cooking Channel?'

'Jezus Christus.' *Jeetje, Layla, misschien moet je Dick precies uitleggen wat er voor nodig is om zelf een kookprogramma te doen.* 'Eh, nee, dat wist ik eerlijk gezegd niet.'

'Tom doet wat juridische dingen voor hem.'

'O, ja?'

'Ja. Zegt dat hij heel aardig is, heel gewoontjes voor iemand die zo schatrijk is. Het lijkt me inderdaad niet eenvoudig voor iemand uit die familie. Die Davenports, dat is geen lolletje, als ik moet geloven wat ik erover hoor. Maar ik heb het idee dat Dick zijn uiterste best doet om eraan te ontsnappen.'

'En dat wil zeggen?'

'Heb je dat niet gelezen dan? Ze hebben zijn moeder een paar jaar geleden half naakt zwemmend aangetroffen in Duck Pond. Ze was vaker op Silver Hill dan wie ook. Niet dat dat onbegrijpelijk is. Als ik met Clive Davenport was getrouwd, zou ik door het lint gaan. Hij is een beest. En Dick draagt de last van het bedrijf, dat moet hij draaiende houden...'

'Oké. Dat is iets meer dan ik eigenlijk wilde weten.'

'Je vroeg er zelf om,' zegt ze.

'Nou, ik ben blij om te horen dat hij eraan wil ontsnappen. Ontsnappen is goed, ontsnappen, daar is moed voor nodig,' zeg ik, beseffend dat Dick en ik misschien meer gemeen hebben dan ik dacht.

'Pardon?' zegt Jamie en glimlacht spottend.

Ik haal mijn schouders op en besluit erover op te houden. Ik begin bang te worden voor mezelf.

Ik vraag Gustav of hij me voor $500 wil helpen Dory's lentefeest te cateren.

Zonder een tel te aarzelen zegt hij: 'Jah, tuurlijk.'

Ik zeg: 'Wil je d'r niet eerst over praten?'

Hij zegt: 'Doe niet zo mal-eh. Voor vijfhonderd dollar zou ik mijn moeder verkopen.'

'Heel charmant.'

Gustav en ik beginnen het menu samen te stellen. Oscar vindt het goed om de ingrediënten aan zijn lijst toe te voegen, zodat we alles bij de groothandel kunnen halen. Ik kan twee weken van tevoren al aan niets anders meer denken. Ik heb nachtmerries van zalen vol hongerige mensen die zitten te wachten op iets te eten, maakt niet uit wat, en ik loop er als een zombie tussendoor, niet in staat tot wat dan ook.

Gustav blijft daarentegen koel. Hij heeft er alle vertrouwen in dat het feestje onze doorbraak wordt. 'Zo begin je een bedrijf,' zegt hij me op een dag als we in Dory's keuken zitten te puzzelen welke pannen, schalen en borden we waarvoor zullen gebruiken. 'Besef je wel hoeveel hotemetoten er op dit feestje zullen rondlopen?'

Die manier van denken staat me niet aan, maar hij heeft wel gelijk. 'Wat verwacht je dan, dat anderen ons ook zullen inhuren?'

'Tuurlijk! Als we het fantastisch doen, waarom niet?'

'Geen idee. Ik maak niet graag misbruik van de situatie.'

'Schatje, dit is geen misbruik, dit gaat om je carrière. Zo gaan die dingen, ah?'

'Kennelijk.'

Tijdens het boodschappen doen bij D'Agostino koop ik een televisiegids en kom tot de ontdekking dat *Intrigues* van de buis is gehaald. Waarschijnlijk is dat de reden waarom Julia al een poosje niet meer heeft gebeld. Ik weet dat ze nog in leven is, want de cheque van $750 die ik haar een week geleden heb gestuurd is geïnd. Ik overweeg haar te bellen omdat ze veel aardiger en bescheidener is als ze zonder werk zit, maar ik besluit me in te houden. Het kleine beetje zelfvertrouwen dat ik de afgelopen weken heb opgebouwd wil ik niet kwijt.

Ik heb een afspraak met Dory om de zaken voor het feest door te spreken en dat draait erop uit dat we het met een fles wijn bij een Chinese afhaalmaaltijd over alles behalve het feest hebben. Het Frankfiasco verbaast haar allerminst. Als ik haar over de handboeien vertel, wuift ze dat weg met de woorden: 'Dat is niets. Toen ik in Sedona woonde werd ik verliefd op een Planetengoeroe die me aan een paal ketende, omringd door salie, die hij in brand stak om ruimtewezens te lokken.'

Ik ben verbijsterd.

'O, ja, die man had een hele cultus opgebouwd. Niemand wist dat hij verslaafd was aan de peyote. Die man was zo gek als een kokosnoot, maar ik was stapel op hem. Ik zou alles hebben gedaan wat hij me vroeg. Nou,' zegt ze giechelend en neemt nog een slok wijn, 'misschien niet alles.' Ze krijgt een peinzende blik. 'Ja, nu ik erover nadenk, zou ik absoluut alles gedaan hebben... Later komen alle dingen die je vroeger hebt gedaan dom en naïef op je over, maar ik heb mijn idiote verleden altijd als een goede leerervaring beschouwd. Volgens mij is het de kunst om te accepteren dat je bent zoals je bent en jezelf daar niet te veel voor te straffen.'

'Precies,' zeg ik en klink mijn glas tegen het hare. Na een slok wijn, zeg ik: 'Toch wil ik wel ooit een heuse relatie met een man.'

'O, dat zeg je nu wel, maar pas maar op. Toen ik alleen was wilde ik niets liever dan een man, maar na twintig jaar huwelijk wist ik niet hoe snel ik van hem af moest. Ik ben tot de ontdekking gekomen dat ik sinds mijn man me verliet al heel lang en gelukkig leef zonder man.'

'Geen gegadigden meer gehad? Vriendjes?'

'Ach ja,' zegt ze, 'Chin en ik gaan zo nu en dan met elkaar naar bed.'

'Wie is Chin?'

'Mijn schoonmaker,' zegt ze luchtig. 'Eigenlijk meer een vriend.'

Ik rijd de laatste tijd elke zaterdag met de fiets naar Central Park om daar het parcours te rennen. Ik zie er altijd een oudere man met woest wit Einsteinhaar, gebruinde kop en een niet-aflatende glimlach bij het meer rondhangen. In verschoten krantenartikeltjes wordt hij de Burgemeester van Central

Park genoemd. Vroeger liep hij marathons en sinds hij daarmee is gestopt loopt hij dagelijks van zijn huis in de Bronx naar het meer. Ik kijk naar hem uit. We zwaaien naar elkaar. Ik denk dat hij mij kan onderscheiden van de rest van de joggers naar wie hij zwaait.

Mijn haar is een beetje gegroeid en ik begin me weer een meisje te voelen en er ook zo uit te zien.

Ik ren over het modderpad rond het meer. Het is prachtig lenteweer – zonnig en warm – en aan iedereen in het park kun je zien dat ze de last van de winter kwijt zijn. Mijn naakte armen en benen zijn bedekt met een laagje zweet. De endorfinen doen hun werk, ik voel me heerlijk.

Ik heb een losse veter. Als ik buk om die te strikken zie ik op het ruiterpad een eindje verderop een aantrekkelijk stel lopen. Ze lopen schouder aan schouder druk te kletsen, geliefden die de eenzaamheid te lijf gaan, die op een mooie dag in het park een moment beleven om in te lijsten. Dat is voor mij duidelijk niet weggelegd.

Ik zit nu domweg te staren. Hoe meer ik staar, hoe bekender ze op me overkomen. Dick en Lucinda? *Kan kloppen.* Hij is losjes gekleed in een kaki broek en instappers. Zij loopt er op en top bij in een bloemetjesjurk, met een zijden sjaal koket om de hals gebonden – een moderne bohémien. Ze kan ieder moment een enkel breken op dat zo te zien nieuwe paar muiltjes met platte zolen.

Ik zit versteend in mijn gehurkte houding en mijn mond staat open – als hij niet zo droog was, zou ik waarschijnlijk kwijlen. De joggers die met meer modder dan nodig is voorbij komen spetteren kijken me afkeurend aan. Ik verstoor de hele gang van zaken op het parcours.

Er gaat een scheut van het een of ander door me heen – iets dat ik niet zo goed weet te plaatsen. Ik val niet op Dick. Onmogelijk! Hij heeft wel zijn goeie kanten, vind ik, maar hij heeft niet zo'n beste smaak waar het vrouwen betreft. *Mijn God, hij kijkt mijn kant op!*

Ik zie een blik van herkenning over zijn gezicht trekken en zie zijn blik zachter worden. Hij houdt zijn hand met de duim en pink gestrekt naast zijn hoofd. Heeft hij jeuk?

Ik sta op en ren verder.

Als ik mijn fiets aan de zuidkant van het park losmaak van het hek zie ik dat ik een lekke achterband heb. Je zou denken dat ik inmiddels zo verstandig zou zijn om een pomp en plakspullen bij me te hebben, maar neeeeee. Ik moet me er mee zien te redden. De gok wagen. En wat gebeurt er als je een gokje waagt? Nou, dan word je genaaid. In lijn 1 naar het centrum klapt het voorwiel tegen mijn benen. Ik veeg het vuil van mijn kuiten. Ik ben hondsmoe. Ik kan maar aan één ding denken, aan hoe lekker dat sportdrankje zometeen zal smaken als ik uitgestapt ben en bij het winkeltje sta. Ik kijk naar de bodem van de metro, de instappers, sandalen en schoenen, de boeken die de mensen lezen, neem ondertussen de ingrediënten voor Dory's feestje door. *Moet de bloemist nog bellen en de zaak waar je tafels en serviesgoed kunt huren... Dory zorgt voor de plaatskaartjes...*

Ik heb wel een leven, ook al heb ik geen vriendje.

Als ik thuiskom knippert het lampje van mijn antwoordapparaat. 'Hé, Layla, met Dick. Ik zag je in het park, heb je mij ook gezien? Maakt niet uit, ik was benieuwd of je nog steeds met me wilde fietsen...'

'Wil Lucinda niet mee?' vraag ik boos door zijn stem heen.

'... Laat dan maar horen.'

∼

Een week later sta ik op maandagochtend uien te snijden bij Cooking Channel. Ik heb een loopneus en de tranen biggelen langs mijn wangen op het moment dat ik Patsy McLure op de gang zie praten met een lang iemand met kort donker haar. Ze staan even later in de deuropening en Patsy zegt: 'Mag ik jullie aandacht, allemaal. Ik wil jullie voorstellen aan Dick Davenport, de eigenaar van Cooking Channel.'

Zelfs de getrouwde meiden glimlachen en groeten hem alsof ze flirten. *Goed, dan ziet hij er dus niet slecht uit. Nou en?*

Dick loopt naar me toe en geeft me een zakdoek met monogram. 'Wat is er aan de hand, treurig omdat je me nooit terugbelt?'

Ik negeer hem en blijf snijden en snotteren.

'Nou, je moet toch ergens zoveel verdriet om hebben,' zegt hij op vrolijke toon.

'Het zijn de uien,' zeg ik en mompel zachtjes, 'klootzak.'

'Hé, hé!' zegt hij en steekt zijn handen in de hoogte. 'Kunnen we dit buiten afhandelen?'

'Zie je niet dat ik het druk heb?'

'Buiten,' zegt hij en knikt in de richting van de deur.

Ik leg mijn mes met een klap op de snijplank en loop achter hem aan de gang op. Ik ben het zo zat om tweede keus te zijn. 'Wat nou?' vraag ik recht in zijn gezicht.

'Je hebt me wel in het park gezien, hè? Je hebt me daar met Lucinda zien lopen.'

Als hij die zelfvoldane glimlach niet van zijn smoel haalt... 'Ja? Nou en? Waarom bel je mij als je een vriendin hebt?'

'In de eerste plaats is ze mijn vriendin niet meer,' zegt hij ernstig. 'En in de tweede plaats bel ik jou omdat ik je aardig vind en ik graag meer tijd met je zou willen doorbrengen. Is dat goed?'

'Het is uit tussen jou en Lucinda?' vraag ik op iets te hoopvolle toon.

'Een poosje alweer.'

'Schat het aantal maanden eens.'

'Het aantal uren bedoel je?'

'Zwijn dat je bent,' zeg ik en maak rechtsomkeert.

'Ho, ho, ho nou eens even,' zegt hij en legt een hand op mijn schouder. 'Dat was een flauwe grap, maar ik zie dat hij verkeerd bij je valt. Het is al drie maanden uit,' zegt hij, en steekt datzelfde aantal vingers op.

'En jullie wandelen nog steeds door het park samen?'

'Je hoeft het niet te geloven, maar we zijn nog steeds bevriend.'

'Dat is heel volwassen van je.'

'Ja,' zegt hij en daardoor voel ik me kinderachtig.

'Oké,' zeg ik.

'Oké wat?'

'Oké, ik wil wel met je uit fietsen. Maar meer niet!' Nu glimlach ik.

'Wat dacht je van fietsen en een hotdog eten?'

'Dat zien we dan wel weer.'

'Een colaatje dan?'

'Overdrijf het nou niet.'

❧

Gustav en ik bereiden alles voor zodat het allemaal klaar staat wanneer de gasten arriveren. Het enige dat we dan nog moeten doen is de diverse hors d'oeuvres opwarmen en zorgen dat alles op tijd is en perfect ogend de keuken verlaat. Dory heeft een heel bataljon bedienend personeel ingehuurd, allemaal traditioneel gekleed in zwart colbert met stropdas, zelfs de vrouwen. Er zijn twee afwassers om borden en schotels te spoelen zodra die terugkeren naar de keuken.

Gustav en ik hebben bakkersbroeken en splinternieuwe koksbuizen aan, met gevouwen witte sjaals om de hals en koksmutsen op. We werken goed samen. Gustav commandeert me niet rond en volgt zelfs een paar keer mijn orders op zonder mijn meisjesstem na te bauwen.

Billy komt de keuken binnen in een smoking met een cumberlandband met Liberty-bloemetjes en een vlinderdas. Miguel aan zijn zijde draagt een traditionele smoking met een zachtroze overhemd en das. Ze vormen een prachtig paar. 'En kijkerdekijk eens hier,' zegt Billy, 'ik zie dat je helemaal past bij de Windsorkeuken.'

Ik ben op en top geconcentreerd bezig warme filodeegdriehoekjes gevuld met blauwe kaas en walnoten op schotels met papieren kleedjes te leggen.

'Ik hoor dat Dory en jij het goed met elkaar kunnen vinden?'

'Billy,' zeg ik, mijn ogen gericht op mijn werk, 'niet nu.'

Hij pikt een driehoekje van de schaal met de woorden: 'Neem me niet kwalijk, Miguel? Kom eens hier, dan voer ik je.'

Miguel is ietsje langer dan Billy en moet bukken voor zijn hapje, ongeveer als een misdienaar die communie doet. 'Delisicjocs,' zegt hij op zijn Frans met Portugees accent.

Als Miguel er voldoende van heeft genoten, propt Billy de rest in zijn eigen mond en zegt: 'Je hebt jezelf echt overtroffen.'

'Bedankt-eh,' valt Gustav hem in de rede. 'En nu moet ze kaviaar op deze poffertjes gaan lepelen.'

'Kom wel even naar buiten als je klaar bent, oké?'

Het etentje is een doorslaand succes. Gustav en ik zijn bekaf als we naar de eetkamer gaan. We hebben onze koksmutsen afgezet. Er wordt tegen kristal getikt. 'Allemaal! Mag ik even stilte, alsjeblieft!' Dat is Dory. Nu weet ik van wie Billy die gewoonte heeft. Opeens verstommen alle gesprekken tot fluisterniveau en vervolgens tot totale stilte. Dory staat op, laat de stilte gewicht geven aan wat ze wil gaan zeggen en roept dan uit: 'Mag ik u voorstellen aan Layla Mitchner en Gustav Marcam, de koks!'

Luid applaus. Er klinken aanmoedigingen. Meer zilver tikt tegen kristal. Ik kijk naar die zee van gezichten. Eén groot waas, een heerlijke adrenalinestoot. Gustav pakt mijn hand, steekt die in de lucht en we buigen alsof we acteurs zijn die een open doekje krijgen.

Als ik weer overeind kom, springt één gezicht eruit. Onze blikken kruisen elkaar en hij staat op en loopt me tegemoet. Een klein groepje vrouwen van middelbare leeftijd richt haar blikken op Gustav en de rest van de gasten hervat de gesprekken. 'Jij duikt tegenwoordig overal op, of niet soms?' vraagt Dick Davenport.

'Loop jij mij te stalken?'

'Dory is eigenlijk mijn petemoei. Ik kom al op de lentefeestjes vanaf het moment dat ik kan lopen... Dus, jij loopt bij te klussen?'

'Ik probeer mijn appartement te behouden nu mijn huisgenote is vertrokken.'

'Een echte doorzetter. Daar hou ik wel van,' zegt hij met een blik alsof hij het meent.

Ik zou mezelf niet zo snel als doorzetter omschrijven, maar ik ben blij dat ik Dick in die waan kan brengen. In zijn smoking is hij een schitterende verschijning en daarom zou ik willen dat ik iets vrouwelijks aan had.

'Je ziet er prachtig uit in je uniform,' zegt Dick alsof hij mijn gedachten heeft geraden.

'Bedankt. Jij ziet er ook niet slecht uit in dat pinguïnpak.'

Hij verschikt zijn vlindertje, kijkt een tikje schaapachtig en zegt: 'Ik heb de pest aan die dingen... Ik moet eigenlijk iets met je bespreken.'

'Ga je gang.'

'Laten we even naar de keuken gaan,' zegt hij en neemt me bij de arm. Hij haalt een pakje sigaretten uit zijn zak, tikt er eentje omhoog en haalt die eruit. Hij steekt hem voor me aan en zegt dan: 'Kunnen we die delen? Ik rook eigenlijk niet.'

'Ik ook niet,' zeg ik, inhaleer en geef het ding door.

Hij neemt een haal, geeft hem terug en vraagt: 'Had jij die appeltaart gemaakt?'

'Ja.'

Dick knikt met een bedachtzame blik in zijn ogen, alsof hij het in zijn hersenen prent.

'Die smaakte je beroerd,' zeg ik met bonzend hart.

'Nee,' zegt hij, schudt zijn hoofd plechtig en kijkt naar de grond.

'De korst was niet bros genoeg,' zeg ik, de minpuntjes van de taart opsommend, 'en de vanilleroom had wel wat zoeter gekund, ik weet het, en ik wilde het een beetje zelfgebakken laten lijken –'

'Layla,' zegt Dick en legt een hand op mijn arm, 'wil je alsjeblieft even je kop houden?'

'Hoor 'ns, ik had vanavond heel veel aan mijn hoofd en het spijt me als het toetje niet helemaal voldeed aan de Davenportstandaard...'

'Het was verrukkelijk,' zegt hij eenvoudigweg.

'O,' mompel ik gegeneerd. 'Dank je wel.'

'En datzelfde geldt voor alles wat er op het menu stond.'

'Ja, nou, de béarnaise begon op het laatst wel te schiften.'

'Je moet maar snel complimentjes leren accepteren,' zegt hij.

'Ik heb het niet alleen gedaan,' zeg ik.

'Heb je er nog over nagedacht of je een eigen programma zou willen?'

'Dat heb ik je al verteld, ik droom ervan, meer niet.'

'Ik wil graag dat je een voorstel doet voor een pilot voor een kookprogramma.'

'Heus?'

'Ja, heus. De waarderingscijfers van *Belle of the Kitchen* schoten omhoog toen jij eraan meedeed. Het was realitykook-tv – ik ben ervan overtuigd dat we een nieuw genre hebben gevonden. Jij komt behoorlijk vrijgevochten over, durft buiten de gebaande paden te treden. Zorg dat ik voor het eind van de week iets heb, dan bespreken we dat.'

In mijn enthousiasme flap ik er bijna *Dat gaat goddomme mooi niet door!* uit. Maar gelukkig hou ik me in en zeg kalm: 'Aye-aye, kapitein.'

'Wie zit er in mijn keuken te roken?' vraagt Dory als ze met een glas port binnenkomt.

Dick geeft haar een sigaret en steekt die aan. Na een flinke haal ervan te hebben genomen, zegt ze: 'Een van de grote genoegens des levens.'

'Je rookt er nog steeds maar eentje per dag, toch?' vraagt Dick.

'Klopt, schatje, alles met mate. Nou dacht ik, Layla,' zegt ze, pauzeert om een koel sliertje rook uit te blazen en kijkt me van terzijde aan, 'als je liever een beetje rondloopt en wat wil drinken kun je van mij wel wat kleren lenen.'

Dick zegt: 'Ze ziet er fantastisch uit zo.'

Gustav kreunt: 'Dat zegt meer over jou dan over haar.'

'Welke schoenmaat heb je?' vraagt Dory.

'Negen.'

'Perfect,' zegt ze, 'kom maar mee.'

'Wil je wel geloven dat ik een plaatje was,' zegt ze als we in haar enorme kast staan, omgeven door rekken met jurken, broekpakken en een verzameling schoenen waar Imelda Marcos jaloers op zou zijn. 'Mijn levenlang geen jurk weggegooid.' Ze rommelt met een hand door meters zijde, wol en kasjmier en houdt met de andere het glas port beet. Ik zit in mijn vuile koksbuis en onderbroek op de grond mijn zere voeten rust te gunnen en adem de geuren in van allerlei weefsels met restjes parfum.

Dory draait zich opeens van de kleren af en zegt: 'Dick is een geweldige jongeman. Ik wil hem gelukkig zien.'

'Hij komt op mij behoorlijk gelukkig over,' zeg ik.

'Hij heeft het niet gemakkelijk gehad,' zegt ze zachtjes, bijna in zichzelf.

Ik sta op het punt haar te vragen wat er precies aan de hand is met Dick Davenport als ze vrolijk 'Voilà!' roept. 'Volgens mij is deze ideaal voor jou.'

'Wie is dat?' vraag ik als ik mezelf in de spiegel zie. Ik heb een mouwloze chiffonjurk aan die hier fladdert en daar goed aansluit, met een lichte kleur blauw waarbij mijn ogen goed uitkomen. De rug is laag uitgesneden en de voorkant duwt mijn boezem zo op dat ik beter voorzien overkom dan ik ben. De pumps van zacht lichtbruin leer, zijn hoog maar zitten niettemin comfortabel.

Dick zit in de keuken met Gustav een sigaretje te roken als Dory en ik binnenkomen. Ze kijken tegelijk op en hun gesprek stokt.

Ik zie er bespottelijk uit...

'Schatje,' zegt Gustav.

'Van hetzelfde,' zegt Dick.

'Hé-eh, misschien kunnen jullie het drinken beter overslaan en een kamer zoeken,' zegt Gustav.

Ik werp hem een blik toe.

'Wat nou? Ik zeg gewoon wat ik zie-eh.'

'Nou, waar wordt het, kinders? Het Carlyle?' vraagt Dory en neemt een haal van Dicks sigaret.

'Ik weet het niet. Layla? Wat dacht je van het Carlyle?'

Niet bepaald stoer, niet erg hip, maar om een of andere reden heb ik veel meer zin in een drankje in het Carlyle dan ik ooit in een drankje elders heb gehad. 'Klinkt uitstekend,' zeg ik en verlies me in een dagdroompje met in de hoofdrollen een verbeterde versie van Dick en mij die Bombay-martini's met grote groene olijven drinken en elkaar lieve dingetjes toefluisteren. Die bij nader inzien geen lieve dingetjes zijn, maar veelbetekenende dingetjes.

In de zak van Dicks smokingjasje begint een mobieltje te rinkelen, en dat haalt hij tevoorschijn en neemt hij mee de keuken uit. Als hij terugkeert, ziet hij bleek, pakt zijn jasje en zegt: 'Ik moet ervantussen.'

'Ervantussen!' giert Dory teut. 'Waarvan tussen?'

'Familiecrisis,' zegt hij in zijn smoking schietend.

En het Carlyle dan? En ik dan? wil ik vragen, maar hij rent zonder afscheid te nemen naar de deur. Daar stopt hij en staart lang genoeg mijn kant op om mij de kans te geven te brullen: 'Wat voor familiecrisis?' Mijn stem klinkt niet bepaald meelevend.

'Het spijt me,' zegt hij, met een blik die ofwel betekent 'Fors balen' of 'Geloof me alsjeblieft.' Ik weet niet welk van de twee.

'Geeft niks,' zeg ik met een dappere glimlach, al wil ik het liefst in elkaar zijgen tot een grote berg zijde. *Familiecrisis, ja, best, tuurlijk.* Ik zie er bespottelijk uit in deze zogenaamd mooie, feestelijke uitdossing. Dit is Gods straf voor wie de boel besodemietert.

Dory loopt achter Dick aan naar de voordeur. Ik hoor ze zachtjes met elkaar praten voordat de zware houten deur dichtvalt. Ik hoor nu ook andere stemmen en gezoen in de gang, er wordt afscheid genomen.

Ik stort me op een metalen stoeltje naast de keukentelefoon. 'En weg is hij weer,' zeg ik tegen niemand in het bijzonder.

Gustav kijkt me vol medeleven aan, steekt de fles champagne op en zegt: 'Ik heb het juiste medicijn.'

Starend naar de blauwzijden plooien rond mijn boezem, denk ik: *Waarom schrik ik mannen af?*

Ik hoor een kurk ploffen en voel een koude flûte in mijn hand.

'Geloof jij het?' vraag ik.

'Geloof ik wat?' vraagt Gustav perplex.

'Die familiecrisis.'

'Tuurlijk, waarom niet-eh,' zegt hij schouderophalend.

'Ik weet niet. Het is gewoon zo verdomd typerend,' zeg ik terwijl het gevoel van afwijzing plaatsmaakt voor boosheid. 'Volgens mij dumpt die lul me!'

'Sorry, maar wat is er nou eigenlijk aan de hand?' vraagt Gustav op licht geërriteerde toon. 'Waarom neem je onmiddellijk aan dat hij je dumpt? Soms denk ik dat je niet begrijpt wat anderen van je vinden-eh.'

'O jawel,' zeg ik snel.

'Je kunt behoorlijk hekserig doen.'

'Klopt,' zeg ik en kan een glimlach niet onderdrukken.

'Maar je kleedt je leuk,' zegt hij en laat zijn wenkbrauwen een paar keer op een Groucho Marx-manier bewegen. 'Het lijkt me een aardige vent.' Gustav neemt een grote slok champagne, smakt met zijn lippen en boert luidkeels.

'Niet zo aardig als jij,' zeg ik, neem een teug en boer op mijn beurt ook.

'Ach schatje, d'r kan ook niemand aan mij tippen. Ik heb het je al duizend keer gezegd,' zegt hij, steekt zijn hand uit, neemt me in zijn armen en drukt in een dwaze danshouding zijn wang tegen de mijne. Hij laat me op professionele wijze een paar rondjes draaien voordat hij me loslaat en me een schort aangeeft. 'Die jurk moet je netjes houden,' zegt hij, knikkend naar diverse schalen varkenshaas en gepocheerde zalm die nog weggezet moeten worden.

Ik trek de schort over mijn hoofd, knoop de touwtjes rond mijn middel. Zo dragen koks hun schorten normaliter niet. Doorgaans worden zelfs extreem lange schorten netjes van boven naar beneden dubbel gevouwen en rond het middel geknoopt, met de touwtjes netjes onder de plooi, maar Gustav heeft gelijk, ik moet Dory's jurk schoonhouden.

'Ik haal even mijn muilen,' zeg ik, doe voorzichtig de pumps uit en leg ze boven op een keukenkastje. Ik neem de wenteltrap naar Dory's kamer, liever dan de lift, want zo heb ik wat tijd om na te denken, een beetje tot mezelf te komen. *Familiecrisis, familiecrisis... Waar ziet hij me eigenlijk voor aan?* Ik moet mezelf geloof ik gelukkig prijzen, dat hij me heeft laten zitten voordat de zaak uit de hand liep. Zou ik zo langzamerhand niet eens moeten begrijpen dat ik niet in de wieg ben gelegd voor relaties? Er zijn genoeg stoere vrouwen die alleen door het leven zijn gegaan, of niet soms? Georgia O'Keeffe – nee, die was wel getrouwd... Flannery O'Connor – maar die is geloof ik al jong overleden....

Als ik terugkeer in de keuken staat Gustav bij de wasbak zijn messen af te wassen. Zijn aanrecht is keurig schoon en leeg. 'Dory vindt dat wij de restjes maar mee moeten nemen,' zegt hij over zijn schouder. 'Ik heb een tasje voor je klaargezet.'

'Bedankt Gustav.'

'Schat?' zegt hij en draait zich naar me om, 'maak je niet al te druk over die kerel, oké-eh?'

Ik loop op zoek naar mijn vuile messen naar het aanrecht en zie dan dat Gustav mijn messen al heeft afgewassen, afgedroogd en op een rijtje op een schone droge theedoek heeft gelegd. 'Je had mijn messen niet hoeven schoonmaken,' zeg ik, blij dat hij het wel heeft gedaan.

'Graag gedaan, schat van me.'

Zwijgend steken we de lemmeten in de kartonnen beschermhoezen en duwen ze dan op hun plek in onze koffertjes.

'Zeg maar dat ik niet zo argwanend moet doen,' zeg ik en voel de wanhoop in me oprijzen.

'Misschien wel, misschien niet.'

'Bedankt. Daar heb ik wat aan.'

'Ik kan je een ding wel vertellen – als het voorbestemd is om goed af te lopen, dan gebeurt dat ook.'

'Juist,' zeg ik en zucht een paar keer diep. *Loslaten, loslaten, loslaten....*

Als ik de schort afdoe sta ik midden in de keuken op mijn muilen vol sausspetters in die jurk.

'Staat leuk, schat.'

'O, vind je?' zeg ik, klos overdreven naar mijn stoel, laat me erop vallen, steek een niet brandende sigaret in mijn mond en sla als een vent mijn benen over elkaar, enkel op knie.

'Leuk ondergoed,' zegt Gustav. 'Kom op, trek je mooie

schoentjes weer aan, dan drinken we deze champagne op het balkon op.'

Billy en Miguel zitten daar al digestiefjes te drinken uit cognacglazen zo groot als kinderhoofdjes. De meilucht is zacht, het briesje vanaf de Hudson warm. Billy's gezicht duikt op vanachter zijn glas 'Kie-ke-boe!' zegt hij. En vervolgens: 'Wat hoor ik nou over een voorstel voor een nieuw kookprogramma?'

'Ja,' zegt Miguel in zijn gebrekkige Engels en knikt enthousiast.

'Ik wil het er niet over hebben,' zeg ik.

Dat negeert Billy. Hij begint een hele litanie. 'Een tikje alledaags en toch avontuurlijk, net als jij, voor jonge, actieve mensen – jij weer – die het te druk hebben om zelf te koken maar toch graag iets nieuws willen leren. Misschien snakken ze ernaar om de stad te verlaten, hun baan en hun relatie op te zeggen, niet meer zo vaak uit te gaan als vroeger. Je zou een wereldreis kunnen maken! Overdag op een kameel zitten en 's avonds met de bedoeïenen couscous in elkaar flansen! Bungeejumpen en kangoeroeburgers! Skistunts met fondue! Dit is een programma waarvan de presentatrice plaatsvervangend leeft voor de kijkers – hé! Dat is een goed idee! Je noemt het bijvoorbeeld "De Plaatsvervangende Kok"! Of je kunt het ook voor mensen die seksueel tekortkomen "De Vibrerende Kok" noemen. Je zou vibrators kunnen gebruiken als gardes!'

'Hou op!' zeg ik. 'Dick Davenport is niet in mij geïnteresseerd, hoe dan ook, voor wat dan ook. En eerlijk gezegd,' voeg ik er ietsje minder zeker van mezelf aan toe, 'ben ik ook niet geïnteresseerd in hem.'

'Ga snel op je handen zitten, Miguel. Je kunt je ledematen maar het beste beschermd houden als ze zo begint te doen,' zegt Billy.

Miguel begrijpt het Engels kennelijk beter dan hij het spreekt, want hij duwt meteen zijn handen onder zijn billen.

'Dick moest overhaast weg, vanavond,' legt Gustav uit.

'O,' zegt Billy relativerend. 'Nou, dat betekent toch niet per se iets, of wel?'

'We zouden net naar het Carlyle gaan voor een drankje,' zeg ik.

'En?'

'En niks! Hij moest weg. Meer niet.'

'Iets over een crisis,' zegt Gustav.

'Crisis? Wat voor crisis?' vraagt Billy.

'Precies,' zeg ik, de bezorgde klank in zijn stem negerend.

'Layla, is het tot je doorgedrongen dat er iets heel ergs kan zijn gebeurd?' vraagt Billy en trekt me zo even los uit mijn eigen kleine wereldje.

'Nee, niet aan gedacht,' zeg ik zachtjes.

'Nou, heeft hij een of andere reden genoemd?'

'Nee, hij ging er gewoon vandoor.'

Billy leunt achterover en terwijl hij met een peinzende blik de donkere vloeistof door zijn cognacglas walst, zegt hij: 'Wat zal ik ervan genieten als ik die jongeman een pak voor zijn broek ga geven.'

Ik hoor gelach als ik mijn huisdeur nader. Ik geloof niet dat ik Jamie en Tom nu kan verdragen met hun champagne en hun heerlijke ideale leventje. Ik glip de keuken binnen en zie daar een dikke brief van Julia op de broodrooster liggen wachten. Ik ben deze enveloppen, met hun schuine schrift en in reliëf gedrukte goudkleurige afzender gaan vrezen. Er zitten altijd waarschuwende nieuwsberichten in over de nieuwste seksueel overdraagbare ziekten, of Cosmostukken over New Yorkse vrijgezellen die, hoewel ze plechtig het tegendeel beweren, uitsluitend geïnteresseerd zijn in het neuken van zoveel mogelijk mooie, talentvolle en jammerlijk argeloze meisjes uit de grote stad. Er zijn geen begerenswaardige vrijgezellen in New York!

Ik schenk mezelf een glas bronwater in en sla het voor de helft achterover om weerstand op te bouwen tegen het toonbeeld van gelukzaligheid dat ik zometeen te zien krijg. Mijn voeten doen ondertussen zeer, maar terwijl ik door het kleine halletje naar de woonkamer loop probeer ik vrolijk te kijken en te doen of ik deze sexy kleren best aan kan.

'Ben je d'r eindelijk!' gilt Jamie zo'n beetje. Ze ligt als een seksbeestje opgerold op de bank. In een klapstoeltje tegenover haar zit Frank in een T-shirt van de Butthole Surfers en een gescheurde spijkerbroek.

'*Shiiiit,*' zegt hij, traag en langgerekt.

'Fuuuuck,' zeg ik en voel de lucht uit me weglopen.

'Schatje, je ziet er –'

'Geil uit,' zegt Frank.

Ik geloof dat ik flauwval. Ik moet op de been blijven, rustig overkomen. 'Ik moet iets drinken,' zeg ik, maak rechtsomkeert en verdwijn naar de keuken.

Jamie roept: 'Er staat een fles Bushmills op het aanrecht!'

Mijn hand trilt als ik de fles vastpak en een flinke teug neem. Terwijl ik mezelf een pittige borrel met ijsblokjes inschenk hoor ik voetstappen dichterbij komen. Jamie duwt haar whiskylippen dicht tegen mijn oor en daar komt een beetje spuug op terecht als ze zegt: 'Wat een stuk!'

'Een stuk stront,' zeg ik en neem nog een fikse teug.

'Hij loopt al drie kwartier helemaal over je leeg. Hij beweert dat je zijn hart hebt gebroken.' Jamie is dronken, ze spreekt met dubbele, jankerig meelevende tong. Dat overkomt vrouwen in Franks gezelschap.

Meer voetstappen. 'Wij hebben iets te bespreken,' zegt Frank met een ernstig gezicht in de deuropening.

'Ik weet genoeg!' zingt Jamie terwijl ze de keuken uit trippelt. 'Ik begrijp de hint!'

Ik voel de hitte van Franks armen, maar weiger hem aan te kijken. Ik kan mijn knieën nauwelijks in bedwang houden.

'Kun je me niet eens aankijken?' vraagt Frank.

'Nee,' zeg ik, mijn blik gericht op mijn drankje.

'Layla,' zegt Frank en hij legt een hand op mijn blote schouder.

Ik schud die hand af, kijk hem aan en weet absoluut niet wat ik zou moeten zeggen. Is dit het glorieuze moment waar we allemaal naar hebben uitgekeken?

We staan daar voor mijn gevoel een eeuwigheid niks te zeggen. Nadat ik nog een slok heb genomen van mijn drankje, vraag ik: 'Wat kan ik voor je betekenen, Frank?' Ik zie een nieuw zilveren ringetje in zijn linkeroor.

'Ik heb je nodig,' zegt hij langzaam en heel schattig.

'Heb je mij nodig?' vraag ik. 'Wat ontzettend lief.'

'Ik weet wel dat het afgezaagd klinkt,' zegt Frank, en dan zwijgt hij even, zoekend naar woorden, 'maar door jou voel ik me... ik weet het niet, echt of zo.'

'Het is mei, Frank. Ik heb je sinds februari niet meer gezien en de laatste keer dat we elkaar hebben gesproken had je visite en wist je niet hoe laat het was.'

Frank staart me nietsziend aan.

'Hallo?'

'Hoi,' zegt hij.

'Ben je stoned?'

'Een beetje,' zegt hij, en de kuiltjes in zijn wangen groeien.

Ik ben zo onder de indruk van zijn vrijpostigheid dat ik verlegen zit om woorden.

'Luister,' zegt hij, 'ik heb me vergist. Die dingen gebeuren. Ik wist niet wat ik had toen ik het had,' zegt hij en legt een vuist tegen zijn hart. 'En vervolgens raakte ik het kwijt,' vingers gespreid, handpalm uitgestoken. 'Toen begreep ik,' vinger die naar de zijkant van zijn hoofd wijst, 'dat wat ik had gehad nou juist was wat ik het liefst wilde.'

'Volgens mij beginnen die videoclips van 'NSync je nu echt op te breken.' Ik haal de philodendron uit de vensterbank, sjouw hem naar de kraan en geef hem water.

'Ik heb die hyacinten nog steeds,' zegt Frank.

Hoewel ik zeker weet dat die hyacinten inmiddels zo dood als een pier zijn, ben ik ontroerd. 'Echt waar?' hoor ik mezelf zeggen, met zo'n teer stemmetje dat ik betwijfel of ik het ben die dat zegt. Ik begin te verslappen. *Met Frank was het niet zo slecht, toch? Zijn we per slot van rekening geen kunstenaars? Leven we niet van theatrale toestanden? Gebroken harten? Krankzinnigheid?*

Ik kijk hem aan, zie zijn gezicht dichterbij komen. Ik ben verlamd, dronken, mijn ogen zijn spleetjes geworden. Ik voel zijn warme adem tegen mijn gezicht en als ik één oog opensper zie ik plots Frank die er met gesloten ogen uitziet als een maffe zeerover.

Ben ik soms volslagen wanhopig? Ik duw hem van me af en zeg: 'Frank, je kunt maar beter vertrekken,' alsof ik iemand ben uit zo'n serie van Julia.

Zijn mondhoeken krullen op tot zo'n glimlach van: 'Ik ben sexy, dat weet je best.' Hij zegt heel zelfverzekerd en verwaand: 'Kom op, je weet best dat je dat niet meent.'

Ik loop snel om hem heen naar de deur, trek die open en wacht tot hij erdoor verdwijnt.

Hij staat me aan te kijken alsof hij niet in staat is mijn woorden te bevatten. Alsof hij wil zeggen *Hoe kun je dit hengstige pakje nou terugsturen?* Als hij op de overloop staat kijkt hij me aan en zegt: 'Ik ga niet smeken.'

'Goed zo,' zeg ik.

Als ik zijn werkmanslaarzen de trap af hoor sloffen, aarzel ik even. Heb ik zojuist mijn laatste kans op ware liefde de deur uit geslingerd?

Het is zes uur 's morgens als ik de woonkamer naakt binnen kom stommelen op weg naar de badkamer. Jamie ligt in haar kamerjas van het Hilton op de bank met een van die blauwe koelelementen op haar ogen – haar voeten liggen in zachtleren slippers met open teenstuk op een kussen. Er staat een grote pot aspirine naast een grote plastic beker water met kleine plastic ijsvisjes op een armlengte afstand op de salontafel. Ze kreunt een paar keer zachtjes. 'Van nu af aan alleen water en vruchtensappen...'

Met een handdoek om me heen geslagen loop ik terug naar de woonkamer, ga op het puntje van de bank zitten en neem een aantal aspirientjes en veel slokken water, waarbij ik luid aan de plastic visjes zuig. Jamie steekt een vinger op en stoot als een soldaat op het slagveld haar laatste woorden uit: 'Antwoordapparaat afluisteren.'

'Bah,' mompel ik in het glas voordat ik terugstommel naar mijn uitgeklapte opklapbed.

Als ik drie uur later wakker word, ben ik zo laat dat ik geeneens meer tijd heb voor een kop koffie. Ik trek een spijkerbroek en T-shirt aan, poets mijn tanden, pak mijn fiets en ben weg.

Patsy McLure komt de keuken inlopen om me te zeggen dat er een telefoontje voor me is. 'Pak hem maar in mijn kantoor,' zegt ze. 'Het klinkt belangrijk.'

De stem aan de andere kant is laag en klinkt slaperig. 'Layla? Ik probeer je steeds te bereiken. Ik heb dit nummer van Jamie gekregen.'

'Frank?'

'Ja, excuses voor de teleurstelling.'

'Wat moet je?'

'Ik ben van mening veranderd. Ik ben niet te trots om te smeken.'

'Je moet niet steeds liedteksten gebruiken om je gevoelens te uiten.'

'Layla, ik had je gisteravond van alles willen zeggen, dingen die ik maar steeds heb verzwegen. Kan ik je ergens ontmoeten? Gewoon om te praten?'

Ik neem het idee een paar tellen in beraad – misschien zou het iets tussen ons kunnen worden? – en zeg dan: 'Dat vind ik geen goed idee.'

Patsy is met wat papieren bezig, maar ik merk aan haar dat ze meeluistert. Ze laat zich erop voorstaan dat ze op de hoogte is van wat er zich in het privé-leven van al haar koks afspeelt.

'Vijf minuten,' zegt hij. 'Een kletspraatje, oude vrienden onder elkaar.'

'Frank, ik ben op mijn werk. Ik moet verder.'

'Ach, kom nou,' zegt hij met een stoere, sexy stem. 'Hou me niet zo aan het lijntje.'

'Hou me niet aan het lijntje? Wie heeft wie hier aan het lijntje gehouden, Frank? Wat is er aan de hand, heb je een droge maand of zo?'

'Alsjeblieft,' zegt hij op een oprecht treurige toon. 'Ik sta beneden in de hal. Ik kom je boven opzoeken.'

Fuck. 'Nee, blijf daar. Ik kom naar beneden.' *Wat ben ik toch een sukkel.*

Als ik heb opgehangen, vraagt Patsy: 'Gedoe met een man?' alsof ze er verstand van heeft.

'Kun je wel stellen,' zeg ik.

Ze zucht. 'Daarom ben ik niet meer getrouwd.'

'Ik moet even vijf minuutjes naar beneden,' verklaar ik. 'Kan dat?'

'Als je na een kwartier niet terug bent, mag ik van jou dan de bewakingsdienst bellen?' vraagt ze alsof het haar liefste wens is.

'Absoluut,' zeg ik terwijl ik de deur uit schiet.

Beneden in de hal zeg ik: 'Frank, ik heb maar eventjes.' Ik

ben op ongeveer een meter afstand gebleven, maar hij komt dichterbij, overbrugt de kloof.

'Kunnen we hier een kop koffie krijgen, of zoiets?' vraagt hij.

Jack, de brede Australische beveiligingsman roept me toe: 'Hoe gaat het vandaag, kameraad?'

'Prima, bedankt en met jou?' vraag ik monter terwijl ik Frank naar buiten begeleid.

'Luister,' zeg ik recht in zijn gezicht met mijn rug naar de zon, 'we nemen geen kop koffie.'

'Kunnen we er niet gewoon over praten?' vraagt hij knipperend tegen de felle zonnestralen.

'Het spijt me, maar ik moet je de kans ontnemen om me te naaien.'

Frank kijkt naar zijn laarzen alsof ik net een punt heb gescoord. 'Ik wil je niet naaien. Eerlijk gezegd, Layla,' zegt hij terwijl er een boosaardige grijns rond zijn lippen speelt, 'wilde ik alleen maar weten of ik je de trap af zou weten te krijgen voor een praatje. Het is een soort spelletje dat ik graag speel.'

Als ik opkijk, zie ik Dick in de verte lopen. Hij heeft halsbrekende haast. Als hij dichterbij komt, ruik ik de verrukkelijke geur van zijn pasgeschoren gezicht. 'Hé,' zegt hij, als hij heel gezond en levensblij dichtbij komt staan. 'Ik hoopte dat ik je voor de lunch nog even zou kunnen spreken.'

'Hoi,' zeg ik. *Blij dat je tijd voor me hebt.*

Frank klopt hem op zijn schouder en zegt: 'Hoi, Dick, ken je me nog? Layla's vriend?'

'Hou je kop, Frank,' zeg ik ten einde raad.

Dick kijkt verbijsterd en vervolgens gekwetst. 'Ja, jij bent die vent die ik in Vermont heb leren kennen, toch?' Hoewel de beweging die hij met zijn kaak maakt aangeeft dat hij liever modder gorgelt, zorgen Dicks goede manieren ervoor dat hij niets anders doet dan Frank een hand geven.

'Goed geheugen,' zegt Frank terwijl hij Dicks hand negeert.

'Ik kwam hier trouwens om Layla een herdersuurtje te bezorgen.'

'WAT?' zegt Dick, geschokt maar ook duidelijk geamuseerd.

Die reactie had Frank niet verwacht. 'Haar opgeilen totdat ze uitschreeuwt "O God! O God! O God!" Ken je dat van d'r? O, sorry. Nee, natuurlijk, hè? Nou Dick, neem maar van mij aan dat ze een hete sodemieter is.' Frank legt een hand in mijn nek.

Ik probeer hem af te schudden, maar hij pakt me steviger beet.

'Volgens mij kun je haar nu beter loslaten, vrind,' zegt Dick.

'O, meen je dat, *vrind*? Want voordat je je iets in je hoofd haalt moet ik je misschien even vertellen dat ik de zwarte band heb in karate.' Frank trekt me ruw naar zich toe.

Veel kwaaier dan ik me hem ooit had kunnen voorstellen, zie ik hoe Dick zijn colbertje van Armani uittrekt en met een ongewoon harde stem zegt: 'Mooi zo. Ik ook.'

Is dat zo? Indrukwekkend.

'Genoeg,' zeg ik, me losrukkend uit Franks greep en kijk hem recht in zijn gezicht. 'Frank, ik wil dat je nu onmiddellijk weggaat.'

'Hé, ik trek het helemaal in als jij nu vertrekt,' zegt Dick heel kalm en stoer tegen Frank.

Frank kijkt naar de grond en staat er een beetje beteuterd bij. Hij steekt een hand in Dicks richting en zegt op oprecht klinkende toon: 'Sorry voor het misverstand.'

Dick kijkt eventjes naar die hand, pakt hem dan beet en zegt: 'Het spijt mij ook.'

We staan elkaar met zijn drieën aan te kijken, zo van *Wat nu?*

'Ik moet terug naar mijn werk anders krijg ik heibel met de baas,' zeg ik in een poging de ongemakkelijke situatie te beëindigen.

'Ja, ik moet er ook weer eens vandoor,' zegt Frank. 'Ik heb

voor vandaag wel weer genoeg problemen veroorzaakt, toch?'

We lachen allemaal zachtjes, als oude vrienden die vrede sluiten na een onverkwikkelijke ruzie. Dick kijkt op zijn horloge en zegt: 'Goh, al na enen?' en bukt zich om zijn koffertje te pakken. Ik draai me om naar de enorme glazen deuren van het gebouw, waar tot mijn geruststelling Jacks enorme hoofd en kast van een bovenlijf boven de balie uitsteken. Ik hoor een klap en een kreun. Als ik me omkeer, zie ik dat Dick naar de zijkant van zijn gezicht grijpt en er een stroompje bloed uit zijn mondhoek loopt.

'Wat is er gebeurd?' roep ik terwijl de adrenaline toestroomt.

'Dat had je echt niet moeten doen,' zegt Dick, veegt het bloed met de rug van zijn hand af en neemt de beginhouding aan – door de knieën, voeten ver uit elkaar, handen in karatestijl opgestoken.

Frank ziet er gestoord uit als hij wat minder overtuigd van zichzelf de beginhouding aanneemt. Met een snelle, handige beweging verdwijnt Dicks dure (kwastloze, en ik moet toegeven, behoorlijk stijlvolle) leren schoen in Franks gezicht. Hij ligt op apegapen, op zijn rug midden op de stoep.

Dick zegt: 'Je kunt helemaal geen karate, of wel?'

Frank staat op, klopt zichzelf af en zegt niets.

Ik begin me af te vragen wat er eigenlijk wel echt was aan Frank.

'Misschien kun je nu beter gaan,' zegt Dick met opeengeklemde kaken, klaar om een heel blik billenkoek open te trekken.

Zo gewoontjes mogelijk kijkt Frank me aan en begeleid door een hoofdknik zegt hij: 'Ik ga vast.'

'Later,' zeg ik.

'Veel,' voegt Dick eraan toe.

Dick en ik staan samen in de lift maar we zeggen geen van beiden iets. Ik ben verbijsterd en hij is zo te zien nog steeds kwaad. Als we de twintigste verdieping naderen zeg ik: 'Bedankt.'

Hij zegt: 'Graag gedaan. Billy vertelde me dat jij het had uitgemaakt met die vent.'

Ik leg niks uit maar zeg simpelweg: 'Ja.'

'Wat moest hij hier dan?'

Wat kan jou dat schelen? 'Mij lastigvallen.'

Dick ademt luidruchtig uit.

Ja, zo ben ik, het meisje met de psychopaat... Om snel op iets anders over te gaan, vraag ik: 'Ga je me nog vertellen waar je gisteravond heen moest of moet ik ten prooi vallen aan mijn eigen wrede fantasie?'

'Je hebt mijn berichtje niet ontvangen,' zegt hij en kijkt me strak aan voordat de liftdeuren open gaan. Hij loopt achter me aan naar buiten.

'Welk berichtje?' vraag ik en blijf staan met mijn rug naar hem toe.

'Het berichtje dat ik je vanuit het ziekenhuis heb gestuurd?'

'Moest je naar het ziekenhuis?' vraag ik verbluft. 'Het kwam hopelijk niet doordat je iets verkeerds had gegeten?'

'Nee,' zegt hij geduldig, 'mijn vader had iets verkeerds gegeten. Hij is er met spoed heen gebracht na een etentje bij Chez Martine. Toen mijn moeder vanaf de eerste hulp belde wisten ze nog niet wat er aan de hand was.'

'O, mijn God, Dick, dat spijt me. Is hij in orde?'

'Hij blijkt allergisch te zijn voor witte truffelolie. Het komt allemaal weer goed.'

'Jullie Davenports hebben behoorlijk malle allergieën,' zeg ik en begin te grinniken.

'En het was niet mijn bedoeling je zonder enige verklaring achter te laten, maar ik was geschokt en wist niet of het wel goed zou komen.'

'Ik begrijp het,' zeg ik.

'Weet je, niet alle kerels zijn klootzakken,' zegt hij.

'Weet ik,' zeg ik zachtjes.

'Wil je met me lunchen?'

'Vraag je me mee uit?'

'Ja, ik zou je graag mee uit nemen. Vind je dat eng?'

'Nee, helemaal niet eng,' zeg ik nu ik eindelijk begrijp dat niet eng goed is. 'Maar wat is er nou gebeurd met jou en Lucinda?' vraag ik.

'Ze bestelde een halve grapefruit en kale ijsbergsla in de Steak Pub. Ik neem aan dat jij zoiets niet zult uithalen?'

'Niet als jij die instappers met die kwastjes niet aan hebt.'

'Oef,' zegt hij, en vervolgens doet hij eerst of hij overweegt of hij het zal verklappen, dan zegt hij: 'Ik probeerde iets uit een aanbieding. Had ze die avond van Billy's feestje voor het eerst aan. Ze zien er vreselijk uit maar zitten verrassend lekker.'

'Je werkt wel hard of niet soms?' vraag ik, nu ik weet dat het klopt.

We staan in de gang als Patsy McLure langskomt en zegt: 'Het spijt me meneer Davenport, maar ik moet deze jongedame bij u vandaan halen. We hebben een drukke middag voor de boeg.'

Ze probeert me te redden.

'Nou, we hebben een belangrijke lunchafspraak,' zegt Dick. Hij staat op zijn strepen.

Patsy kijkt me weifelend aan.

'Het is in orde,' fluister ik haar toe, 'hij deugt.'

Ze kijkt met hernieuwde bewondering naar Dick, buigt zich naar mijn oor en fluistert: 'Dat heb ik ook altijd gevonden.'

Patsy knipoogt naar me als de liftdeuren open gaan en Dick me weer naar binnen geleidt. Schouder aan schouder zien we er mal uit – Dick is een gelikte zakenman en ik het geüniformeerde personeelslid. De lift gaat snel en het enige dat we horen is het geklik van steeds een nieuwe verdieping. Als ik naar mijn wijde koksbroek kijk, die wordt opgehouden door een plastic riempje overvalt de angst me opeens – *wat zal er gebeuren als hij ontdekt wie ik werkelijk ben?*

'Het komt wel goed met ons,' zegt hij, alsof hij mijn gedachten kan lezen, en legt een hand op mijn hand.

De paniek lost op en nu overvalt me een nog krachtiger gevoel van rust. We lossen op in de ruimte, schieten op hoge snelheid weg van de aarde.

'Waar breng je me naartoe, meneer Davenport?' vraag ik.

'Hogerop,' zegt hij.

– ZILVER POCKETS LEESTIP –

Mike Gayle
M'N LEGENDARISCHE EX

Will Kelly is leraar Engels in Londen, filmfreak, expert in kant-en-klaar-maaltijden en in het bezit van een kersverse ex, genaamd Aggi... Hij is nog steeds tot over zijn oren verliefd op haar, maar sluit niet uit dat er meer Ware Liefdes zijn. In zijn aftandse flat is de telefoon de enige verbinding met de wereld om hem heen. Door gesprekken met zijn vrienden én zijn legendarische ex probeert hij erachter te komen of het leven en de liefde nog wat voor hem in petto hebben.

'De grappige, eerlijke belevenissen van een hopeloze romanticus.'
The Times

'Zeer vermakelijk.' *Cosmopolitan*

'De mannelijke Bridget Jones.' *The Mirror*

Mike Gayle is freelance journalist en schrijft voor onder meer de *Sunday Times*. *M'n legendarische ex* was zijn debuutroman en werd gevolgd door *Mr. Commitment*. In het najaar van 2004 verscheen zijn roman *Dertig*.

ZILVER POCKET 258
ISBN 90 417 6048 2

Anna van Wittenberghe
HET DATING RAMPENPLAN

Je ziet er goed uit, hebt een prima baan, een eigen huis en massa's vrienden maar je afspraakjes zijn keer op keer een ramp. Wat je ook doet en met wie je ook date, het lukt gewoon niet de juiste te vinden. En als je hem dan wel ziet zitten, blijken er altijd hatelijke exen, bezitterige schoonmoeders en ander ongerief te zijn die je geluk in de weg staan. Een tip: maak nooit meer een afspraak zonder *Het dating rampenplan* in je tas. Je weet dan direct of je eindelijk de ware gevonden hebt...

Anna van Wittenberghe was hoofdredacteur van verschillende lifestyle-magazines. Tegenwoordig werkt ze als zelfstandig (beauty-)redacteur, tekstschrijver en schrijver.

ZILVER POCKET 289
ISBN 90 417 6091 1

Alix Girod de l'Ain
DE ANDERE KANT VAN HET BED

Het huwelijk van Ariane en Hugo zit in een dip. Om uit de sleur te komen draaien ze de rollen om. Ariane neemt de rol van haar man op zich en Hugo die van zijn vrouw. Ook ruilen zij van plaats in bed. Hij gooit voortaan zijn charmes in de strijd om sieraden te verkopen en zij probeert respect af te dwingen bij gespierde bouwvakkers. Bizarre confrontaties dienen zich aan: met een tennispartner die levensmoe is, een deurwaarder met een verborgen agenda, een sociaal geëngageerde schoonmoeder en een op wraak beluste hond. Zal dit experiment vruchten afwerpen?

'Een roman die je doet afvallen van het lachen' *Le Nouvel Observateur*

Alix Girod de l'Ain, journaliste bij *Elle*, woont en werkt in Parijs.
De andere kant van het bed, haar debuutroman, was een groot succes in Frankrijk.

ZILVER POCKET 290
ISBN 90 417 6090 3

Candace Bushnell
4 BLONDES

Candace Bushnell, beter bekend als Carrie Bradshaw uit *Sex & the City*, portretteert in *4 Blondes* vier jonge vrouwen in New York, in de bloei van hun leven en op zoek naar de ware Jacob. Een beeldschone actrice laat een eindeloze stoet minnaars aan zich voorbijgaan. Een ambitieuze columniste van een roddelblad komt erachter dat haar huwelijk met een journalist met literaire aspiraties niet aan haar 'verwachtingen' voldoet. Een 'Cinderella' doet in haar dagboek verslag van haar gevoelens van paranoia; en een schrijfster die bang is dat ze al te oud is om de juiste man te vinden, reist naar Londen om daar te zoeken wat ze in Manhattan niet kan vinden – de ware Jacob. . .

'Intrigerend en hoogst vermakelijk.' Helen Fielding, schrijfster van *Het dagboek van Bridget Jones*

'*4 Blondes* leest als een vlotte cocktail van *Cosmopolitan* en Tom Wolfe.' *Het Parool*

'Messcherp, meedogenloos én grappig (. . .) ook leuk voor brunettes.' *Flair*

'Onweerstaanbaar, hilarisch en aangrijpend, stijlvol geschreven (. . .) Bushnell weet de inktzwarte waarheid vast te leggen.' Bret Easton Ellis

Candace Bushnell (1965) woont en werkt in New York. Haar drie romans, *Sex & the City*, *4 Blondes* en *Hogerop?* zijn internationale bestsellers.

ZILVER POCKET 184
ISBN 90 417 6026 1

Jutta Blume
WAAROM VROUWEN ALTIJD PRATEN EN MANNEN ALLES BETER WETEN

Heb je vaak het idee dat je partner en jij langs elkaar heen praten? Dat jullie elkaar niet begrijpen? Jutta Blume is in haar jarenlange ervaring als relatietherapeute geconfronteerd met talloze communicatieproblemen en misverstanden in de moderne man-vrouwrelatie. Volgens haar is de kloof tussen mannen en vrouwen echter helemaal niet zo groot als we geneigd zijn te denken. Hoewel zij anders denken en dingen ook anders aanvoelen, zijn de verschillen tussen man en vrouw op een makkelijke manier te overbruggen. Blume geeft veel praktische tips om misverstanden uit de weg te ruimen op weg naar een lange en gelukkige relatie.

'Mannen rijden liever een uur rond in een vreemde stad voordat ze de weg vragen. Als een vrouw de weg niet weet, vraagt ze het direct.'
Jutta Blume

Psychologe Jutta Blume is psychologe en werkzaam als relatietherapeute. Ook is zij verbonden aan de universiteit van Bamberg. *Waarom vrouwen altijd praten en mannen alles beter weten* baseerde zij op haar jarenlange praktijkervaring.

ZILVER POCKET 281
ISBN 90 417 6074 1

Yoyo van Gemerde
SUSHI & CHARDONNAY

Het valt niet mee een geslaagde, moderne Amsterdamse van (bijna) dertig te zijn.

Nicki, die niets liever wil dan beroemd worden, en haar beste vriendin Petra, die bliksemcarrière maakt bij het tijdschrift *Isis*, ondervinden dit aan den lijve.

Wanneer Nicki wordt ontslagen als receptioniste bij een platenmaatschappij, loodst Petra haar *Isis* binnen als schrijfster van de horoscooppagina. Nicki's aanvankelijke schuldgevoel – ze weet nauwelijks iets van astrologie – verdwijnt zodra roem en geld hun intrede doen. Ze verschijnt regelmatig op televisie, kan haar luxe lunches voortaan declareren en de bassist van de Sea Lions nodigt haar uit voor een weekendje Londen: de wereld is één grote speeltuin.

Maar dan stort Petra in. . .

In *Sushi & Chardonnay* baant een stel eigenwijze vriendinnen zich, met behulp van mobiele telefoons, troostfood, zelfhulpboeken en soaps, op hilarische wijze een weg door de glitter en het klatergoud van het leven.

'Een hilarische kroniek van deze tijd.' *Algemeen Dagblad*

'Een herkenbaar en onweerstaanbaar boek.' *Flair*

'*Sushi & Chardonnay* is een mix van *Sex & the City*, Bridget Jones en *Friends*: smullen dus.' *Cosmopolitan*

Yoyo van Gemerde (1961) woont in Amsterdam. Ze schrijft als freelance journaliste voor diverse vrouwentijdschriften. *Sushi & Chardonnay* is haar debuutroman.

ZILVER POCKET 274
ISBN 90 417 6082 2

Nina Killham
HOE KLUTS IK EEN MUTS?

Jasmine March is een beroemd kookboekenschrijfster, maar wordt door haar uitgever op straat gezet omdat haar recepten te veel calorieën bevatten. Gedreven trekt zij ten strijde tegen het slankheidsideaal en zijn aanhangers, zoals de graatmagere studente met wie haar man een verhouding heeft en haar dochter, die nauwelijks iets eet omdat ze niet als haar moeder wil worden. In haar gevecht zijn de kookkunsten van Jasmine haar belangrijkste wapens.

'Een smakelijke en vermakelijke culi-thriller voor wie van eten en spanning houdt.' *HP/De Tijd*

'Een heerlijk venijnige komedie.' Tracy Chevalier

Nina Killham is geboren in Washington D.C. en bracht haar jeugd door in België en Frankrijk. Nu woont zij in Londen waar ze als journaliste schrijft over voedsel, reizen en lifestyle. *Hoe kluts ik een muts?* is haar debuutroman.

ZILVER POCKET 277
ISBN 90 417 6070 9

Anita Naik
GIDS VOOR LUIE MEISJES
Lekker makkelijk gezond leven

Wil je er goed uitzien? Je helemaal jezelf voelen? Op en top fit zijn? Natuurlijk wil je dat! Maar je wilt er geen uren van je toch al zo drukke dag mee bezig zijn.

Daarom is deze *Gids voor luie meisjes* precies wat je nodig hebt. Anita Naik geeft snelle maar vooral handige tips en makkelijke adviezen voor vrouwen die niet al te moeilijk willen doen over huidverzorging, stress, gewichts- en menstruatieproblemen en andere beslommeringen. Lekker makkelijk gezond leven was nog nooit zo simpel!

'De titel dekt de inhoud. De gids is compact, handig en grappig geschreven.' *Cosmopolitan*

Anita Naik woont in Londen en schrijft als freelance journaliste voor tal van bladen, waaronder FHM en *Cosmopolitan*. In 2004 verscheen van haar *Een lekker makkelijk gezond seksleven*.

ZILVER POCKET 276
ISBN 90 417 6067 9

IN ZILVER POCKETS® ZIJN LEVERBAAR